胡 瑜 ◎ 编著

广西古典诗文选注

西南交通大学出版社
·成都·

图书在版编目（CIP）数据

广西古典诗文选注 / 胡瑜编著. -- 成都：西南交通大学出版社，2025.4. -- ISBN 978-7-5774-0378-6

Ⅰ.I207.2

中国国家版本馆 CIP 数据核字第 2025Q1J828 号

Guangxi Gudian Shiwen Xuanzhu
广西古典诗文选注

胡　瑜　编著

策划编辑／李晓辉
责任编辑／罗俊亮
封面设计／原谋书装

西南交通大学出版社出版发行
（四川省成都市金牛区二环路北一段 111 号西南交通大学创新大厦 21 楼　610031）
营销部电话：028-87600564　　028-87600533
网址：https://www.xnjdcbs.com
印刷：成都蜀通印务有限责任公司

成品尺寸　185 mm×260 mm
印张　14.5　　字数　315 千
版次　2025 年 4 月第 1 版　　印次　2025 年 4 月第 1 次

书号　ISBN 978-7-5774-0378-6
定价　50.00 元

图书如有印装质量问题　本社负责退换
版权所有　盗版必究　举报电话：028-87600562

前　言

中国古典文学是传承和发展传统文化的重要载体，是中华民族极为重要的历史文化遗产。广西地处祖国南疆，为西瓯、骆越旧地，与岭南文化一脉相承。作为岭南文学重要组成部分的广西文学，较之北方文学、江南文学等，具有鲜明的地域与民族文化特色，记录了丰富且独特的地方历史、民族情感与文学审美，是中华文学不可忽略、必须重视的重要组成部分。

那么，广西古代到底为今天留下了一份怎样的文学遗产呢？清代广西藤县的一位著名学者苏时学，曾用一组诗歌对广西古代文学发展史进行了一系列的评价，其中有一首："峤西雅集流传少，唐宋遗音久已沦。一个高僧两名士，二千年内见三人。"[1] 峤西，或曰粤西，均为广西古称。雅集、遗音，指文学作品。一个高僧，即苏时学的北宋老乡，著名诗僧契嵩。两名士，指晚唐时期桂林地区出现的两位著名诗人曹邺、曹唐，后世多称"二曹"，作品为《全唐诗》收录，是广西古代最早以诗歌闻名的文人。苏时学仅用区区28字，便"概括"了先秦至明代两千年的广西文学，尤其是最末一句"二千年内见三人"，常常作为后人评价广西古代文学极不发达的举证。诚然，包括广西在内的岭南地区，其经济文化发展水平长期落后于中原、江南等地。以广西古代科举文风最盛的桂林为例，自隋炀帝开设进士科以来，历经二百多年，直到唐宣宗大中四年（850）曹邺考取进士，是为当地科举史上的第一位进士。又据统计，唐代全国共取进士近7000人，广西士人应举中试进士者仅12人，所占比例尚不到1%。受制于整个社会的文化教育水平，广西古代文学的欠发达也就不难想象了。再加上古籍文献经历社会动荡、朝代更迭、人世沧桑，多数得不到很好的保存，逐渐湮没不传，即诗中所谓"流传少""久已沦"，待后人想要探寻传统、回顾历史的时候，或许只能如苏时学一般感慨一句"二千年内见三人"了！

广西古代文学是否真的如此寂寥、暗淡？答案肯定是：否。这里首先涉及的是应该如何界定"广西文学"。显然，苏时学所论是"狭义"的广西文学，即由广西本土人士创作的文学。不过，如果我们想要全面概括作为中华文学重要组成部分的广西古代文学，更应该用"广义"的界定来取代上述的"狭义"认识。也就是说，"广西文学"的创作主体不必局

---

[1] 苏时学（1814—1874），字敩元，号琴舫，又号爻山，广西藤县人，官至内阁中书、奉直大夫。此诗出自《暇日偶翻两粤前辈诗集有所得戏作论诗绝句十五首》之三，并有自注曰："宋元以前，粤西人有诗集流传者，唯唐之曹祠部、曹尧宾，及宋明教禅师之《镡津集》而已。"

限于广西本土人士，先秦以降但凡以仕宦、贬谪、流寓、行旅等方式曾到过广西，并以广西为写作对象，或其创作空间为广西的文学创作，都应纳入广义的广西文学中。就以唐宋两代以仕宦或贬谪而到过广西的文士为例，包括宋之问、沈佺期、柳宗元、苏轼、黄庭坚、秦观、张孝祥、范成大等名家大家，留下了一批有关八桂风土人情的各体文学书写，无疑是广西最为宝贵的文学遗产。此外，还有不少文人虽未曾涉足广西，却创作了以广西为题材内容的文学作品，比如汉代张衡《四愁诗》、唐代王昌龄《送任五之桂林》、杜甫《寄杨五桂州谭》、韩愈《送桂州严大夫》等，丰富了广西的文学形象，增强了广西的文学影响，带动了广西的文学发展，当然要将其纳入广西文学。关于这点，清代康熙年间曾任桂林、太平两地通判的汪森[1]，历时十多年编纂刊刻了广西最早的历代文学总集《粤西诗载》《粤西文载》及《粤西丛载》，三者合称《粤西通载》。汪森在卷首《发凡》中，尤为注意表彰历代非广西人对于广西文学的建构之功，他尊柳宗元为广西地区的"斯文宗主"，指出唐宋时期因贬谪来广西的众多著名文士，一旦跨入广西，无不震撼于八桂大地的奇山丽水，才情文思又得江山之助，于是"登高而赋，遇景而题，甚且有搜奇剔隐以表章之，故当与粤西山水并垂不朽"。正是受到这些不朽名篇的滋养、"反哺"，广西本土文学这棵晚生的幼苗，才逐渐在明清两代迅速成长，甚至形成了文学社团（如杉湖十子、岭西五家等）、文学家族（如全州谢氏，临桂陈氏、龙氏、况氏，镡津三苏等）等富有活力的集群性文学活动，直至出现清代三大词派之一的临桂词派，成为清末民初全国词学最具活力与影响力的地区，后来居上的广西文学已然长成为一棵根系发达、枝荣叶茂的岭南巨木。

我们今天回顾、整理广西历代文学作品，既要有对地方文学的充分自信和自豪，同时也要注意结合广西古代文学发展的特殊历史，取"广义"的视域界定"广西文学"，在重视广西本土文人的文学研究和作品整理的同时，还要有意识地搜集整理历代名家对于广西的文学书写，探讨其中有关广西文学意象的经典建构和价值阐释。正如清代被誉为"粤西儒宗"的郑献甫[2]，在其《谒黄山谷祠》诗中所说："苏门之客半吾乡，横州秦子宜州黄。前人不幸后人幸，万里为破南天荒。"唐宋时流寓广西的柳宗元、韩愈、苏轼、黄庭坚、秦观等，不仅直接带动了广西文学的高质量发展，而且也在其短暂居留之后为八桂大地留下了许多珍贵的文化遗迹，这是广西文化的幸运，也为后人重温和感受文脉的拓展、延绵提供了真切的历史场景。

回顾历史也让我们发现，广西历代文学之所以无法得到充分的彰扬，与作品的选评、刊刻、传播等相对缺失有着很大的关系。广西历史上第一部文学总集，迟至清康熙年间才

---

[1] 汪森（1653—1726），字晋贤，号碧巢，浙江桐乡人，祖籍安徽休宁。清康熙十一年（1672）入贡，官广西桂林通判，迁太平，擢知郑州，未赴，丁母忧归。服阕，补刑部山西司员外郎，擢户部江西司郎中。年六十一告归。事迹见《清史列传》等。

[2] 郑献甫（1801—1872），原名存伫，字献甫，避清文宗讳，改以字行，别字小谷，自号识字耕田夫，又号白石，柳州府象州（今象县）人。道光十五年（1835）进士，授刑部主事，任职一年即辞归。四十岁后在广西、广东多地书院任山长。年七十二卒。著有《补学轩文甲集》四卷、《乙集》二卷、《诗集》八卷、《家记》四卷等。

出现，即上述汪森的《粤西通载》。随后在乾隆年间，谢启昆[1]编纂了第一部《广西通志》，其中的"艺文略"系统著录汉成帝以来至清代嘉庆初年广西人士著作240多种。再往后，出现了几部文学总集，如道光年间张鹏展[2]的《峤西诗钞》，专门搜集明清时期广西籍诗人共计250多人的2100多首作品；梁章钜[3]的《三管英灵集》，共57卷，收录了唐至清道光时期广西籍诗人565人的3578首诗作，是广西诗歌史料的集大成之作；至晚清况周颐，有感于广西词作尚无人整理，编选了广西历史上第一部完整的词作总集《粤西词见》二卷，收录明清广西籍词人共24家、词188首等。上述广西各体文学总集，多注重搜集存留文献文本，如汪森所言"搜采殊见广备"，张鹏展则云"峤西诗之刻，所以存一省文献也"，可见其首要功绩就是在于保存了大量历代广西文学，尤其是广西本土作家的作品。之后，又陆续出现了陈柱《粤西十四家诗钞》、曾德珪《粤西词载》等。总体来看，上述总集带有鲜明的学术性，或直接表现为史志类著述，还没出现以社会普及为目的的通俗选本。我们都知道，自南宋刘克庄选编《千家诗》为儿童启蒙读物，至清代乾隆年间又有蘅塘退士孙洙在《千家诗》基础上，编选《唐诗三百首》，雅俗共赏，极大地推动了唐诗的传播，也是唐诗经典化的重要里程碑。可见，学术性的整理研究与通俗化的普及传播，两者的携手并进、互为补充是极其重要的。编选历代广西经典文学作品，进行必要的注释与导读，为广西青少年学生和社会读者提供可读性强、方便使用的"爱土"读本，也应该成为广西地方文献、文学整理与研究的一种重要的拓展。

近年来，地方文化的研究和传播越来越受重视，广西古代文学中的文化资源也得到了越来越多的关注与发掘，比如新近出版的"宜州历史名人诗文注评系列丛书"（包括冯京、黄庭坚、徐霞客、郑献甫四位，广西师范大学出版社2017年版）、"文化广西"丛书（广西师范大学出版社2021年版）。尤其是"文化广西"丛书，是目前可见系统化弘扬广西优秀传统文化，兼具学术性和普及性的最大规模丛书，分文学、艺术、风物、遗存、史传等5个系列和1部综合性专著，共32册。其中关涉到广西历代文学的有文学系列中的"民间文

---

[1] 谢启昆（1737—1802），字蕴山，号苏潭，江西南康人。翁方纲入室弟子。乾隆二十五年（1760）进士。三十六年（1771）授镇江府，旋调扬州知府。四十六年（1781）丁母忧，回籍。五十六年（1791）任江南河库道。五十九年（1794）迁浙江按察使。嘉庆四年（1799）授广西巡抚，任上治抚猛，筑湘、漓之堤以为民利，主持《广西通志》修撰。七年（1802）卒于任，年六十六。姚鼐撰有《广西巡抚谢公墓志铭》。著《树经堂集》《粤西金石志》等。

[2] 张鹏展（？—1840），字南松，广西上林人。乾隆五十四年（1789）进士，入翰林院，授武英殿纂修。嘉庆十五年（1810）任山东学政，后升任通政使司通政使。辞官回乡后，受聘桂林秀峰书院、上林澄江书院、宾阳书院山长。以十余年时间搜集汇编《峤西诗钞》，"开广东本籍人士整理、编纂广西籍文人文学作品总集的先河"（见吕立忠等《清代广西乡邦文学文献的搜集与整理》）。著有《谷贻堂全集》等。

[3] 梁章钜（1775—1849），字闳中，一字茝林、芷邻，晚年自号退庵，祖籍福建长乐，后迁居福州。乾隆五十九年（1794）中举，嘉庆七年（1802）进士，授湖北荆州知府。道光十六年（1836）任广西巡抚兼学政。道光年间，五任江苏巡抚，兼署两江总督。道光二十二年（1842）因病辞官返乡，专事著述。著有《藤花吟馆诗钞》《退庵诗存》《退庵文存》《楹联丛话》等。

学""诗歌""美文""楹联""神话传说"5种,艺术系列中的"民歌""戏曲"2种,又史传系列中的"广西文学史",共8种。该丛书体系精致、编撰精心、设计精美,堪称是近年来弘扬广西地方文化的最佳社会读本。不过,作为一套丛书,各本的编选体例其实是并不统一的,如"诗歌"篇的作者包含了广西本土及仕宦、流寓广西者,而"美文"中的38篇作品则都选自广西籍作家。文学、艺术系列中的"广西历代民间文学"和"广西历代民歌",又多少存在交叉重合之处。上述五种文体似乎还不全面,涵括不了广西古代文学发展历程中出现的各种文体,比如"词"成了其中一颗最大的"遗珠"。晚清至民国时期,以况周颐为代表的临桂词派异军突起,使得广西成为当时全国范围内最重要、最活跃的词的创作中心、词学高地,词是广西古代各体文学中最具代表性、成就影响力最大的文体。当然,新时期日益丰富的"选集",将对地方文学经典的建构、中华优秀传统文化的传承形成一股强大的合力。

因此,在这本《广西古典诗文选注》中,编者将力图呈现广西古典文学的精彩篇章,促进广西地域文学的经典化,同时也尝试着承担一些文学教育的社会责任,为广西地方文化建设略尽绵薄之力。本书将以广大非文学专业的学生及社会人士为主要读者,同时考虑在桂各级各类学校地方特色课程与教材的开设、使用之需,积极探索地方校本教材,推动特色区域文化的普及。在编选过程中注意结合经典意识、文学批评和价值引领,为读者呈现最精华的文学经典,减少读者阅读和接受的盲目性,满足广大读者关于广西地方文学文化的探知欲求,并且希望能够在丰富文学营养、提高写作水平、增强文化自信等方面为读者们提供有力支持。

关于辑选、校注的原则和做法,具体如下:

第一,"广西文学"的概念界定。取"广义"的界定,以作品内容是否与广西有关作为辑选的首要依据,对于作者的身份,不论其籍贯归属,即便为本土之外,但凡以仕宦、流寓、途经等方式曾到过广西者,甚至未曾到过广西,但留下了与广西有关的文学作品者,都视作广西文学。其中,尤其关注著名作家的相关创作,或具有社会历史文化各层面影响力的作品,都可选入。对此,清代梁章钜在编选《三管英灵集》时,就明确提倡要"因人存诗","其名在鼎彝,诗为雅颂,珍如拱璧,在所不遗;至若理学、经济、气节、勋名,炳于史册,在人耳目间者,其人虽不以诗名,而但得觏其遗篇,即风雅赖之不坠",又说:"学力精到、卓然名家者,固有美必收。"可见自古即以包括广西人和所有热爱广西的各地人民,作为广西文学的创造主体,他们都是广西历史文化的缔造者、见证者,这也是本书编选时的重要原则。

第二,兼顾"文学史"和"经典化""普及化"。广西地方文学起步虽晚,但自清初开始,也逐渐形成了倡导并研究地方文学的意识。上述汪森《粤西通载》、谢启昆《广西通志·艺文略》、张鹏展《峤西诗钞》及梁章钜《三管英灵集》等的编纂,在保存广西历代文学文献、厘清广西文学发展脉络、探析广西文学特质等方面都具备开创之功。至当代广西学界,更有王德明著《广西古代诗词史》(广西师范大学出版社2009年版),周晓薇、王锋主编《唐宋诗咏北部湾》（广西人民出版社 2010 年版），王德明著《清代粤西文学家族研究》（广西师范大学出版社 2013 年版）、王德明、李凯旋著《"杉湖十子"研究》（广西师范大学出版社 2015 年版），莫道才编《粤西唐诗之路探源与诗人寻踪》（中华书局 2023 年版）等系列成果，对广西古代文学史进行了前所未有的深入研究。本书的编选，将自觉借鉴这些研究成果，在篇目的编选、排列、解读等方面有意识地呈现广西古代文学的历史脉络与阶段特征，使之能够成为广西地方"文学史"的"作品选"。

与此同时，也努力促进广西文学的"经典化"与"普及化"。文学的经典化，是作家或作品因其意义和价值，而在一段相对长的历史时段中被广泛认可和接受的持续过程。同时，这个过程还要伴随"经典诠释"，就文学作品而言，即各类评论、选本、刊刻、阅读、注释、仿写、续写等。"普及化"与"经典化"存在紧密关系，同样可以评论、选本、刊刻、阅读等作为实现途径，不过更为强调大众性、通俗性。所以，"经典化"与"普及化"是可以互相促进的。在具体编选中，我们的主要做法是：广泛参考不同时期各级各类总集、选本中对名家名作的选择、评论、注释，同时也借鉴最新成果，包括上述文学研究的各类成果，以及"宜州历史名人诗文注评系列丛书"、"文化广西"丛书等。总之，希望通过与已有研究和选本形成有机联系、相互呼应，既规范此选本的学术性，也进一步推动广西文学名篇在当代的"经典化"。对所选每篇作品，进行作者简介、来源标注、字词注释等，尽量消除古典文学在当代接受的或文字、或语境方面的障碍，同时通过赏析评论，有意识地导入经典意识、文学批评和价值引领。

第三，全书的章节结构。编排不以文体论，而是注重所选作品主题思想中有关优秀传统文化的时代表达、地域文化品质特性的凝练概括，以"家国情怀""山水之乐""人文胜迹""民俗风物"等主题将全书分为四大篇，分别展开。至各个主题内部的排列顺序，亦是不论文体或作者身份（如本土、为宦、流寓等），主要按照时间先后排序，便于纵览、建构先秦以来广西地方的文学演进、文化气质和精神风范。以下分别介绍各篇主题。

家国情怀篇：中国传统文化里，"家"与"国"是一体的，可称"家国"，或曰"国家"，正如《大学》中的"修身、齐家、治国、平天下"，树立起一种"家国情怀"，即君子的最高修养，是传统文化精神中最能够激荡人心的部分，也是两千多年来广西文学贯穿始终的主旋律。所选作品（含拓展阅读部分）40 篇，时间跨度从先秦至清末，体裁不限，以诗歌为主，另有古文（箴、表、记）、词、笔记、书信等，多出自名家手笔，具有重要的文学、历史价值。首篇无名氏《越人歌》既是文学史上备受赞誉、可代表《楚辞》最高艺术水准的文学名篇，又被认为是古代最早的少数民族民歌，有研究指出其应为壮族先民的歌，其主题则是民族关系的颂歌。以此开篇，揭示广西文学与中华文学之间悠远而紧密的关联。往后各篇，张衡《四愁诗》、扬雄《交州牧箴》，以至张九龄、杜甫、元结、范成大，以及蒋冕、王守仁、石涛、陈宏谋、康有为等名家之作，"广西"的文学意象日益丰富的同时，"中国"的山海形胜和华夏认同也经由"广西文学"获得了别样的生动诠释。可以说，"文学"消弭了广西与祖国各地在地理空间、语言民俗等方方面面的隔阂。

山水之乐篇：广西山水不仅有得天独厚的形胜，更得历代文学大家的吟哦称颂，风景与文学相得益彰，广西与诗人相互成就，最为典型的例子莫过于"桂林山水甲天下"这一流传了八百多年的、作为广西山水最佳"广告语"的名句了[1]。由此也形成了广西古代文学史上蔚为大观的山水行旅作品群。所选作品（含拓展阅读部分）44篇，作者均为著名文人、学者，包括柳宗元、李商隐、苏轼、黄庭坚、李纲、范成大、张孝祥、王夫之、方以智、查慎行、魏源、康有为等。其中柳宗元、范成大被认为是广西山水文学最重要的开拓者及继承者[2]。本篇有意识地选取以仕宦、贬谪、游历等进入广西的非本土文人的作品，一方面原因是其中名家众多，再者也希望借助他人之眼，更为客观地呈现广西山水之美。当然，广西文人如北宋欧阳辟、清代郑献甫等，也不乏抒写广西山水的佳作，也适当择取部分于文中。

　　人文胜迹篇：相对于自然景观的山水形胜，"人文胜迹"的关键词在于"人文"，即人的活动，尤其是与重大历史文化相关的人与事。广西自古远离政治经济中心，文化教育起步偏晚，各地区发展水平又极不均衡，相比于人文荟萃的中原、江南各地，其著名文化遗迹必然差减。但又因唐宋贬谪文化，以及境内山水奇景，而备受文人雅士的喜爱。他们身被流放但理想不改，修建书院，勒石记功；或成为八桂大地上的行吟诗人，一路诗词一路歌。正所谓"山不在高，有仙则名"，正是有了历代文学的修饰、浸润，广西逐渐形成了丰富的人文胜迹，构成了我们今天追溯地方历史文化时最宝贵的历史遗存、文化遗产。如韩愈《柳州罗池庙碑》一文与"荔子碑"，后者兼韩愈之诗、苏轼之书、柳宗元之德，也称"三绝碑"。其他如桂林碑刻、昆仑关、镇南关、绿珠渡等，均可追溯广西历史文化的源流。

　　民俗风物篇：广西地处祖国南疆，为西瓯、骆越故地，其文化称为桂系文化、八桂文化，从属于岭南文化。广西是多民族聚居的自治区，有壮、汉、瑶、苗、侗、仫佬、毛南、回、京、彝、水、仡佬等12个世居民族和满、蒙古、朝鲜、白、藏等44个其他民族。广西这样一种多民族大杂居、小聚居的格局，各民族之间长期交融、共生，实际上是中华民族大历史的缩影。同时，又因独特的地貌、气候等因素，形成了丰富多元的地方民俗民风及物产。本篇所选作品，既包括广西最具代表性的"三月三"山歌节俗，也包括了著名的物产，如水果荔枝、龙眼、沙田柚等，还有合浦的珍珠、桂林的桂花、修仁的古茶等，有助于追踪广西地方特色民俗风物的历史演变，并形成较为全面的印象。

　　第四，设置"拓展阅读"。拓展阅读资料主要包括以下三种：一是历代作家各体文学中的同类题材创作，二是历代有关的重要评论，三是与作家生平创作关系紧密的文献资料。这个版块的设置，主要考虑读者不同层次的阅读需求，可以为读者进一步探讨文学、文化专题提供一些便捷可得的文献和文本线索。

---

[1] 20世纪80年代，在桂林独秀峰石刻中，发现了南宋王正功的《劝驾诗》，其中有"桂林山水甲天下，玉碧罗青意可参"两句，被认为是这一名句的最早出处。

[2] 如清初著名诗人、剧作家洪昇，曾说："粤西山水辽绝险远，至唐子厚始发其奇于文。宋范文穆公镇粤最久，所作诗歌俱冲澹闲雅，似与柳殊指。"见洪昇《使粤诗跋》（《洪昇集》下，浙江古籍出版社2012年版，第479页）。

在编写过程中，我们面对古人有关广西的各体文学书写，深刻体会到了中华优秀传统文化的丰富与多元。借助这些饱含家国情怀、乡土热诚、生命赞誉的文字，我们将得以重返中华文化精神生成的历史现场，开启广西传统文化的探索之旅，浸润其中，并最终萌发对于传统、故乡的热爱、保护及传承之自觉。让典雅而"高深"的古诗词、古文作品，经过注解、阐释，消除文字音义及思想、审美等方面的时代隔膜，无障碍地进入当下社会大众的阅读生活，最终让文学经典、文化传统成为一种最日常的民族文化的底色，成为我们的精神家园。这也正如著名学者袁行霈先生所说："从诗经、楚辞、汉赋，到唐诗、宋词、元曲等，即便'往事越千年'，情感依然相通，哲理依然鲜活，意境依然隽永，这就是经典的魅力。"

目 录

第一篇

家国情怀

越人歌	先秦·无名氏	1
交州牧箴	汉·扬雄	4
四愁诗	汉·张衡	9
赠张云容舞	唐·杨玉环	12
寄杨五桂州谭	唐·杜甫	14
容州回逢陆三别	唐·戴叔伦	16
让容州表	唐·元结	18
再让容州表	唐·元结	20
端午日次郁林州	宋·李纲	26
劝驾诗	宋·王正功	29
桂林盛事记	宋·张仲宇	32
临江仙·送沈太守入觐	明·蒋冕	37
南宁二首	明·王守仁	40
赠同乡邓明府兼示大世兄	清·石涛	43
邕州	清·黎简	45
桂甫寄家兄叔白兼简王闲云	清·李宪乔	47
兴安道中	清·蒋士铨	50
上林道中	清·阮元	54
家书二则	清·陈宏谋	56
丙申腊再入桂林，除夕泊舟小杰度岁二首	清·康有为	59

第二篇

山水之乐

巡按自漓水南行	唐·张九龄	61
南溪诗	唐·李渤	64
柳州山水近治可游者记	唐·柳宗元	67
桂林	唐·李商隐	71
临江仙·九日登碧莲峰	宋·欧阳辟	73
藤州江下夜起对月赠邵道士	宋·苏轼	75
到桂州	宋·黄庭坚	79
桂林道中	宋·李纲	82
桂海虞衡志·志岩洞（节选）	宋·范成大	84
水调歌头·桂林集句	宋·张孝祥	88
千山观记	宋·张孝祥	91
游南中岩洞记	宋·罗大经	93
兴安道中	明·杨基	100
过苍梧峡	明·解缙	103
初出漓江	明·俞安期	107
苍梧舟中望系龙洲	清·王夫之	109
同金十一沛恩游栖霞寺望桂林诸山	清·袁枚	112
将至桂林望诸石峰	清·康有为	114

第三篇

人文胜迹

柳州东亭记	唐·柳宗元	119
桂州裴中丞作訾家洲亭记	唐·柳宗元	123
登柳州城楼寄漳汀封连四州	唐·柳宗元	128
柳州罗池庙碑	唐·韩愈	131
谪崖州过北流鬼门关作	唐·李德裕	136
阳朔县厅壁题名	唐·吴武陵	139
西江月·叠彩山题壁	宋·石安民	145
绿珠渡	宋·徐噩	147
游龙水城南帖	宋·黄庭坚	150

醉乡春·题海棠桥祝生家	宋·秦观	154
骖鸾录（节选）	宋·范成大	156
秦城	宋·刘克庄	159
过邕州昆仑关	元·陈孚	161
出镇南关	明·潘希曾	164
百字令·杉湖深处	清·王鹏运	166

第四篇

民俗风物

柳州城西北隅种柑树	唐·柳宗元	169
柳州峒氓	唐·柳宗元	172
殿试荔枝诗	五代·梁嵩	174
廉州龙眼味殊绝可敌荔枝	宋·苏轼	177
留别廉守	宋·苏轼	180
饮修仁茶	宋·孙觌	182
饮修仁茶	宋·李纲	185
木樨初发呈张功甫	宋·杨万里	188
谪居古藤病起禁鸡猪不食，与儿子攻苦食淡，久之颇觉安健，吕居仁书来传道家胎息之术，因作食粥诗示孟博并寄德应侍郎	宋·李光	190
岭外代答原序	宋·周去非	193
阳江避热入海，至涠洲，夜看珠池作，寄郭廉州	明·汤显祖	196
粤风续九·刘三妹	清·王士禛	199
镇安土风	清·赵翼	203
北流日记	清·杨恩寿	210
铁君惠沙田柚盈舟，咏柚赠铁君，惜其才侠不见用也	清·康有为	215

| 参考书目 | 217 |

第一篇

家国情怀

越人歌

先秦·无名氏

今夕何夕兮搴洲中流[1],
今日何日兮得与王子同舟[2]。
蒙羞被好兮不訾诟耻[3]。
心几烦而不绝兮得知王子[4]。
山有木兮木有枝,心说君兮君不知[5]。

选自《先秦汉魏晋南北朝诗》第一册,逯钦立辑校,中华书局2017年版

注 释

1. 夕:夜晚。搴:拔。洲:也作"舟",搴舟即荡舟。中流:河中间。本句是说:今晚是怎样的良辰啊在河中荡舟漫游。

2. 王子:指鄂君子皙。本句是说:今天是什么好日子啊得与王子同舟。

3. 被:同"披",覆盖。訾:说坏话。诟耻:耻辱。本句是说:深蒙王子错爱啊不以我鄙陋为耻。

4. 心几:即心机,意为心思。绝:断绝。本句是说:心绪纷乱不止啊能结识王子。知:相亲、相爱。

5. 枝:与"知"谐音。本句用"木"喻人,意思是:山上有树木啊树木有丫枝(树枝尚且知情啊人孰能无情)。说:同"悦"。本句是说:心中喜欢你啊你却不知!

作品导读

这首诗最早见于西汉刘向的《说苑》卷11《善说篇》，张玉谷《古诗十九首赏析》题作《拥楫歌》。或称为《鄂君歌》。南朝徐陵《玉台新咏》卷9引作《越人歌》："今夕何夕，搴舟中流。今日何日，与王子同舟。山有木兮木有枝，心悦君兮君不知。"

这是一首楚辞体歌谣，为公元前529年越国歌手在楚国令尹鄂君子晳舟游盛会上所唱的赞歌。子晳身份尊贵，为楚王母弟，封地在鄂地，被称为鄂君。曾经乘青翰之舟前往鄂地，张翠盖，钟鼓齐鸣。摇船的船夫是个越人，用越语唱了这首歌谣。当时的史官用近音汉字记下原音："滥兮抃草滥予？昌枑泽予？昌州州𩖗。州焉乎秦胥胥，缦予乎昭澶秦逾渗。惿随河湖。"子晳听不懂越语，请人翻译成楚辞体小诗。在诗中，这名越人船夫将自己比作一名爱慕王子的女子，借以表达当地人对于子晳这位新封君的热爱。子晳被歌谣打动，不顾王子之尊，"以绣袂拥之"，把自己的绣被披在他的身上。

这是我国见于古籍的第一首翻译作品，也是我国古代最早用汉字标音记录的少数民族民歌。南宋朱熹《楚辞后语》云："自越而楚，不学而得其余韵，且于周太师'六'诗之所谓'兴'亦有契焉。知声诗之体，古今共贯，胡、越一家，有非人之所能为者，是以不得以其远且贱而遗之也。"他更认为这是一曲古代民族关系的颂歌。春秋战国时期，"百越"一般指当时聚居在我国南方的各个部落，学术界一般认为百越与侗台语各族先民间有一定的族源关系，古越语当属侗台语的一支。韦庆稳《〈越人歌〉与壮语的关系试探》从语言学的角度认为《越人歌》是壮族先民的歌，并据词义将其直译为："今夕何夕，舟中何人兮？大人来自王室。蒙赏识邀请兮，当面致谢意。欲瞻仰何处访兮，欲侍游何处觅。仆感恩在心兮，君焉能知悉？"（收录于《民族语文论集》，中国社会科学出版社1981年版）于是，当我们今天追溯广西最具地方特色和民族文化风情的"尚歌""好歌"之俗时，其渊源当来自古越人"尚越歌""作越声"的遗风，这怎么不令人感叹？

这首诗也因词清句丽、章法深浅有序，以及采用谐音双关修辞后含蓄隽永的主旨意涵，表现出极高的艺术成就和审美价值而备受推崇。清代著名诗人沈德潜在《古诗源》中指出，《越人歌》末句"心悦君兮君不知"与《九歌》"思公子兮未敢言"同一婉至。梁启超《中国古代之翻译事业》也称赞此译本之优美"殊不在'风''骚'之下"。游国恩《楚辞的起源》更是赞誉其足以代表《楚辞》最高的艺术水准："他的文学艺术的确可以代表一个《楚辞》进步很高的时期，虽是寥寥短章，在《九歌》中，除了《少司命》《山鬼》等篇，恐怕没有哪篇赶得上他。"

拓展阅读

说苑

"善说"第十三

襄成君始封之日，衣翠衣，带玉剑，履缟舄，立于游水之上。大夫拥钟锤，县令执枹号令，呼："谁能渡王者？"于是也，楚大夫庄辛过而说之，遂造托而拜谒，起立曰："臣愿把君之手，其可乎？"襄成君忿然作色而不言。庄辛迁延沓手而称曰："君独不闻夫鄂君子皙之泛舟于新波之中也？乘青翰之舟，极䓺芘，张翠盖，而檒犀尾，班丽袿衽。会钟鼓之音毕，榜枻越人拥楫而歌。歌辞曰：'滥兮抃草滥予？昌枑泽予？昌州州䙄。州焉乎秦胥胥，缦予乎昭澶秦逾渗。惿随河湖。'鄂君子皙曰：'吾不知越歌，子试为我楚说之。'于是乃召越译，乃楚说之曰：'今夕何夕兮？搴洲中流。今日何日兮？得与王子同舟。蒙羞被好兮，不訾诟耻。心几顽而不绝兮，知得王子。山有木兮木有枝，心说君兮君不知。'于是鄂君子皙乃㩜修袂，行而拥之，举绣被而覆之。鄂君子皙，亲楚王母弟也，官为令尹，爵为执珪，一榜枻越人犹得交欢尽意焉，今君何以逾于鄂君子皙？臣独何以不若榜枻之人？愿把君之手，其不可何也？"襄成君乃奉手而进之曰："吾少之时，亦尝以色称于长者矣，未尝过僇如此之卒也。自今以后，愿以壮少之礼谨受命。"

选自《说苑译注》卷十一《善说篇》，(汉)刘向撰，程翔译注，
北京大学出版社 2009 年版

交州牧箴

汉·扬雄

交州荒裔[1]，水与天际[2]。越裳是南[3]，荒国之外。爰自开辟，不羁不绊。周公摄祚，白雉是献[4]。昭王陵迟[5]，周室是乱。越裳绝贡，荆楚逆叛。四国内侵，蚕食周宗。臻于季赧，遂以灭亡。大汉受命，中国兼该[6]。南海之宇，圣武是恢。稍稍受羁，遂臻黄支[7]。杭海三万[8]，来牵其犀[9]。盛不可不忧，隆不可不惧。顾瞻陵迟，而忘其规摹[10]。亡国多逸豫，而存国多难。泉竭中虚，池竭濒干。牧臣司交，敢告执宪[11]。

选自《扬雄集校注》，（汉）扬雄著，张震泽校注，
上海古籍出版社1993年版

注 释

1. 荒裔：边远地区。汉班固《封燕然山铭》："铄王师兮征荒裔，剿凶虐兮截海外。"
2. 际：接近。交州濒南海，水与天相接近。
3. 越裳：古南海国名。该句指越裳国最南，犹在荒服之外。
4. 白雉：传说周公摄政时，越裳国曾献白雉表示归顺，后因之以"越裳白雉"表示天下太平，四方归化。《尚书大传·归禾》："交趾之南有越裳国。周公居摄六年，制礼作乐，天下和平，越裳以三象重九译而献白雉，曰：道路悠远，山川阻深，恐使之不通，故九译而朝。"
5. 昭王：即周昭王。陵迟：衰败。《史记·周本纪》载，周昭王南征楚国，死于汉水之滨。此后，越裳不再来贡，荆楚也不服了。
6. 兼该：兼备，包括。
7. 黄支：亦作"黄枝"，古国名，一般认为即建支、建支补罗，在今印度南部海岸的甘吉布勒姆。汉武帝时，曾派使者到达黄支国，此后两国使者互往贸易。
8. 杭海：航海。
9. 来牵其犀：与上句"杭海三万"，是说黄支国人远航而来进献方物。《汉书·平帝纪》中有："二年春，黄支国献犀牛。"
10. 规摹：规模。
11. 执宪：执法者。

作者简介

扬雄（前53—18），字子云，成都人，文学家、语言学家。其辞赋与司马相如齐名，构思用词，纵横驰说，别具一格，后世有"文章两汉愧扬雄"之说。少好学，口吃，博览群书，长于辞赋。年四十余，始游京师，以文见召，奏《甘泉》《河东》等赋。成帝时任给事黄门郎，王莽时任大夫，校书天禄阁。因不愿趋炎附势，卒为王莽所忌，抑郁不得志。他学问渊博，除辞赋外，尚有《法言》《太玄》《方言》等著述。

作品导读

篇名也作《交州箴》。交州，本指五岭以南之地，自汉武帝时始设立交趾刺史部，辖南海、苍梧、郁林、合浦、交趾、九真、日南七郡五十六县，上述区域主要分布在今中国的广东、广西以及越南的北部、中部。西汉末改交州，为汉代十三州之一，也是汉朝最南部疆域，初治羸娄县，即今越南河内，元封五年（前106）移治苍梧广信县（今广西梧州），建安二十二年（217）移治番禺县（今广东广州）。三国时期，吴国分交州为广州和交州，交州辖境减小。自汉代以来，交州合浦郡徐闻县是海上丝绸之路的出发点，后逐步为广州取代。

箴，旧时一种文体，是规诫性的韵文，汉时多为"官箴"。牧，官名，即交州的地方长官。如此篇即历述交州古今治乱，规诫交州地方长官的箴文。

箴文以四言为主，扬雄的箴文一般在二十句左右，语句上又杂有五言句，如篇中"盛不可不忧，隆不可不惧""亡国多逸豫，而存国多难"等。扬雄共写了十二篇州箴，此篇是其中之一。扬雄的十二州箴，多就各州的历史、地理、物产、风土等立论，由地方守官而归结至朝廷，虽然文辞上说的责在守官。《交州牧箴》中最早出现"航海"一词，将当时交州、广州一带的海域称为"南海"，是研究我国海洋文化、海上丝绸之路的早期重要文献。

拓展阅读

十二州箴

汉·扬雄

冀州牧箴

洋洋冀州，鸿原大陆。岳阳是都，岛夷皮服。潺潺河流，表以碣石。三后攸降，列为侯伯。隆周之末，赵魏是宅。冀土糜沸，炫沄如汤。更盛更衰，载从载横。陪臣擅命，天王是替。赵魏相反，秦拾其弊。北筑长城，恢夏之场。汉兴定制，改列藩王。仰览前世，

厥力孔多。初安如山，后崩如崖。故治不忘乱，安不忘危。周宗自怙，云焉有予隳。六国奋矫，果绝其维。牧臣司冀，敢告在阶。

兖州牧箴

悠悠济河，兖州之宇。九河既导，雷夏攸处。草繇木条，漆丝绤纻。济漯既通，降丘宅土。成汤五徙，卒都于亳。盘庚北度，牧野是宅。丁感雊雉，祖己伊忠。爰正厥事，遂绪高宗。厥后陵迟，颠覆汤绪。西伯戡黎，祖伊奔走。致天威命，不恐不震。妇言是用，牝鸡司晨。三仁既知，武果戎殷。牧野之禽，岂复能耽？甲子之朝，岂复能笑？有国虽久，必畏天咎。有民虽长，必惧人殃。箕子欷歔，厥居为墟。牧臣司兖，敢告执书。

青州牧箴

茫茫青州，海岱是极。盐铁之地，铅松怪石。群水攸归，莱夷作牧。贡篚以时，莫怠莫违。昔在文武，封吕于齐。厥土涂泥，在邱之营。五侯九伯，是讨是征。马殆其衔，御失其度。周室荒乱，小白以霸。诸侯金服，复尊京师。小白既没，周卒陵迟。嗟兹天王，附命下土。失其法度，丧其文武。牧臣司青，敢告执矩。

徐州牧箴

海岱伊淮，东海是渚。徐州之土，邑于蕃宇。大野既潴，有羽有蒙。孤桐蠙珠，泗沂攸同。实列藩蔽，侯卫东方。民好农蚕，大野以康。帝癸及辛，不祗不恪。沉湎于酒，而忘其东作。天命汤武，剿绝其绪祚。降周任姜，镇于琅邪。姜氏绝苗，田氏攸都。事由细微，不虑不图。祸如丘山，本在萌芽。牧臣司徐，敢告仆夫。

扬州牧箴

矫矫扬州，江汉之浒。彭蠡既潴，阳鸟攸处。橘柚羽贝，瑶琨筱簜。闽越北垠，沅湘攸往。犷矣淮夷，蠢蠢荆蛮。翩彼昭王，南征不旋。人咸踬于垤，莫踬于山。咸跌于污，莫跌于川。明者不云我昭，童蒙不云我昏。汤武圣而师伊吕，桀纣悖而诛逢干。盖迩不可不察，远不可不亲。靡有孝而逆父，罔有义而忘君。太伯逊位，基吴绍类。夫差一误，太伯无祚。周室不匡，勾践入霸。当周之隆，越裳重译。春秋之末，侯甸叛逆。元首不可不思，股肱不可不孳。尧崇屡省，舜盛钦谋。牧臣司扬，敢告执筹。

荆州牧箴

杳杳巫山，在荆之阳。江汉朝宗，其流汤汤。夏君遭鸿，荆衡是调。云梦涂泥，包匦菁茅。金玉砥砺，象齿元龟。贡篚百物，世世以饶。战战栗栗，至桀荒溢。曰我在帝位，若天有日。不顺庶国，孰敢余夺！亦有成汤，果秉其钺。放之南巢，号之以桀。南巢茫茫，包楚与荆。风标以悍，气锐以刚。有道后服，无道先强。世虽安平，无敢逸豫。牧臣司荆，敢告执御。

豫州牧箴

郁郁荆河，伊洛是经。荥播柴添，惟用攸成。田田相挈，庐庐相距。夏殷不都，成周攸处。豫野所居，爰在鹑墟。四隩咸宅，宇内莫如。陪臣执命，不虑不图。王室陵迟，丧其爪牙。靡哲靡圣，捐失其正。方伯不维，韩卒擅命。文武孔纯，至厉作昏。成康孔宁，至幽作倾。故有天下者，毋曰我大，莫或我败。毋曰我强，靡克余亡。夏宅九州，至于季世，放于南巢。成康太平，降及周微。带蔽屏营，屏营不起。施于孙子，王赧为极，实绝周祀。牧臣司豫，敢告柱史。

益州牧箴

岩岩岷山，古曰梁州。华阳西极，黑水南流。茫茫洪波，鲧堙降陆。于时八都，厥民不隩。禹导江沱，岷嶓启干。远近底贡，磬错砮丹。丝麻条畅，有粳有稻。自京徂畛，民攸温饱。帝有桀纣，湎沉颇僻。遏绝苗民，灭夏殷绩。爰周受命，复古之常。幽厉夷业，破绝为荒。秦作无道，三方溃叛，义兵征暴，遂国于汉。拓开疆宇，恢梁之野。列为十二，光羡虞夏。牧臣司梁，是职是图。经营盛衰，敢告士夫。

雍州牧箴

黑水西河，横截昆仑。邪指阊阖，画为雍垠。上侵积石，下碍龙门。自彼氐羌，莫敢不来庭，莫敢不来臣。每在季主，常失厥绪。侯纪不贡，荒侵其宇。陵迟衰微，秦据以戾。兴兵山东，六国颠沛。上帝不宁，命汉作京。陇山徂以，列为西荒。南排劲越，北启强胡。并连属国，一护攸都。盖安不忘危，盛不讳衰。牧臣司雍，敢告赘衣。

幽州牧箴

荡荡平川，惟冀之别。北扼幽都，戎夏交逼。伊昔唐虞，实为平陆。周末荐臻，迫于獯鬻。晋溺其陪，周使不阻。六国擅权，燕赵本都。东陌秽貊，羡及东胡。强秦北排，蒙公城疆。大汉初定，介狄之荒。元戎屡征，如风之腾。义兵涉漠，偃我边萌。既定且康，复古虞唐。盛不可图，衰不可或忘。堤溃蚁穴，器漏箴芒。牧臣司幽，敢告侍傍。

并州牧箴

雍别朔方，河水悠悠。北辟獯鬻，南界泾流。画兹朔土，正直幽方。自昔何为，莫敢不来贡，莫敢不来王。周穆遐征，犬戎不享。爰貊伊德，侵玩上国。宣王命将，攘之泾北。宗周罔职，日用爽蹉。既不俎豆，又不干戈。犬戎作乱，毙于骊阿。太上曜德，其次曜兵。德兵俱颠，靡不悴荒。牧臣司并，敢告执纲。

交州牧箴

（略）

选自《扬雄集校注》，（汉）扬雄著，张震泽校注
上海古籍出版社 1993 年版

桂林风土记·桂林
唐·莫休符

按《地里志》，桂州，《禹贡》荆州之域。春秋时，越七国时服于楚。秦始皇二十三年_{古者未有年号，至汉武帝方纪年名，故云始皇二十三年}，发逋亡、赘婿，贾人，掠取陆梁之地为桂林。吴时，文士薛宗言："昔帝舜南巡苍梧，秦置桂林、南海、象郡。"《南越志》："汉武改为郁林郡，以桂林为县。"《吴书》："孙皓凤凰三年，分郁林、象郡为桂林。"又按《图经》云："吴甘

露年，分郁林、象郡为桂林。"今以《魏书》证之，甘露乃高贵乡公曹髦所记年号，非《吴书》也。古有名人张衡诗云："我所思兮在桂林，欲往从之湘水深。"是则桂林为郡久矣。汉祖命周电击南越，南越王赵佗据险为城。电不能逾。今灵川全义岭有越城。《汉纪》有周电为泗水侯，是吕后时，非高祖也。《地里志》云："周电未知其详。"按：《史记·南越传》，高后遣将军隆虑侯灶往击之。

选自《桂林风土记》，（唐）莫休符著，
广西师范大学出版社 2014 年版

四愁诗

汉·张衡

张衡不乐久处机密[1]，阳嘉中[2]，出为河间相[3]。时国王骄奢[4]，不遵法度，又多豪右并兼之家。衡下车，治威严，能内察属县，奸滑行巧劫，皆密知名，下吏收捕，尽服擒。诸豪侠游客，悉惶惧逃出境。郡中大治，争讼息，狱无系囚[5]。时天下渐弊，郁郁不得志，为《四愁诗》，效屈原以美人为君子，以珍宝为仁义，以水深雪雰为小人，思以道术为报[6]，贻于时君，而惧谗邪不得以通。其辞曰：

一思曰：

我所思兮在太山[7]，欲往从之梁父艰[8]，侧身东望涕沾翰[9]。

美人赠我金错刀[10]，何以报之英琼瑶[11]。

路远莫致倚逍遥[12]，何为怀忧心烦劳[13]？

二思曰：

我所思兮在桂林[14]，欲往从之湘水深[15]，侧身南望涕沾襟。

美人赠我金琅玕[16]，何以报之双玉盘。

路远莫致倚惆怅，何为怀忧心烦伤？

三思曰：

我所思兮在汉阳[17]，欲往从之陇阪长[18]，侧身西望涕沾裳。

美人赠我貂襜褕[19]，何以报之明月珠。

路远莫致倚踟蹰[20]，何为怀忧心烦纡[21]？

四思曰：

我所思兮在雁门[22]，欲往从之雪雰雰，侧身北望涕沾巾。

美人赠我锦绣段[23]，何以报之青玉案[24]。

路远莫致倚增叹[25]，何为怀忧心烦惋[26]？

选自《先秦汉魏晋南北朝诗》第一册，逯钦立辑校，

中华书局 2017 年版

注　释

1. 机密：机要的职务或部门。张衡曾官侍中，为皇帝身边的亲信。

2. 阳嘉：汉顺帝刘保的年号。

3. 河间：汉代的河间国，治所在乐城（今河北献县一带）。

4. 国王：指河间郡王刘政，刘开之子。据《后汉书·河间孝王开传》："政傲很，不奉法宪。"

5. 系囚：拘系的囚犯。

6. 道术：治理天下之道与方法。

7. 所思：心中思念的人，即下文所说的"美人"。太山：即泰山。

8. 从之：跟随他。梁父：一作"梁甫"，泰山南边的一座小山，在今山东泰安东南。

9. 翰：衣襟。

10. 错：镀金。金错刀：用黄金镀过刀环或刀把的佩刀。

11. 英：通"瑛"，美玉的光辉。琼、瑶：都是美玉。

12. 莫致：无法送到。倚：通"猗"，语气助词，相当于"啊"，无实意，以下同。逍遥：彷徨不安。

13. 何为：为何、为什么。烦劳：烦忧；劳，忧。

14. 桂林：秦代郡名，治所在今广西桂平市西南。

15. 湘水：源出广西灵川县东海阳山，东北流入湖南省境，至岳阳市入洞庭湖。

16. 金琅玕：琴上用琅玕装饰。金，一作"琴"。琅玕，似玉的美石。

17. 汉阳：东汉明帝时改天水郡为汉阳郡，治所在冀县（今甘肃省甘谷县南）。

18. 陇阪：陇山，又名陇坻，在今陕西陇县西北，跨甘肃清水县，山高且长，古时以迂回险阻著称。《三秦记》云："其坂（陇山）九回，不知高几许，欲上者七日乃得越。"

19. 貂襜褕：直襟的貂皮袍子。襜褕，直襟的单衣。

20. 踟蹰：徘徊不进。

21. 烦纡：心情烦恼缭乱。纡，曲折。

22. 雁门：郡名，治所在阴馆，在今山西代县北。

23. 锦绣段：成匹的锦绣。

24. 青玉案：用青玉制作的小几。案，托放食器的小几，形如今日有脚的托盘。

25. 增叹：一再叹息。

26. 烦惋：烦乱怨恨。惋，怨恨。

作者简介

张衡（78—139），字平子，东汉南阳西鄂（在今河南南阳市）人。历任南阳主簿、太史令、侍中、河间王相，后征拜尚书，卒年六十二。精通天文、历算，发明了举世闻名的浑天仪、地动仪，著有《灵宪》《浑天仪图经》等重要的天文学著作。文学成就主要体现在辞赋和诗歌，《二京赋》用十年写成，为东汉年间最著名的大赋，《归田赋》是极富创造性的抒情小赋，后世包括王粲《登楼赋》的创作均受其影响，诗歌有四言的《怨篇》、五言的《同声歌》及七言的《四愁诗》。原有文集，已佚，现存明人辑《张河间集》。

作品导读

此诗最早见于《昭明文选》，诗前有短序，大意是张衡任河间王相时，感天下积弊，郁郁不得志。于是，效仿屈原《楚辞》创作此诗。在诗中，作者以美人喻君子，以各式各样的珍宝比喻仁义，又分别以山高、水深、路远、雪飞比喻小人，唯有遗世独立的"我"站在中原，向四方苦苦追求自己的所爱，寄托自己有志而失意的忧伤。

这首诗的价值和意义是极其丰富的。叶嘉莹先生曾在评析此诗的时候，称赞它的"楚歌体"式，是五言诗发展到七言诗的过渡作品，诗中美人的象喻、追寻的主题，受《楚辞》影响，而感情和句法的重复，则属《诗经》的特色；同时，又感叹诗歌的作者张衡："一流的科学家都是富于创造性的天才，他们往往兼有一种文学家的敏锐的直感，或者说，是一种联想和感发的能力，所以他们才能够创造出别人想不到的东西。……这种天才，是感性与理性兼长并美的天才。"[1]而对于广西文学而言，其中第二段"我所思兮在桂林"，形成了惆怅而不失朦胧、可望而又难企及的"桂林意象"，是"广西"在古诗中的第一次亮相。清代梁章钜《三管诗话》中指出："他邦人士诗为粤西而作者，莫古于此。"

拓展阅读

六月二十日夜渡海
宋·苏轼

参横斗转欲三更，苦雨终风也解晴。
云散月明谁点缀，天容海色本澄清。
空余鲁叟乘桴意，粗识轩辕奏乐声。
九死南荒吾不恨，兹游奇绝冠平生。

选自《苏轼诗集》，（宋）苏轼著，孔凡礼点校，
中华书局1982年版

---

[1] 叶嘉莹：《汉魏六朝诗讲录》，河北教育出版社1997年版，第168-169页。

赠张云容舞[1]

唐·杨玉环

云容，妃侍儿，善为霓裳舞，妃从幸绣岭宫时，赠此诗。

罗袖动香香不已，红蕖袅袅秋烟里[2]。

轻云岭上乍摇风，嫩柳池边初拂水。

选自《全唐诗》卷五，（清）彭定求等编，
中华书局1960年版

注 释

1. 此作又名《阿那曲》。阿那曲，词牌名，相传为杨贵妃所制，取义当在舞容。《全唐诗·附词》亦收入此作。据明代杨慎《升庵词品》："仄韵绝句，唐人以入乐府，谓之《阿那曲》，又名《鸡叫子》。"至清代万树《词律》、张宗橚《词林纪事》，都将此作为杨贵妃之词而收入。

2. 红蕖：荷花。

作者简介

杨玉环（719—756），即历史上著名的美女杨贵妃。小字玉环，号太真，祖籍说法不一。据唐朝天宝年间四门助教许子真撰写的《容州普宁县杨妃碑记》，杨玉环开元四年（716）农历六月初一日生于容州普宁县（在今广西容县）城北十里的云凌里杨冲村。杨玉环曾先后被后军都置杨康和长史杨玄琰收养为女，后带归长安。史称她"姿质丰艳，善歌舞，通音律，智算过人"，是唐代宫廷音乐家、舞蹈家。先嫁与寿王瑁为妃，后被唐玄宗看中，令修道太真宫，故又称"杨太真"。天宝四年（745），被册为贵妃，宠极一时，兄姊皆得富贵。安禄山叛乱后，随李隆基流亡蜀中。天宝十五年（756）六月十四日，途经马嵬驿，禁军哗变，被赐缢死，年三十八岁。《新唐书》有传、宋乐史撰有《杨太真外传》等。

作品导读

关于杨贵妃的传说历来很多，所存作品仅此一首。同时被列入《全唐诗·附词》部分，有学者将其视为是中国古代女性词的最早创作[1],也是广西最早出现的词:"真正的词学还是从杨玉环的《阿那曲》开始。"[2]

这首作品作于杨玉环在皇宫受宠得意之时。她与唐玄宗于绣岭宫中观赏侍女张云容表演的霓裳羽衣舞,并当场作此诗赞美侍女的舞姿。作品格调高绝,舞蹈本为表演艺术,形诸笔端殊非易事,作者撷取三种轻柔袅娜的事物,以"红蕖""轻云""嫩柳"比喻舞者,以"袅袅""摇风""拂水"状舞姿,无一字正面铺陈,连譬设喻,恰切精当,活脱灵动,形象逼真神肖,有飘然欲举之感,具有强烈的艺术魅力,启发读者想象、感受舞蹈之美,杨玉环本人的艺术鉴赏力和文学才华也由此得以显现。

杨玉环自身是非常出色的音乐家和舞蹈家,唐代白居易《胡旋》说"中有太真外禄山,二人最道能胡旋",《霓裳羽衣曲》更是其所长。明代钟惺《名媛诗归》所评:"女人看女人无情,非为聪明女子言也,我见犹怜,此岂男子语?悟此可读太真此诗。"可谓独到而中肯。清代学者陆昶《历朝名媛诗词》赞其"字字形容舞态,出语波俏,亦足见其风致可喜"。明代江苏盲诗人唐汝询在理解了杨妃的《阿那曲》之后,评论说:"读此知明皇宠妃,不独以色。"

拓展阅读

容州普宁县杨妃碑记
唐·许子真

杨妃,容州杨冲人也,离城一十里。小名玉娘。父维,母叶氏。维尝谓先人云:葬其祖去此十里许,逢一术士,忘其姓名,云此坟若高数尺必出贵子,惜太低,生女亦贵。妃母怀娠十二月始生。初诞时,满室馨香,胎衣如莲花,三日目不开。夜梦神以手拭其眼,次日目开,眸如点漆。抱出日下,目不瞬。肌白如玉,相貌绝伦。后军都置杨康见之,以财帛啖其父求为女。妃家素婆,不获已与之。康有二子读书。妃三岁,日夜同坐,听其诵读。渐长,通《语》《孟》。康夫妇惜如珠玉。杨长史炎摄行帅事,闻之左右,令与母偕来。一见大奇,私谓厥妻曰:"此女姿质异常,貌有贵相。吾二女远未逮也。"遂给以金帛与康求为女。康不从。乃胁取之。举家号泣送去。居无几何,长史秩满,携归长安,与二女同教,惟妃性昭慧,谙音律,明经史。后进入寿宫。开元二十四年,明皇诏入内,号太真。大被宠遇。天宝间册为贵妃云。

选自《全唐文新编》卷四〇三,周绍良主编,
吉林文史出版社2000年版

---

[1] 邓红梅:《女性词史》,山东教育出版社2000年版,第59页。
[2] 韦湘秋:《广西历代词评》,广西教育出版社2001年版,第1页。

寄杨五桂州谭[1]

唐·杜甫

五岭皆炎热[2]，宜人独桂林。
梅花万里外，雪片一冬深。
闻此宽相忆[3]，为邦复好音[4]。
江边送孙楚[5]，远附白头吟[6]。

选自《杜诗详注》，（唐）杜甫著，（清）仇兆鳌注，
中华书局 2015 年版

注 释

1. 杨五，即杨谭，曾官侍御、刺史，乃杜甫好友。题下原注："因州参军段子之任。"杜甫托即将赴桂州（今广西桂林市）就任参军的段先生，将此诗捎给在桂林为官的朋友杨谭。

2. 五岭：即大庾岭、骑田岭、萌渚岭、都庞岭、越城岭的总称。在今福建、江西、广东、广西等省（区）境内。

3. 宽：宽慰。

4. 为邦：指治理地方的政绩。

5. 孙楚：西晋著名文学家、诗人，颇有才华，曾任石苞将军的参军。此处以孙参军比作即将赴桂林的段参军。

6. 白头吟：借指杜甫托段参军带给杨谭的这首诗，以表对朋友的怀念之情。《白头吟》，相传卓文君作示司马相如者，中有"愿得一心人，白首不相离"之句，古人每引申以喻友情之坚贞。此句忆杨谭。

作者简介

杜甫（712—770），字子美，自称杜陵布衣，又称少陵野老，河南巩县（今河南巩义市）人，杜审言之孙。我国历史上最伟大的诗人之一，被誉为"诗圣"。35 岁之前主要是读书漫游，曾参加进士科考试，落榜。后困居长安近十年，以献《三大礼赋》，进入集贤院。安史之乱起任左拾遗。晚年移家成都，建草堂于浣花溪，世称浣花草堂。后依节度使严武获检校工部员外郎的虚职，故世称"杜工部"。永泰元年（765）春夏之交，离成都，至夔州（今重庆奉节），在夔州近两年，作诗 400 多首。大历三年（768）正月，出峡，辗转漂泊于湖

湘之间。大历五年（770）夏五月，客居湖南耒阳，病卒。杜甫一生官职低微，生活贫苦，但忧国忧民，其诗多反映社会事件和民生疾苦，被称为"诗史"，诗风沉郁顿挫。他与李白并称"李杜"，对后世影响十分深远。有《杜工部集》。

作品导读

杜甫的这首诗，约作于唐上元元年（760）冬。其时杜甫已到垂暮之年，寓居成都草堂。杜甫一生颠沛流离，并没到过桂林。他只能从友人的书信往来中得知"五岭皆炎热，宜人独桂林"，并且赋诗以记之。可见桂林给杜甫的印象之深。杜甫的律诗，历来被推崇为典范。这首寄赠诗，前四句写桂州冬景，后四句寄友人之情。诗歌字字浅显，句句深情，内涵极为丰富，喜中有悲，悲中有喜，言近旨远，辞浅情深。诗的声律、对仗、词句等方面，体现出杜甫律诗艺术的成熟。这首诗是描写桂林山水的经典之作，杜甫通过此诗，也表达了对于任职桂林的杨谭、段生等人为官善政造福地方的殷殷寄托。

拓展阅读

送邢桂州
唐·王维

铙吹喧京口，风波下洞庭。
赭圻将赤岸，击汰复扬舲。
日落江湖白，潮来天地青。
明珠归合浦，应逐使臣星。

选自《王右丞集笺注》，（唐）王维著，（清）赵殿成笺注，
上海古籍出版社1998年版

送谭八之桂林
唐·王昌龄

客心仍在楚，江馆复临湘。
别意猿鸟外，天寒桂水长。

选自《王昌龄集编年校注》，（唐）王昌龄著，胡问涛、罗琴校注，
巴蜀书社2000年版

容州回逢陆三别[1]

唐·戴叔伦

西南积水远,老病喜生归。
此地故人别,空余泪满衣。

选自《戴叔伦诗集校注》卷一,(唐)戴叔伦著,蒋寅校注,
上海古籍出版社2010年版

注 释

1. 容州:唐属岭南道,在今广西容县。陆三,即茶圣陆羽,戴叔伦的好友。平生嗜茶,著有《茶经》三卷,对茶的起源、加工、饮用器皿都有精妙的考证和论述,是中国第一部论茶的专书。

作者简介

戴叔伦(732—789),字幼公,一字次公,一说名融,字叔伦。润州金坛(今属江苏镇江)人。年少拜著名古文家萧颖士为师。唐贞元四年(788)七月,授为容州刺史、容管经略使,后人称为"戴容州"。唐代中期著名诗人。诗歌题材丰富,体裁多样,有不少反映社会现实的内容,有的则表现隐逸生活和闲适情调,清词丽句,秀而不弱。论诗名言如"蓝田日暖,良玉生烟,可望而不可置于眉睫之前也"。讲究神韵,对宋明以后的神韵派和性灵派诗人产生过较大影响。《新唐书》有传。著有《戴叔伦集》存世。

作品导读

唐贞元五年(789),戴叔伦因病辞官,离开容州返乡,途中遇见老友茶圣陆羽,写下此诗。他在诗中言道:"西南积水远,老病喜生归",庆幸自己能在风烛残年得以生还。不料,随后竟在行至端州(今广东肇庆)时,病故于舟中。这首《容州回逢陆三别》,也就成为了他一生中所写的最后一首诗。文字简约,情感真切,风格质朴无华,将悲喜交加的心情呈露无遗。

拓展阅读

逢南中使因寄岭外故人
唐·卢纶

见说南来处,苍梧接桂林。
过秋天更暖,边海日长阴。
巴路缘云出,蛮乡入洞深。
信回人自老,梦到月应沉。
碧水通春色,青山寄远心。
炎方难久客,为尔一沾襟。

选自《大历诗略笺释辑评》,(清)乔亿选编,雷恩海笺注,
天津古籍出版社 2008 年版

桂州腊夜
唐·戎昱

坐到三更尽,归仍万里赊。
雪声偏傍竹,寒梦不离家。
晓角分残漏,孤灯落碎花。
二年随骠骑,辛苦向天涯。

选自《戎昱集》,(唐)戎昱著,
长江文艺出版社 2018 年版

让容州表

唐·元结

　　臣结言，臣伏奉今月二十二日敕，授臣使持节都督容州诸军事，守容州刺史御史中丞，充本管经略守捉使。四月十六日敕到，二十一日发付本道行营。臣实愚弱，谬当寄任[1]。奉诏之日，不胜忧惧。臣结中谢。臣闻孝于家者忠于国，以忠事君者无所隐。臣有至切[2]，不敢不言。臣实一身，奉养老母，医药饮食，非臣不喜；臣暂违离，则忧悸[3]成疾。臣又多病，近日加剧。前在道州[4]，黾勉[5]六岁[6]，实无政理，多是假名，频请停官，使司不许。今臣所属之州，陷贼岁久，颓城古木，远在炎荒[7]。管内诸州，多未宾伏，行营野次[8]，向十余年。在臣一身，为国展效[9]，死当不避，敢惮艰危？但以老母念臣疾疹日久，时方大暑，南逾火山，举家漂泊，寄在湖上，单车[10]将命[11]，赴于贼庭。臣将就路，老母悲泣。闻者凄怆，臣心可知。臣欲扶持版舆[12]，南之合浦[13]，则老母气力，难于远行。臣欲奋不顾家，则母子之情，禽畜犹有。臣欲久辞老母，则又污辱名教。臣欲便不之官，又恐稽违诏命。在臣肝肠，如煎如灼。昔徐庶[14]心乱，先主[15]不逼；令伯[16]陈情，晋武允许。君臣国家，万代为规。伏惟陛下以孝理万姓，慈育生类[17]，在臣情志，实堪矜愍[18]。臣每读前史，见吴起[19]游宦，噬臂不归，温峤奉使，绝裾而去，常恨不逢斯人，使之殊死[20]。臣所以冒犯圣旨，乞停今授，待罪私门，长得奉养，供给井税。臣之恳愿，尘黩[21]天威，不胜惶恐。谨遣某官奉表陈让以闻。

选自《元次山集》，（唐）元结著，孙望校注，

中华书局2022年版

注　释

1. 寄任：所委托的重要职任。
2. 至切：至情。
3. 忧悸：担心害怕。
4. 道州：唐贞观八年（634）改南营州置道州，治所在营道（天宝初改名弘道，今湖南道县）。辖境当今湖南道县、宁远以南的潇水流域。元结之前任道州刺史。
5. 黾勉：勉力，尽力；勉强。
6. 六岁：六年。
7. 炎荒：南方边远之地。柳宗元《祭弟宗直文》："炎荒万里，毒瘴充塞，汝已久病，来此伴吾。"

8. 野次：在野外歇息，止宿。

9. 展效：出力报效。

10. 单车：一辆车，指轻车简从。

11. 将命：奉命。《仪礼·聘礼》："将命于朝。"郑玄注："将，犹奉也。"

12. 版舆：古时一种人抬的代步工具，多为老人乘坐。晋代潘岳《闲居赋》："太夫人乃御版舆，升轻轩。"后因此赋述奉养其母，便常用为在官而迎养其亲的典故。

13. 合浦：古郡名，汉置，郡治在今广西合浦县东，是中国汉代海上丝绸之路的始发港之一，以产珍珠著名。

14. 徐庶：字元直。三国时人。初事刘备，寻曹操以其母胁之归，庶乃荐诸葛亮于备以自代，以报其知遇之恩，辞备归曹。后庶仕至御史中丞，而终生不为曹设一谋。

15. 先主：刘备，字玄德，东汉末年幽州涿郡涿县（今河北省涿州市）人，三国时期蜀汉开国皇帝，史家又称他为先主。顾炎武《日知录》卷二十四"主"条云："《三国志》载钟会《檄蜀将士吏民》，称昭烈为'益州先主'，盖始于此，乃是魏人所称先主。"

16. 令伯：李密，字令伯，晋朝武阳（今四川彭山）人。早年丧父，母何氏改嫁，李密由祖母刘氏抚养。在蜀国曾任尚书郎，以文学才辩见称于世。蜀汉亡后，晋武帝时征召他为太子洗马，逼迫甚紧。李密以奉养祖母为由辞不应征，向晋武帝上《陈情表》婉辞，词情娓娓，极能动人，武帝也就不再勉强。

17. 生类：泛指一切有生命之物。《文选·张衡〈东京赋〉》："方其用财取物，常畏生类之珍也。"薛综注："生类，谓天下万物之类也。"

18. 矜愍：同"矜悯"，哀怜，怜悯。晋李密《陈情事表》："愿陛下矜愍愚诚，听臣微志。"

19. 吴起：战国时期著名的军事家、政治家。吴起离开卫国，与母决别，啮臂起誓曰："不为将相终不归。"后师从曾子。吴母过世后，吴起不归，曾子遂与吴起断绝关系。

20. 殊死：古代谓斩刑，因身首分离，故称殊死。《汉书·高帝纪下》："今天下事毕，其赦天下殊死以下。"颜师古注："韦昭曰：'殊死，斩刑也。'殊，绝也，异也，言其身首离绝而异处也。"

21. 尘黩：意指玷污，谦辞。《晋书·何琦传》："一旦茕然，无复恃怙，岂可复以朽钝之质尘黩清朝哉！"

再让容州表

唐·元结

草土臣[1]结言，伏奉四月十二日敕，以臣前在容州，殊有理政[2]，使司乞留，以遂人望。起复臣守金吾卫将军、员外置同正员，兼御史中丞，使持节都督容州诸军事，兼容州刺史，充本管经略守捉使。赐紫金鱼袋[3]。忽奉恩诏，心魂惊悸。哀慕悲感，不任[4]忧惧。臣某中谢。臣闻苟伤礼法，安蒙寄任，古人所畏，臣敢不惧？国家近年，切恶薄俗[5]，文官忧免[6]，许终丧制。臣素非战士，曾忝台省，墨缞[7]戎旅，实伤礼法。且容府陷没，十二三年，管内诸州，多在贼境。臣前行营，日月甚浅，宣布圣泽，远人未知。有何政能，得在人口，使司过听[8]，误有请留。遂令朝廷，隳紊[9]法禁，至使愚弱，秽污礼教。臣实不敢践古人可畏之迹，辱圣朝委任之命，敢以死请，乞追恩诏。前者陛下授臣容州，臣正任道州刺史，臣身病母老，不敢辞谢。实为道州地安，数年禄养，容州破陷，不宜辞避，臣以为安食其禄，蹈危不免，此乃人臣之节。其时臣便奉表陈乞，以母老地远，请解职任。陛下察臣恳至，追臣入朝。臣以为不贻忧叹，荣及膝下[10]，人子之分。不图恩敕未到，臣丁酷罚[11]，哀号冤怨，无所迨及。今陛下又夺臣情[12]，礼授容州。臣遂行，则亡母旅榇[13]，归葬无日，几筵[14]漂寄，奠祀无主。捧读诏书，不胜悲惧。臣旧患风疾[15]，近转增剧，荒忽迷忘，不自知觉。余生残喘，朝夕殒灭，岂堪金革[16]，能伏叛人？特乞圣慈允臣所请，收臣新授官诰，令臣终丧制，免生死羞愧，是臣恳愿。臣今寄住永州[17]，请刺史王庭璬为臣进表陈乞以闻。

选自《元次山集》，（唐）元结著，孙望校注，
中华书局 2022 年版

注释

1. 草土臣：官吏在居丧中对君上具衔时的自称。草土，居丧。居父母之丧者寝苫枕块，故曰草土。

2. 理政：亦作"政理"，谓有卓越的政绩。

3. 紫金鱼袋：在唐、宋官衔中常有此名。紫指紫衣，金鱼袋系用以盛鲤鱼状金符，一般佩于腰右。官服分颜色，从唐代开始三品以上为紫袍，佩金鱼袋，这种服色制度到清代才完全废除。

4. 不任：不胜，不尽。刘商《胡笳十八拍》第十二拍："如今果是梦中事，喜过悲来情不任。"

5. 薄俗：轻薄、败坏的习俗与风气。《汉书·元帝纪》："民渐薄俗，去礼义，触刑法，岂不哀哉！"

6. 忧免：为了丁忧而免职。丁忧原指遇到父母丧事，后来则多专指官员居丧。古代的时候，父母逝世后，子女按礼必须持丧三年，其间不得行婚嫁之事，不预吉庆之典，任官者则并须离职。

7. 墨縗：黑色丧服。縗，古代丧服，用麻布制成，披在胸前。

8. 过听：错误地听取，误听。

9. 隳紊：败坏紊乱。《隋书·经籍志一》："周室道衰，纪纲散乱，国异政，家殊俗，褒贬失实，隳紊旧章。"

10. 膝下：本意表示幼年，以子女幼时依附于父母的膝下，故名。《孝经·圣治》："故亲生之膝下。"郑玄注："膝下，谓孩幼之时也。"后用于子女在父母前的称谓，以表示对父母的爱慕和尊敬。

11. 丁酷罚：遭遇父母之丧。古人认为，丧失父母，乃对人之最大惩罚。丁，遭逢、遇到。

12. 夺情：又称夺情起复，是中国古代丁忧制度的延伸，意思是为国家夺去了孝亲之情，可不必去职，以素服办公，不参加吉礼。

13. 旅櫬：客死者的灵柩。

14. 几筵：筵席，后泛称灵座为几筵。

15. 风疾：外感风寒而得的疾病。

16. 金革：刀剑和甲胄之类，指兵器。

17. 永州：地处湖南省南部，湘江上游。西汉置泉陵县。东汉零陵郡治迁此。隋改置零陵县，开皇九年（589）置永州。

作者简介

元结（719—772），字次山，号漫郎、聱叟等。汝州鲁山（今河南鲁山）人。天宝十三年（754）举进士。乾元二年（759）奉诏入京，上《时议》三篇，得肃宗赏识，擢升为右金吾兵曹参军。在平定"安史之乱"中立有战功。唐代宗时，拜著作郎，后两度出任道州刺史，颇有政声。大历三年（768），调任容州刺史，兼容管经略使。元结是鲜卑族后代，年少放纵，不受约束，十七岁改志，拜元德秀为师求学。诗文兼长，诗作关注现实，朴素真挚，不尚浮华，反对"拘限声病，喜尚形似"（《箧中集》序），格调高古，真淳朴拙；为文奇古峻绝，笔力雄健，耿介拔俗。元结对唐代古文运动与新乐府运动均有重要的先导之功，韩愈曾在《送孟东野序》中评价曰："唐之有天下，陈子昂、苏源明、元结、李白、杜甫、李观，皆以其所能鸣。"著有《元次山集》。

作品导读

唐大历三年（768），元结因在道州治绩卓著，调任容州刺史，兼容管经略使，并授予容州都督职衔。其时，容州为容管十四州行政中枢。但据《旧唐书·王翃传》载，岭南溪洞首领梁崇牵、西园夷张侯、夏永等攻陷城邑，据容州，以致唐王朝所派刺史、经略使等根本无法进入容州，只能"寄理藤州，或寄梧州"。元结受命后，以非凡的胆识，一改过往经略使的穷兵黩武政策，采取抚慰、劝勉的做法，取得当地人的信任。并曾单车入洞，与地方武装首领会面缔盟，不过短短六十天即消解战乱，恢复了八州秩序。对此，杜甫曾在《同元使君舂陵行》中盛赞："得结辈十数公，落落然参错天下为邦伯，万物吐气，天下少安可得矣。"

因母亲年老多病，不堪远行，奉养不便，进退两难的元结作《让容州表》，呈表乞辞。唐代宗察其恳切，又以元结政绩显著、朝廷急需用人，而未批允。次年，元结又上《再让容州表》，坚持陈请。表文围绕"苟伤礼法"和"切恶薄俗"展开，陈述忠君之志，强调遵守礼法，终被应允，以"丁忧"离职归去。据《新唐书·元结传》载，元结离开容州时，"人皆诣节度府请留"，受到众多百姓的挽留，甚至离职后，"民乐其教，至立石依依"。

《让容州表》与《再让容州表》情感真诚恳切，内容繁约得正，对母亲孝情的诉说，及忠孝不能两全时的肝肠如煎如灼之情状，仿佛眼前，令人动容，与西晋李密《陈情表》隔代呼应。作为同类题材的散文名篇，文风质朴，情感真挚，反映了盛唐转向中唐时文风的变化。

拓展阅读

舂陵行
唐·元结

癸卯岁，漫叟授道州刺史。道州旧四万余户，经贼已来，不满四千，大半不胜赋税。到官未五十日，承诸使征求符牒二百余封，皆曰失其限者，罪至贬削。于戏！若悉应其命，则州县破乱，刺史欲焉逃罪？若不应命，又即获罪戾，必不免也。吾将守官，静以安人，待罪而已。此州是舂陵故地，故作《舂陵行》以达下情。

军国多所须，切责在有司。
有司临郡县，刑法竞欲施。
供给岂不忧，征敛又可悲。
州小经乱亡，遗人实困疲。
大乡无十家，大族命单羸。

朝餐是草根，暮食乃树皮。
出言气欲绝，意速行步迟。
追呼尚不忍，况乃鞭朴之。
邮亭传急符，来往迹相追。
更无宽大恩，但有迫促期。
欲令鬻儿女，言发恐乱随。
悉使索其家，而又无生资。
听彼道路言，怨伤谁复知。
去冬山贼来，杀夺几无遗。
所愿见王官，抚养以惠慈。
奈何重驱逐，不使存活为。
安人天子命，符节吾所持。
州县忽乱亡，得罪复是谁。
逋缓违诏令，蒙责固所宜。
前贤重守分，恶以祸福移。
亦云贵守官，不爱能适时。
顾唯孱弱者，正直当不亏。
何人采国风，吾欲献此辞。

选自《元次山集》，（唐）元结著，孙望校注，
中华书局2022年版

同元使君舂陵行

唐·杜甫

览道州元使君结《舂陵行》兼《贼退后示官吏作》二首，志之曰：当天子分忧之地，效汉官良吏之目。今盗贼未息，知民疾苦，得结辈十数公，落落然参错天下为邦伯，万物吐气，天下少安可得矣。不意复见比兴体制，微婉顿挫之词。感而有诗，增诸卷轴。简知我者，不必寄元。

遭乱发尽白，转衰病相婴。
沉绵盗贼际，狼狈江汉行。
叹时药力薄，为客羸瘵成。
吾人诗家秀，博采世上名。
粲粲元道州，前圣畏后生。
观乎舂陵作，欻见俊哲情。
复览贼退篇，结也实国桢。
贾谊昔流恸，匡衡常引经。

道州忧黎庶，词气浩纵横。
两章对秋月，一字偕华星。
致君唐虞际，纯朴忆大庭。
何时降玺书，用尔为丹青。
狱讼永衰息，岂唯偃甲兵。
凄恻念诛求，薄敛近休明。
乃知正人意，不苟飞长缨。
凉飙振南岳，之子宠若惊。
色阻金印大，兴含沧浪清。
我多长卿病，日夕思朝廷。
肺枯渴太甚，漂泊公孙城。
呼儿具纸笔，隐几临轩楹。
作诗呻吟内，墨淡字欹倾。
感彼危苦词，庶几知者听。

选自《杜甫诗集》，（唐）杜甫著，（清）钱谦益笺注，郝润华整理，上海古籍出版社2021年版

赠元容州

唐·刘长卿

拥旌临合浦，上印卧长沙。
海徼长无戍，湘山独种畬。
政传通岁贡，才惜过年华。
万里依孤剑，千峰寄一家。
累征期旦暮，未起恋烟霞。
避世歌芝草，休官醉菊花。
旧游如梦里，此别是天涯。
何事沧波上，漂漂逐海槎。

选自《刘长卿诗编年笺注》下册，（唐）刘长卿著，储仲君撰，中华书局1996年版

次山堂

宋·李纲

元结尝经略容管，王守作次山堂，以思其人，为赋此诗。

华堂高敞为思元，善政相望数百年。
册府声名秀群玉，海邦岩洞有三天。

漫郎去久风流在,病客来临道里遭。

圣主中兴谁作颂?愿观老手笔如椽。

选自《李纲全集》(上),(宋)李纲著,王瑞明点校,
岳麓书社 2004 年版

端午日次郁林州[1]

宋·李纲

久谪沅湘习楚风[2]，灵均千载此心同[3]。
岂知角黍萦丝日[4]，却堕蛮烟瘴雨中[5]。
榕树间关鹦鹉语[6]，藤盘磊砢荔枝红[7]。
殊方令节多凄感，家在东吴东复东。

选自《李纲全集》（上），（宋）李纲著，王瑞明点校，岳麓书社2004年版

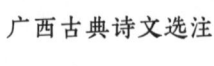

注 释

1. 郁林州：玉林地区的旧称。秦始皇三十三年（前214）置桂林郡。西汉元鼎六年（前111）武帝改置为郁林郡。王莽时曰郁平，东汉复名郁林。治布山县，即今广西桂平西故城。辖境相当于今广西除桂林、梧州及部分玉林地区以外的广大区域。宋属广南西路。
2. 沅湘：沅水和湘水的并称，代指湖南，旧属楚地。屈原《离骚》："济沅湘以南征兮，就重华而陈词。"
3. 灵均：爱国诗人屈原的字。
4. 角黍：粽子。
5. 蛮烟瘴雨：蛮荒地方的云雾，瘴气形成的雨。指南方炎热、荒凉之地。
6. 间关：婉转悦耳的鸟鸣声。
7. 磊砢：繁盛的样子。

作者简介

李纲（1083—1140），字伯纪，号梁溪先生，福建邵武人。政和二年（1112），三十岁的李纲进士及第，历仕徽、钦、高宗三朝。靖康初年，为兵部侍郎，因金兵入侵，力主迎战，被贬至琼州。高宗即位，起用为宰相，与赵鼎、李光、胡铨同为"南宋四名臣"。《宋史·李纲传》言其："负天下之望，以一身用舍为社稷生民安危。虽身或不用，用有不久，而其忠诚义气，凛然动乎远迩。"李纲一生忠君爱国却屡受贬黜，不平之气梗塞于心，"幽怀壮志，时发于文词之间"。著有《论语详说》《靖康传信录》《梁溪全集》等。

作品导读

建炎三年（1129），李纲遭贬谪，跋山涉水，途经荆湖南路、广南西路，最后到达海南。抵海南三日，便"德音放还，任便居住"。往返海南途中，李纲经过了广西多个郡县，留下了大量诗文作品，状写广西山水名胜，寄寓其"怀家千里梦，许国一生心"（语出李纲《宿兴宁县驿》一诗）的家国情怀！

拓展阅读

道勾漏山灵宝观，窃睹两朝圣书，谨成古风

宋·李纲

抱疴卧云海，夙夕负深恐。
宽恩听旋归，何啻丘岳重！
问津勾漏山，散策宝圭洞。
群峰罗翠屏，环合无缺空。
仙游契初心，幽赏协清梦。
却来观宸章[1]，宝气腾蠛蠓。
真行杂草隶，笔势极翔动。
大小飞白书，飘洒紫舞凤。
恭惟睿智姿，多能本天纵。
妙迹藏名山，俾与万世共。
林峦增炳焕，神物劳护拥。
惜无深岩屋，荫覆示崇奉。
何当鸠良材，为葺倾压栋。
天弧不指狼，中原胡马哄。
九庙未奠居，臣子衔愤痛。
岂知炎荒中，奎画得瞻讽。
至哉博大言！粟麦因异种。
天帝及诸佛，一一资妙供。
窃于翰藻间，窥见神心用。

---

[1] 洞中旧藏有宋仁宗御书。

源流此中来，基本中兴宋。

稽首归琅函，斐然成善颂。

飞白有"有罪有福，粒麦无粟，闻善但行，砂中有玉，及供养诸天帝十方佛"之语。

选自《李纲全集》（上），（宋）李纲著，王瑞明点校，
岳麓书社2004年版

劝驾诗[1]

宋·王正功

嘉泰改元桂林大比[2]，与计偕者十有五人[3]，九月十六日用故事行宴享之礼[4]，提点刑狱权府事，四明王正功作是诗劝为之驾[5]。

百嶂千峰古桂州，乡来人物固难俦。
峨冠共应贤能诏，策足谁非道艺流。
经济才猷期远器，纵横礼乐对前旒[6]。
三君八俊俱乡秀[7]，稳步天津最上头。

桂林山水甲天下，玉碧罗青意可参[8]。
士气未饶军气振，文场端似战场酣。
九关虎豹看劲敌[9]，万里鲲鹏伫剧谈[10]。
老眼摩挲顿增爽[11]，诸君端是斗之南[12]。

门生乡贡进士张次良上石。

选自《桂林石刻总集辑校》（上），杜海军辑校，
中华书局2013年版

注 释

1.《桂林石刻总集辑校》中题作"张次良刻王正功桂林劝学"。

2. 嘉泰改元：公元1201年，宋宁宗改用嘉泰年号纪元。大比：指三年一次的科举考试，即乡试。

3. 与计偕者：原指被推举跟随计吏一起进京的士子，这里指考中举人、可以赴京参加会试的人。计，指进京呈送计簿的官吏。

4. 用故事：依照先例。宴享之礼：指地方官员为乡试考中胜出、拟参加来年省试、殿试的举子举行的欢送宴会，因宴会上会演唱《诗经·小雅·鹿鸣》，也称"鹿鸣宴"。

5. 提点刑狱：即提点刑狱司，为宋代首创，由中央派出"路"（相当于省）一级的代表中央监督所辖州县司法审判活动的机构，简称提刑司、宪司或宪台。四明：山名，位于浙江宁波，也是宁波的别称。劝为之驾：为之驾车以示鼓励，大意是鼓励他们进京赶考，取得好成绩。

6. 前旒：帝王冕冠前垂悬的玉串。

7. 三君八俊：受人景仰、才能出众的人。《世说新语·品藻第九》："仲举遂在三君之下，元礼居八俊之上。"此指在座诸人都是一时才俊，含恭敬、抬爱之意。

8. 玉碧句：语出韩愈《送桂州严大夫同用南字》"江作青罗带，山如碧玉簪"，这是描写桂林风光的名句。参：参悟，领悟。

9. 九关虎豹：语出《楚辞·招魂》："虎豹九关，啄害下人些。"比喻各种艰难险阻。

10. 万里鲲鹏：语出《庄子·逍遥游》："北冥有鱼，其名为鲲。鲲之大，不知其几千里也。化而为鸟，其名为鹏。鹏之背，不知其几千里也。"常用来比喻远大志向。伫：长时间地站着。剧谈：畅谈。

11. 老眼：作者自指。

12. 斗之南：《新唐书·狄仁杰传》"狄公之贤，北斗之南，一人而已"，比喻狄仁杰贤明能干为天下之最。这里借喻桂林举子才学非凡。

作者简介

王正功（1133—1203），原名慎思，字有之，后避孝宗赵慎名讳而改今名，字承甫。鄞县（今浙江宁波）人。南宋高宗绍兴二十四年（1154）为宜黄主簿，寻改青田。后调筠州司理参军、荆湖南路转运司主管帐司、知莆田县、通判潮州、签书武安军节度判官，主管荆湖北路安抚司机宜文字。光宗绍熙三年（1192）知澧州（今属湖南）。宁宗庆元六年（1200年），为广南西路提点刑狱，颇有政声。著有《约斋荆澧集》。

作品导读

1201年，广西乡试者共得举人十余名。王正功以地方官的身份，在府中宴请中举学子，与之对饮，并作诗相勉。这首诗赋予桂林"甲天下"双重含义：其一是山水秀甲天下，其二是人文胜甲天下。此诗以人杰地灵为主题，既咏桂林自然之美，也咏桂林人才之盛，蕴有深厚的爱国情怀。诗歌描写桂林景色，既概括了前人诗文的有关意象，又发挥了充分的想象力，在语言上深加锻炼，创造出不朽名句。历史上，无数文人墨客留下赞美桂林的诗句，而"桂林山水甲天下"成为其中对桂林山水美景最凝练的表达，成为永久传唱的名句。

拓展阅读

入桂林歇滑石驿,题碧玉泉
宋·张孝祥

百折崎岖岭路头,一环清驶石间流。
须君净洗南来眼,此去山川胜北州。

选自《张孝祥集编年校注》卷一〇,(宋)张孝祥著,辛更儒校注,
中华书局2016年版

观静江山水呈陈鲁叟漕使
宋·戴复古

桂林佳绝处,人道胜匡庐。
山好石骨露,洞多岩腹虚。
峥嵘势相敌,温厚气无余。
可惜登临地,春风草木疏。

昨者登梅岭,兹来入桂林。
相从万里外,不负一生心。
湖上千峰立,樽前十客吟。
讥评到泉石,吾敢望知音!

选自《戴复古诗集》卷二,(宋)戴复古著,金芝山点校,
浙江古籍出版社2012年版

桂林盛事记

宋·张仲宇

桂林盛事。（碑额）

桂林为广右[1]二十五州之都会，风俗淳古，分野[2]宁固。自秦汉以来，无干戈之患，和气所熏，山川秀发[3]。城北七里，冈岭盘纡[4]，即始安[5]原脉。熙宁[6]初，频有祥烟紫气郁葱其上，父老异之而莫之识。未几，果符。今上皇帝建封兹地，中兴海宇[7]。验今推昔，信芒砀之云[8]不为虚应也。

崇宁[9]间，尚书王公祖道[10]来帅是邦，念郡庠[11]湫隘[12]，风教[13]未敷[14]，乃辟而广之，诱进[15]学者。又采堪舆家[16]之说，浚子癸之流以注辛戌[17]，环城有水，如血脉之萦一身，遂闻之朝。故大观二年[18]准敕，著令：壅隔[19]新浚者，以盗决黄、汴[20]二河堤防法坐[21]之。距今应举之士，十倍前日，乡贡[22]旧额，八人而已。秋闱[23]，校艺[24]主文者[25]每有遗才之叹。绍兴二十六年[26]，知昌化军事黄公齐，邦之先达[27]也，入觐宸扆[28]，首言静江属兴王[29]开府，圣泽所沦[30]，士才日茂，而取士不及下郡之半，乞稍优之。上可其奏，增解二名。先是，宪使路公彬上章，言广右土产瘠薄，乞减静江夏税上供布钱，以宽民力，然不及军装布。至是黄公复乞之，上亦依奏。迨今二布定输一缗[31]，二侯之请也。昔子产[32]为政于郑，舆人[33]诵之曰："我有子弟，子产诲之。我有田畴，子产殖[34]之。"若此邦之民，沐圣恩宽惠，膏泽[35]涵濡[36]，皆二三大夫推仁教养之意，而独无志。谨书其事，锲于名山，传之于后，于以昭示来世耳。

绍兴二十九年七月望日，张仲宇记。

梁材书丹。

乡老胡师文、邓礼鲜、于彦永、李昶、刘准、诸葛昇、唐巽、陆达、吕焘、滑溉、萧然、欧阳彦、莫才广、李安、周惟义、吕盛、黄昉募工。

中隐岩福缘寺僧义观、祖华磨崖。

龙光刊字。

选自《桂林石刻撷珍》，韦卫能主编，
漓江出版社2013年版

注 释

1. 广右：今广西地区。
2. 分野：划分的范围，不同事物之间的界限。起源于春秋时占星术士提出的星空划分方法。把地上各国、州对应星空各自的区域称为分野。分野中出现的天象变化，用于占卜所对应的国、州内吉凶祸福。后来各代地区划分不同，分野也在改变。

3. 秀发：秀丽而有生机。

4. 盘纡：回绕曲折。

5. 始安：郡名。三国吴分零陵郡置，治所在今广西桂林。

6. 熙宁：北宋时期宋神宗赵顼的一个年号，共计 10 年（1068—1077）。

7. 海宇：海内、宇内，国境之内。

8. 芒砀之云：即所谓帝王之气。芒山、砀山合称芒砀，《汉书·高帝纪》："高祖隐于芒砀山泽间，所居上常有云气。"后用为咏帝王之典。

9. 崇宁：宋徽宗赵佶的第二个年号，取继承宋神宗常法熙宁之意。北宋使用这个年号共 5 年（1102—1106）。

10. 王公祖道：王祖道（1039—1108），字若愚，福州人，徽宗时累官秘书少监，知桂州。官终刑部尚书。

11. 郡庠：州府的学校。庠，古代的学校。

12. 湫隘：低洼狭小。湫，低洼。

13. 风教：本意指诗乐的教化功能，其后词义变迁，"风教"不再限于诗乐之教，一般泛指风俗教化。

14. 敷：本意为施加、给予，引申为传布。

15. 诱进：诱导进取之意。诱者，谆谆善诱也；进者，步步领进也。

16. 堪舆家：旧指以看风水为职业，替他人相宅、相墓者，俗称"阴阳"或"风水先生"。

17. 洫子癸之流以注辛戌：引漓江之水注入桂林城西北段和西段的护城河。子癸、辛戌皆为堪舆用语，"子癸"代表正北方向，"辛戌"代表西北方向。洫，原指渠，此处作动词用，指以渠引水。

18. 大观二年：公元 1108 年。

19. 壅隔：阻隔。汉王粲《登楼赋》："悲旧乡之壅隔兮，涕横坠而弗禁。"

20. 汴：河名。隋开通济渠，唐、宋人将其引黄河入淮河之东段称为汴河，为北宋首都开封府之漕运要道，后废。

21. 坐：指定罪。

22. 乡贡：由州县选取应科举的士子。

23. 秋闱：古代科举制度，每三年的秋季八月，在各省省城举行一次考试，即乡试，录取的称举人。因在秋季举行，故称。闱，考场。

24. 校艺：较艺，科场上的较量。古称科举之文曰艺，写此类文章曰制艺，科场竞技曰较艺。

25. 主文者：秋试主考官。

26. 绍兴二十六年：公元 1156 年。

27. 先达：有学问而德高望重的先辈。
28. 入觐宸扆：入朝帝王。宸，帝王的宫殿。扆，帝王座后的屏。
29. 兴王：指高宗赵构。
30. 圣泽所沦：深沾皇帝的恩泽。沦，深沾。
31. 缗：古代穿铜钱用的绳子。一般以一千个钱穿成一串，称为一缗。
32. 子产：春秋时期郑国大夫，杰出的政治家、思想家、改革家。
33. 舆人：春秋时期供使役的卑职小吏。
34. 殖：种植。
35. 膏泽：指滋润万物的雨水。
36. 涵濡：滋润，沉浸。

作者简介

张仲宇，字德仪，临桂（今广西临桂）人。南宋绍兴年间以文、词名于世。张孝祥、范成大、张栻知静江府，十分欣赏他的才华与学识，均相引重，礼聘为幕友。张栻北归，张仲宇与之同游水东以别，至今曾公岩下刻石尚在。绍兴二十年（1150）夏，书刻唐李渤《留别南溪》诗于白龙洞。并能词，《如梦令·秋怀》等为时传诵。有多篇文章流传至今。

作品导读

此文为颂桂林不同时期的三位官员王祖道、黄齐、路彬等政绩而作。王祖道，字若愚。福州人。进士及第，出知海州，拜秘书少监，再为福州加直龙图阁，知桂州。在桂为官四年。黄齐，字义卿。临桂人，举进士第。为富川尉，又知昌化军与廉州，以能吏闻名于时。路彬提点广西刑狱公事代还，言静江府昭州夏税折帛钱最重于诸州。上令户部看详裁减，户部言二郡岁拨上供布九万二百八十一匹，欲于见纳价上三分减一，每匹折纳钱一千。该文章一是称赞诸人兴修水利，在桂林改善百姓居住环境；二是称赞他们兴教；三是感谢他们宽解民力。文章从谶纬写起，看似无稽，令人生厌，但却落在人事上，有峰回路转之势。行文章法也具匠心，短短的文章竟然写了三人三事，内容实是有些散乱，如何收束却考验作家的写作慧心。张仲宇以郑人颂子产语作结，正可涵盖一切，使文章做到了形散而神却不散。是文述及黄齐等人为官在教育和赋税方面对地方的贡献，尤其在教育方面对乡邦的贡献以数字为证据，使人得见三位官员的拳拳爱民之心，确实令人信服，非空言也。

今天我们所能见到的宋代广西的散文作品，基本是流寓官宦所作，而广西本土作家虽史有所载，然让我们欣赏到的作品却不多。放眼中国散文史，张仲宇散文尽管算不上杰出，但对广西文学而言，无疑自有其价值与意义。

《桂林盛事记》石刻，南宋绍兴二十九年（1159）刻于桂林中隐山佛子岩，高103厘米，宽60厘米。石刻翔实记录了北宋熙宁以来桂林城市升格、文教发展、环境改善、减免赋税等值得载入史册的盛事，以及宋代桂林繁华的城市风貌，是记录广西地方历史内容最丰富的石刻之一。石刻是研究桂林历史的重要文献，虽然文字简短，却为广西地方史研究提供了极为珍贵的历史资料。

拓展阅读

如梦令·秋怀
宋·张仲宇

送过雕梁旧燕，听到妆楼新雁。菊讯一何迟，倒尽清樽谁伴？魂断，魂断！人与暮云俱远。

选自《全宋词 广选·新注·集评》，马兴荣、刘乃昌、刘继才主编，辽宁人民出版社1997年版

桂学答问序
清·康有为

按语：康有为应桂林学子之请，在1894年赴桂讲学，依据"万木草堂"教学教书的内容，为讲述读书的次第及方法而作《桂学答问》。此为书序。

光绪二十年秋，吾以著书讲学被议，游于桂林，居于风洞，过于桂山书院之堂。仰视楹桷，金题艳然，天藻绚烂，有"经明行修"四字，旁有板锓，其词曰："同治十三年八月二十一日，内阁奉上谕：康国器奏《重修省会书院请颁匾额》一折。广西省城向设秀峰、宣成、榕湖三书院，因年久倾圮，筹款兴修，然已一律工竣，著南书房翰林各书匾额一方，交该护抚祗领，悬挂各书院，以示嘉惠士林至意。钦此。护理广西巡抚布政使司布政使臣康国器敬刊。"凡一百十有八字。盖穆宗毅皇帝所赐先臣请颁秀峰、宣成、榕湖三书院匾额之诏书，而先臣刊示士民者也。赐秀峰额曰"书岩津逮"、宣成额曰"道德陶钧"、榕湖额曰"经明行修"。又仰视堂栋，粉白大书曰："同治十一年孟夏月，广西巡抚刘长佑、布政使康国器建。"盖先中丞公创建桂山书院之题也。先中丞公既护抚，修三书院，复以榕湖居太隘，不足容师弟子，乃另辟地桂山之阳，建桂山书院。工未就而巡抚刘武慎公莅任，先公回布政司，故榕湖赐额移奉桂山讲堂，而堂栋题名如此。

予小子瞢下椿昧，畴昔撰先中丞公行状，罔知修建各书院事，无以发扬盛德。今幸获瞻视，既愧既喜，乃作乃悚，嘘唏叹曰：先帝教诲桂人士，训辞深厚；先公教惠桂人士，手泽浓渥若此哉！于今二十年，桂士彬彬，其举人在今皇帝时再魁天下，而创作桂山书院以教惠之者，宜不能忘也。

先中丞公既建书院，又置经史各书于院中，用惠来学。吾因考宣成、秀峰、榕湖三书

院，旧皆有书。宣成建最早，雍正中，巡抚李公绂穆堂修之，又藏书焉。见《穆堂别稿》，有《行知书院藏书檄》及书目，省志失载。秀峰建雍正末，书则嘉庆初巡抚台公布置之。见省志。榕湖建道光中，稍后，书则池筠庭学使、阿镜泉按察储之。见郑方伯祖琛《榕湖经舍碑记》。先中丞公来粤时，则三书院均圮，榕湖书置最近，亦无存。因与中丞苏公凤文谋复之，马平王通政拯适主榕湖讲席，实总其成事。厥后桂山新书院成，遂移其书于楼中。嗣是而中丞涂公宗瀛、张靖达公、沈公秉成，均续有捐书之美。书之藏在桂山，其称名率而不改，故沈公述藏书目录，仍系之榕湖经舍，盖其所以开先而振起之者，亦粤西掌故一大事也。近者，巡抚马公丕瑶玉山创开书局，藏各直省书于各郡，又于省垣刻经史书，以惠多士。今中丞张公联桂丹叔复有所增益，按察使胡公燏棻云楣、盐法道张公人骏安圃请于中丞张公，因书局而创逊业堂，课士以经史古文辞，而移榕湖旧书并置局中。吾登楼而观藏书，其《聚珍》一种，吾童年所摩挲者，犹能识之，盖先公泉闽所刻，而挟之至桂，以赠多士者也。其他书则吾不知之矣。

吾处风洞间，书局去所居尤近，暇辄与桂士读书逊业堂者相过从，睹马公所创书局，心向往之。又见公所书额联，壁间规条，立法甚密，用心良苦。有用之书亦略备，盛德在人，前未尝有，多士望风，宜无不争先趋向矣。乃吾初入读书堂，则苍梧高茂才嘉仁伯慈为余言："终岁除同肄业诸人，鲜有来堂读书者。"吾闻而惜之。省垣如此，他郡可知矣。窃意多士盖昧于读书门径，故仍裹足不前，殊失马公暨诸公盛意。若为疏通证明以诱之，既有书册，又识途径，学者当亦未尝无志于书也。既居风洞月余，来问学者踵屡相接，口舌有不给，门人请写出传语之。吾永惟先帝"经明行修"之诲，思推先中丞公修学舍惠多士之意，与桂士有雅故焉，不敢固辞，敢妄陈说所闻，以告多士。他日有英绝踔起之士，莘莘济济，其亦先中丞公之惠也，予小子岂有知耶？南海康祖诒恭纪。

选自《万木草堂集》，张启祯、周小辉编，
青岛出版社 2017 年版

临江仙·送沈太守入觐[1]

明·蒋冕

吾全州太守沈侯伯诚[2]，循例述职京师[3]。乡里大夫士谓侯以铨试第一人来为吾州守[4]，莅任才五年，巡按御史嘉其贤能而旌荐之[5]，已三见于章疏矣。方今圣明在御[6]，寤寐才贤[7]。侯陛见之后，铨部既面考其政绩[8]，又据巡按荐章而覆议之，以闻于朝，或中或外[9]，登等之擢[10]可计日俟也。吾州之鳌老稚齿[11]，安得复蒙侯之惠泽于久远乎？故于侯之将行也，莫不怅然惜之，相率来谂于予[12]，欲予以其意载之文词，以著侯之美[13]。予老且病，不能别有所论撰也[14]，就诸大夫士之意而演之[15]，填宋人小词二阕复焉，俾[16]以致[17]之于侯。明日，侯亦诣予，辞谢不敢当。予曰："侯勿庸[18]过谦为也。前乎侯而为守于吾州者，非无其人也，尝有御史多人相继巡按，而皆旌荐如侯今日者乎？非侯政迹素美[19]，其何能致此也？侯之兹行，觐礼既举[20]，果以闾阎[21]疾苦悉意上陈，如予小词所云者，当路大臣[22]知侯能究心民事，使侯得终惠吾州之民，增秩赐金，还侯旧任，如汉家故事[23]，则才贤之擢于朝廷，惠泽之覃[24]于黎庶，将不两得哉！"既相与言之，遂以其言登于彩轴，用为侯赠焉。

万里山川来作守[25]，敢云地瘠民贫。催科[26]抚字[27]两艰辛。穷檐茅屋下，无事不关身[28]。

鸣佩[29]春风趋[30]玉陛[31]，九重[32]应赐咨询。遐陬[33]民瘼[34]细敷陈。愿分涓滴水，涸辙活枯鳞[35]。

选自《湘皋集》(下)，(明)蒋冕著，唐振真等点校，
广西人民出版社2001年版

注　释

1. 入觐：入京觐见皇帝。觐，古代诸侯入京朝见天子叫觐。
2. 侯：古代对州郡长官的尊称。
3. 述职：陈述自己的工作情况。
4. 铨试：指通过吏部的考核，选拔任官。铨，衡量人才，选拔官吏。
5. 旌荐：表扬并推荐。
6. 在御：在位。
7. 寤寐才贤：时时刻刻都在想任用有才干而又有贤德的人。寤，醒时。寐，睡时。
8. 铨部：掌管考核任用官吏的中央行政机构，或称吏部。
9. 或中或外：或者留在朝廷任职，或者外放到地方上任职。
10. 登等：提升一级。

11. 鲐老稚齿：鲐老，即黎老，老年人；稚齿，幼年人。

12. 谂：规劝，劝说。

13. 著：记录，显扬。

14. 论撰：评价论述。

15. 演：敷演成诗文。

16. 俾：使。

17. 致：送给。

18. 勿庸：不用。

19. 素美：一向出色。

20. 举：指观礼完成。

21. 闾阎：里巷内外的门，借指乡里。

22. 当路大臣：朝中掌权的大官员。

23. 汉家故事：指百姓希望沈太守能于入觐之后，再回全州任职。据《后汉书·寇恂传》，东汉寇恂曾为颍川太守，有惠政于民。后随汉光武帝到颍川，百姓在路上拦住光武帝说："愿陛下复借寇君一年。"

24. 覃：延及、广施。

25. 作守：做太守。

26. 催科：催收租税。

27. 抚字：爱护，养育。这里指对百姓的安抚体恤。

28. 关身：关心。

29. 鸣佩：古代大官员身上佩戴玉玦，行动时玉玦互相碰击发出声响。

30. 趋：小步快行。古代卑辈和下级见尊辈和上级时，须小步快走以示尊敬。

31. 玉陛，天子殿阶。《三国志·魏书·陈思王传》："窃揆之于心，常愿得一奉朝觐，排金门，蹈玉陛。"

32. 九重：皇帝代称。因皇帝深居九重（皇宫大内）故称。或谓"九"为阳数之极，故以"九重"称天子。屈原《楚辞·九辩》："岂不郁陶而思君兮，君之门以九重。"

33. 遐陬：边远一隅。

34. 民瘼：百姓的疾苦。

35. 涸辙枯鳞：困在干涸的车辙中的鱼，比喻身处困境等待救援的百姓。涸，干。辙，车轮碾轧过的痕迹。《庄子·外物》："周昨来，有中道而呼者。周顾视车辙中，有鲋鱼焉。"

作者简介

蒋冕（1462—1532），字敬之，一作敬所。广西全州人。明成化十三年（1477）中式广西乡试解元，二十三年（1487）进士。授编修。在朝任官三十余年，累迁礼部尚书，领武英殿大学士，参预机务。正德间累官户部尚书。世宗初为首辅，仅两月，以议大礼忤明世宗意，致仕归。蒋冕是广西古代历史上任官职务最高的人。蒋冕端谨不阿，有古大臣之风，敢于直言进谏，正色立朝。明武宗崩，与杨廷和合力诛除奸臣江彬，对国家有匡弼之功。隆庆时追谥文定。当时不愧名臣，《明史》卷一百九十有传。有《湘皋集》，存词三十四首，词在集中。其词不假雕饰，而天巧自在。

作品导读

蒋冕词作多写于晚年致仕归家之后，或谨严、或豪迈、或苍凉，呈现出多样化的风格。词作题材丰富，不少反映了当时的社会现实，表达了他对贫苦百姓的同情。蒋冕的写景词和抒怀词写得很有特色，极富深意，可见作者心怀天下的磊落胸襟。送行词往往加以长序，叙述人事始末及道出创作主旨。此词为送全州太守沈伯诚入京觐见而作。全词语言朴素，不事雕琢，从中亦可见蒋冕关心民瘼、体察民情的苦心。

拓展阅读

同柳州守柳廷文练民款 粤西呼民兵为款
明·桑悦

朱盔皂甲尽貔貅，呼噪浔江水倒流。
自古农夫皆战卒，于今太守即诸侯。
两行旌旆依山麓，千骑弓刀拥道周。
老倅几番陪简阅，醉归剪烛看银钩。

选自《粤西诗载校注》卷十六，（清）汪森编辑，桂苑书林编辑委员会校注，
广西人民出版社1988年版

南宁二首

明·王守仁

一驻南宁五月余,始因送远过僧庐。
浮屠绝壁经残燹[1],井灶沿村见废墟。
抚恤[2]尚惭凋敝[3]后,游观正及省耕[4]初。
近闻襁负[5]归猺[6]僮,莫陋夷方不可居。

劳矣田人莫远迎,疮痍[7]未定犬犹惊。
燹余破屋须先缉[8],雨后荒畬[9]莫废耕。
归喜逃亡来负襁,贫怜缛绔[10]缀旗旌。
圣朝恩泽宽如海,甑鲋盆鱼[11]纵尔生。

选自《王阳明全集》"外集",(明)王阳明著,陈恕编校,中国书店2014年版

注 释

1. 浮屠:寺庙里的佛塔。燹:野火,多指兵乱中纵火焚烧。
2. 抚恤:抚慰和恤赈。
3. 凋敝:破败衰落。
4. 省耕:古代帝王巡视春耕。
5. 襁负:用布幅把婴儿兜负在背上。
6. 猺:古代某些封建士大夫对广西瑶族、壮族等少数民族的蔑称。
7. 疮痍:创伤,比喻疾苦。
8. 缉:析麻搓接成线,这里指修缮。
9. 畬:烧山而种的地。
10. 绔:泛指衣服。
11. 甑鲋盆鱼:比喻处境险恶的南宁人。甑,古器具,用于蒸熟食物的炊具。鲋,鲫鱼。

作者简介

王守仁（1472—1529），明代著名哲学家、教育家。浙江余姚人，字伯安，号阳明子，世称阳明先生，故又称王阳明。弘治十二年（1499）进士，曾任刑部云南清吏司主事、兵部主事。正德元年（1506）谪贵州龙场驿驿丞。后升江西吉安府庐陵县知县。官至南京兵部尚书兼左都防御史，总督两广军务，曾在南宁设敷文书院，卒赠侯，谥文成。著有《王文成公文集》。

作品导读

嘉靖四年（1525），田州土司因不满"改土归流"（由政府任命官员代替土官世袭），起而造反。不久，攻下思恩县城（今武鸣县），势力遍及右江一带。嘉靖六年（1527），明王朝任命王守仁来广西"平乱"。当年年底，王守仁来到南宁。王守仁按照宜抚不宜剿的既定方针，一方面派代表同田州土司谈判，一方面下令前方军队全部后撤以示诚意。嘉靖七年（1528）二月，田州土司头目卢苏、王受来到南宁投降，其部下一万七千人全部免罪遣散回家。这场动乱就这样平息下来。

王守仁写下《南宁二首》咏叹此事，主要描写经乱后南宁境内的凋敝景象，形象地反映了当时南宁百姓的状况，流露出对饱经战乱的百姓的同情，从侧面展示了作者仁政爱民的形象。思田事件的和平解决，具有积极意义。随后，王守仁还在南宁和田州创办书院，并亲自登台讲学，这对广西文化教育的发展起到了一定的促进作用。

拓展阅读

梦中绝句

明·王守仁

此予十五岁时梦中所作。今拜伏波祠下，宛如梦中。兹行殆有不偶然者，因识其事于此。

卷甲归来马伏波，早年兵法鬓毛皤。

云埋铜柱雷轰折，六字题诗尚不磨。

选自《王阳明全集》卷二十，（明）王阳明著，
中国画报出版社2014年版

南宁杂诗三首

清·李文藻

一

邕州形胜地,城郭几回迁?
化久戈铤静,炎多气候偏。
青山仍马退,流水自龙编。
烟火看西郭,无殊大有年。

二

野外何萧索!城中尚啸歌。
方春风跋扈,入梦雨滂沱。
已失三春麦,还期四月禾。
不愁烟瘴到,青草亦无多。

三

归仁访京观,岭外郁嵯峨。
文借余安道,功追马伏波。
诸蛮归井邑,万里罢雕戈。
岁差民何罪,无端白骨多!

选自《岭南诗集注》,(清)李文藻著,栾绪夫注,
大连海事大学出版社 1994 年版

赠同乡邓明府兼示大世兄[1]

清·石涛

客行违[2]清湘[3],爱问清湘人。
君子抱芬芳,洁服秀不群。
如何淹[4]岐路?未会风与云。
予怀喟多感,为君眉复伸。
奉亲志良苦,安遇言自真。
已安亲亦怡,何论贱与贫?
遭逢谅有时,努力惟共身。
不见豹隐[5]日,泽养何其真!

选自《石涛诗录》,汪世清辑录,
河北教育出版社 2005 年版

注 释

1. 世兄:旧时世交之家对辈分相同人的称呼,如父亲的门生,老师的儿子,也用作对世交晚辈的尊称。
2. 违:离别。
3. 清湘:古地名,治所在今广西全州县。
4. 淹:滞,久留。
5. 豹隐:形容隐居修身,避灾远害,待时而动。汉代刘向《列女传》:"妾闻南山有玄豹,雾雨七日而不下食者,何也?欲以泽其毛而成文章也,故藏而远害。"

作者简介

石涛(约 1642—1707),清代著名画家。原名朱若极,出家后法名原济,字石涛,号苦瓜和尚、瞎尊者、大涤子等。明靖江王十世孙。幼年失国,出家为僧,半世云游,晚年还俗,定居扬州。石涛是中国绘画史上颇具独创性的画家,善画山水,兼工兰竹,兼习古今名家之长,但又不为某家某派所局限。他提出"笔墨当随时代",主张创作应"借古开今","我自用我法",一生遍游名山,"搜尽奇峰打草稿"。其作品新颖奇异、生意盎然,在景色、构图、形体、笔墨、风格、意境各方面,都呈现出生动多变的鲜明艺术特征,对后世绘画艺术产生重大影响。著有《苦瓜和尚画语录》。

作品导读

此诗为康熙二十五年丙寅（1686）中秋之夜，石涛在西天寺怀谢楼赋诗寄赠清湘故人邓琪芬之作。石涛于1642年诞生于桂林靖江王府。他出世后的第二年大明王朝陷落，次年全家便遭屠杀。仍在襁褓的石涛为仆人带至清湘（全州），藏身寺庙中。他出家为僧，在湘山寺度过童年，十一二岁时被带离清湘。清湘时光在石涛的生命中烙下了深刻的印记，对石涛的个性与艺术产生了巨大影响。后来，石涛在画作中频繁使用"清湘遗民""清湘老人"的名号，借以表达对故土的热爱和眷恋。自离开故乡之后，石涛再未还乡，但清湘情结深深植根于石涛的艺术世界中，石涛的诗画作品中呈现出浓郁的生命故园意识。

拓展阅读

山川章第八

清·石涛

得乾坤之理者，山川之质也。得笔墨之法者，山川之饰也。知其饰而非理，其理危矣。知其质而非法，其法微矣。是故古人知其微危，必获于一。一有不明则万物障，一无不明则万物齐。

画之理，笔之法，不过天地之质与饰也。山川，天地之形势也。风雨晦明，山川之气象也。疏密深远，山川之约径也。纵横吞吐，山川之节奏也。阴阳浓淡，山川之凝神也。水云聚散，山川之联属也。蹲跳向背，山川之行藏也。高明者，天之权也。博厚者，地之衡也。风云者，天之束缚山川也。水石者，地之激跃山川也。非天地之权衡，不能变化山川之不测。虽风云之束缚，不能等九区之山川于同模；虽水石之激跃，不能别山川之形势于笔端。

且山水之大，广土千里，结云万里，罗峰列嶂。以一管窥之，即飞仙恐不能周旋也。以一画测之，即可参天地之化育也。测山川之形势，度地土之广远，审峰嶂之疏密，识云烟之蒙昧。正踞千里，邪睨万重，统归于天之权、地之衡也。天有是权，能变山川之精灵；地有是衡，能运山川之气脉；我有是一画，能贯山川之形神。

此予五十年前，未脱胎于山川也；亦非糟粕其山川，而使山川自私也。山川使予代山川而言也，山川脱胎于予也，予脱胎于山川也。搜尽奇峰打草稿也。山川与予神遇而迹化也，所以终归之于大涤也。

选自《石涛画语录译注》，（清）石涛著，毛建波、栾旭耀校注，
上海书画出版社2022年版

邕州[1]

清·黎简

屼屼[2]荒城画角[3]哀，滔滔急水白沙颓。
不胜今昔亲垂[4]老，如此风烟我再来。
几个游人非断梗[5]，是何名岳[6]入边垓[7]。
故乡倘有罗浮[8]月，可许幽辉[9]满镜台[10]。

选自《五百四峰堂诗钞》卷一，（清）黎简著，梁守中辑校，
中山大学出版社2000年版

注　释

1. 邕州：唐代州名，因邕溪水而得名。明、清时改名南宁府，治所在宣化（今广西南宁市）。该城居邕江、郁江上游，是西南部的交通中心、商业中心和军事重镇。

2. 屼屼：孤高特立的样子。

3. 画角：古管乐器，形如竹筒，本细末大，以竹木或皮革等材料制作，因管表梨漆，加彩绘，故称。传说来自西羌，后用于横吹，发音哀厉高亢。

4. 垂：将。时黎简双亲均在南宁。

5. 断梗：被折断的枝茎。比喻到处漂泊，生活不安定。梗，草本植物的枝茎。《战国策·齐策》："今子，东国之桃梗也，刻削子以为人。降雨下，淄水至，流子而去，则子漂漂者将何如耳！"

6. 名岳：指昆仑山，在南宁东北，"孤撑巉峻"，上有昆仑关，形势险要。

7. 边垓：边境。垓，界限。

8. 罗浮：山名。在广东增城、博罗两县间，绵延百余公里，层峦叠嶂，林木葱郁，多溪布流泉，风景秀丽，为岭南名山。

9. 幽辉：幽静的月光。

10. 镜台：有镜子的梳妆台。唐张若虚《春江花月夜》："可怜楼上月徘徊，应照离人妆镜台。""故乡"二句，出自元代卢挚《宝陀寺》诗："凭谁揭取罗浮月，挂向胥江玉镜台。"

作者简介

黎简（1747—1799），字简民，一字未裁，号二樵，广东顺德人。乾隆五十四年（1789）拔贡。著名诗人、书画家，诗、画、书称三绝。一生未出仕，靠卖画、卖文及教馆为生。志行高洁，为世所称。诗坛领袖袁枚来粤时，想与他见面，竟遭严厉拒绝。诗学杜甫、李贺，峻拔清峭，刻意新颖，别具风格，自成一家。他的不少诗描绘了两广山水风光、名胜古迹。著有《五百四峰堂诗钞》《五百四峰堂续集》《药烟阁词钞》《芙蓉亭》《韵学》等。

作品导读

黎简父黎晴山在广西南宁经商，黎简出生于南宁，并在这里度过他的青少年时代。他所居的地方，名"达朵山庄"。达朵，是瑶族的方言，即大石也。两山之间，大石横亘着，村庄在其间。黎简少年颖悟，十岁即能诗文。他的父亲也喜吟咏，常携他出游桂林山水及峦峒胜概。到了二十岁，黎简回乡结婚，娶梁若谷长女，字飞素。五年后，再到南宁去，直至二十七岁，才奉母亲雷氏命东归，不复远行。这首诗是一七七一年秋回到南宁后写的。诗歌描写亲情主题，感怀双亲情意深挚，纯从肺腑流出，很能打动人。末二句表达对妻子的怀念，与杜甫《月夜》中的"今夜鄜州月，闺中只独看"意涵相仿，而手法更为曲折。

黎简的诗胜于画，画胜于书。梁启超《清代学术概论》对其推崇备至："前清一代学风……吴伟业之靡曼，王士禛之脆薄，号为开国宗匠……嘉道间，龚自珍、王昙……则粗犷浅薄……反在生长僻壤之黎简、郑珍辈，而中原无闻焉。"

拓展阅读

二月十三夜梦于邕州江上，因友人归舟作书，寄妇梁雪。百端集于笔下。才书"家贫出门，使卿独居"八字，以风浪大作，触舟而醒。呜呼！梦而不见，不如其勿梦也，况予多病少眠，梦亦不易得耶！辄作诗寄之，得五绝句云尔（选一）

清·黎简

一度花时两梦之，一回无语一相思。
相思坟上种红豆，豆熟打坟知不知？

选自《黎简诗选》，（清）黎简著，周锡䪖选注，
广东人民出版社 1983 年版

桂甬寄家兄叔白兼简王闲云 [1]

清·李宪乔

常怀结一宇，远远青山下。
四面列屏风，几家在图画。
晓窗春禽鸣，昏壁石泉泻。
大田水满塍[2]，小圃雨垂架。
短篱湿菌长，深巷夕阳射。
野童随走嬉，村翁共饮蜡[3]。
尚志偕弟昆[4]，无猜得姻娅[5]。
相与奉吾母，板舆[6]观稳秅[7]。
山妻职供膳，童妾使弄姹。
取足快平生，勿复谈王霸[8]。
兴来吟自高，醉后言不怕。
一毡[9]可支冬，一笠足消夏。
鄙哉仲长统[10]，必有良田藉。
此志许已久，世情负多暇。
不谓五岭[11]外，宛置三闲舍。
兄友归去来[12]，故山有人迓。

选自《三李诗钞·三李诗话》，李怀民、李宪暠、李宪乔著，赵宝靖点校，齐鲁书社 2020 年版

注 释

1. 叔白：李宪乔之二兄李宪暠。
2. 塍：田埂。
3. 饮蜡：一说饮茶，蜡茶为一种茶名；另一说为腊八粥。旧俗十二月八日，民间以果子杂拌煮粥为食，称腊八粥。此取前说。
4. 弟昆：弟兄。
5. 姻娅：即"姻亚"。婿父称姻，两婿互称为亚。《诗经·小雅·节南山》："琐琐姻亚，则无膴仕。"后泛指有婚姻关系的亲戚。
6. 板舆：亦作"版舆"，原为车名。晋代潘岳《闲居赋》："太夫人乃御版舆，升轻轩。"后因此赋述奉养其母，便常用为在官而迎养其亲的典故。

7. 穞秜：重生稻。

8. 王霸：谓王业与霸业。儒家称以德行仁政者为王，以力假仁者为霸。

9. 毡：用兽毛碾合成的片状物。

10. 仲长统（179—219），字公理，东汉山阳高平人。官至尚书郎，敢直言，语默无常，时人以为狂生。每论及时事，常发愤叹息，因著论名《昌言》。《后汉书》有传。

11. 五岭：五岭指大庾、骑田、都庞、萌渚、越城。另一说五岭指大庾、始安、临贺、桂阳、揭阳。

12. 归去来：借陶渊明《归去来兮辞》赋意，指归隐。

作者简介

李宪乔（1754—1797），字义堂、子乔，号少鹤，高密（今山东高密市）人。乾隆四十一年（1776）举人。乾隆四十五年（1780），出任广西岑溪知县，仕宦生涯大部分在广西度过，先后出任过岑溪、柳城知县，归顺州知州，还在柳州、桂林、宁明、百色、苍梧、邕宁、崇善等地居住过。性狷介，不肯随俗俯仰。早孤，与长兄宪噩（怀民），仲兄宪暠相砥砺，少受诗于长兄，而规模较其阔，文亦简洁有法度。有诗名，时称"高密三李"。其诗"汇冶诸家，独师怀抱，才雄而气峭"，袁枚见其诗文，叹为"今日之苏子瞻"。为清代"高密诗派"的代表人物。著有《少鹤诗钞》《鹤再南飞集》《龙城集》《宾山续集》。

作品导读

乾隆年间，山东高密人李怀民、李宪暠、李宪乔三兄弟开创"高密诗派"，为中国历史上"寒士诗"代表性诗派，是高密古典文学的最高成就，前后持续二百多年。高密诗派是由寒士文人组成的诗人群体，推尊中晚唐时期的张籍、贾岛。高密诗派在山东崛起，因李宪乔任职广西，高密诗派遂传入广西，为广西诗学带来了新风气，这是高密诗派历史发展的一个重要阶段。高密诗派后来又从广西辐射到江西、江苏等地，从而形成了声势不小的诗歌派别。李宪乔足迹经历广西许多地方，或是任职，或是寓居。每到一地，均吸引众多八桂诗家以及后学，开创各邑诗风。李宪乔在乾隆四十五年（1780）出任岑溪知县后，其兄李怀民、李宪暠亦曾南游至广西。三人在梧州兴起诗会，以诗文酬唱，开梧地诗风。此诗描摹了诗人在广西遇见了过去理想中的田园生活场景，情志互现，读来亲切喜人，韵味悠长。

拓展阅读

吾谪海南，子由雷州。被命即行，了不相知。至梧乃闻尚在藤也。旦夕追及，作此诗示之

宋·苏轼

九疑联绵属衡湘，苍梧独在天一方。
孤城吹角烟树里，落月未落江苍茫。
幽人拊枕坐叹息，我行忽至舜所藏。
江边父老能说子，白须红颊如君长。
莫嫌琼雷隔云海，圣恩尚许遥相望。
平生学道真实意，岂与穷达俱存亡。
天其以我为箕子，要使此意留要荒。
他年谁作舆地志，海南万里真吾乡。

选自《苏轼诗集》，（宋）苏轼著，孔凡礼点校，
中华书局1982年版

次韵王郁林

宋·苏轼

晚途流落不堪言，海上春泥手自翻。
汉使节空余皓首，故侯瓜在有颓垣。
平生多难非天意，此去残年尽主恩。
误辱使君相抆拭，宁闻老鹤更乘轩。

选自《苏轼诗集》，（宋）苏轼著，孔凡礼点校，
中华书局1982年版

兴安道中

清·蒋士铨

灵山自端居，岑山走一臂[1]。
侧岭卧高原，城郭压肩背。
县门带场圃[2]，榛莽[3]杂芜秽[4]。
街衢[5]日色薄[6]，寂寞[7]吏民对。
昔闻聚逋逃[8]，据险亦可畏。
荒墟存黑灰，冶灶今则废。
怀哉古人心，建置[9]岂无谓[10]。

选自《忠雅堂集笺校》，（清）蒋士铨著，邵海青校，李梦生笺，上海古籍出版社 1993 年版

注释

1. 灵山、岑山：桂林兴安县的两座山。
2. 场圃：农家种菜蔬和收打作物的地方。
3. 榛莽：杂乱丛生的草木。
4. 芜秽：荒芜。
5. 街衢：街道，大路。
6. 日色薄：日光暗淡。
7. 寂寞：稀少。
8. 逋逃：逃亡。
9. 建置：建树。
10. 无谓：没有意义。

作者简介

蒋士铨（1725—1785），清代戏曲作家、文学家。字心余、清容、苕生，号藏园，江西铅山人。乾隆二十二年（1757）进士。曾任翰林院编修，后又历任绍兴蕺山书院、杭州崇文书院、扬州安定书院等院长，晚年复入京为国史馆纂修官。作有杂剧、传奇十六种。作品注重词章，谨守曲律，且又融合诗词的清婉风致。与袁枚、赵翼并称"江右三大家"。戏曲、诗文等大部分作品均收入《忠雅堂全集》。

作品导读

蒋士铨论诗注重性灵，主张直抒所见，反对模拟复古，认为"文章本性情，不在面目同"。蒋士铨的诗歌创作以才大气盛著称。他的五言古诗，表现出"才大而奇，情深而正"的特点；七言古诗则体现出"气豪而真，力锐而厚"的特点。他的纪实性质的诗作，记当时风俗，细致如绘，叙市井人情，栩栩如生，后人称为"诗史"。袁枚称许蒋士铨说："有所余于诗之外，故能有所立于诗之中，其摇笔措意，横出锐入，凡境为之一空。"《兴安道中》作于乾隆三十年（1765）诗人南归之后。展示了兴安百姓生活现实的残酷、沉重、压抑、荒凉。诗人没有描摹山林野色之美，也未托物起兴别具怀抱，不使事用典，不追求对仗，以平常语写实景、发实情，直言对治政不善的批判，继承了"感于哀乐，缘事而发"的诗作传统。

拓展阅读

兴安县
元·傅与砺

乱峰如剑不知名，篁竹萧萧送驿程。
转粟未休漓水役，负戈犹发夜郎兵。
百蛮日落朱旗暗，九岭风来画角清。
空使腐儒多感慨，西南群盗几时平？

选自《傅与砺诗集校注》，（元）傅与砺著，杨匡和校注，
云南大学出版社2015年版

兴安道中
明·杨基

青山一半入层云，碧涧千林转夕曛。
松碣看来多汉刻，竹祠随处是湘君。
路经瑶洞诸峰直，泉入漓江两派分。
莫据孤鞍听蜀魄，野棠疏雨又纷纷。

选自《粤西诗载校注》第四册，（清）汪森编辑，桂苑书林编辑委员会校注，
广西人民出版社1988年版

《桂林霜》传奇自序
清·蒋士铨

西兴，古驿也。驿有丞，狭隘迫蹙，蹩躠随牛马走。官斯者猥俗自厌，过客弗顾焉。予栖越州六载，涉罗刹一江如履阈。马君宏埧来为丞，予辄止行李驿门，数与语。初以为驯谨儒士也，及君出《扶风谱系》相示，始详其家世。于戏！忠义之门，顾亦官此耶？君曰："某家以文毅公难荫，世叨恩袭，某兄今列佐领，固如旧。惟某久困一衿，鳏居二十年，家壁立，乞升斗微禄，养子女耳，岂得已耶！"予闻而悲之。

按《谱》，马氏显列仕籍者，自别驾公起家，生广文公，至总督公，门乃大。而文毅公挺然继起，殉厥封疆，合门靖难，年才四十有四。呜呼，伟矣哉！先是天启辛酉，辽左兵变，广文公昼夜守城，力颇瘁。夫人赵氏闻讹言，仓卒驱女孙入井，率家人死者四十余口。去康熙丁巳未六十年，而广西难作，何其惨也！国初，三孽跳梁，诸臣死者累累。然目炬唇锋，赫然史册，即钗笄角屰，同任国殇者，亦难历数，顾皆慷慨捐生，虽难而未极其至也。若文毅，半载空衙，四年土室，冻骸饿殍，纵横阶阤间，虎伥雉媒，魃沙鱼饵，日陈左右，而屹然不动。卒至嚖血常山，旋飙柴市，偕四十口藳葬尸陀。呜呼，可谓极其难者矣！

长夏病疟，百事俱废。疟止，辄采其事填词一篇。积两旬，成《桂林霜》院本。酷暑如炽，携枕簟，就杂树下，卧而读之，侍疾者愀然而悲，听然而笑，予且不知其故也。他日，客有过予者，曰："读君《空谷香》，如饮吾越酝，虽极清洌，犹醇醴也。此文则北地烧春，其辣逾甚。岂五齐之法未辨耶？抑秫稻曲蘖，湛饎水泉之异性，陶器火齐之殊用耶？愿闻其旨。"予瓢然曰："枚皋飞书，相如典册，辛毗寒木，刘遂春华，夫固各有其笔也。冬日饮汤，夏日饮水，甘酒毋痰，烧春宰冻，所宜有间焉。子酒家南董也，予痁语耳。若砭予文，当求之和与缓。"遂召马君而贻之，君不能出一词。泪浪浪溢卷端，再拜而去。

乾隆辛卯仲夏，铅山蒋士铨书于蕺山之馆。

选自《不登大雅文库珍本戏曲丛刊》第二〇册影印清乾隆四十六年序红雪楼刻本《红雪楼十二种填词》所收《桂林霜》卷首，北京大学图书馆编辑，学苑出版社2003年版

《桂林霜》书后
清·蒋士铨

人臣死厥职，妇死其夫，子死其父，奴死其主。同一食禄忠事之义，敢希褒恤之施，俎豆之祀乎？然国家教忠之典至隆，所以激扬风节，俾事人者洗革二心，益惇恭桀，知虽死若生，虽亡若存。其荣显于身后，更能保世而滋大。马氏世笃忠贞，备邀恩礼，惟同殉之子女、奴婢等三十五人，未叨矜恤。想国初功令，例未及此，或以慎重勋劳，堤防冒滥，未可知也。伏见我皇上宣威辟土，赏罚严明，虽至微极贱之人，苟能尽力捐躯，则丝纶涣汗之必及，而录其姓名，矜其妻子，使枯骸剩魄，沦浃仁恩于九原者，咸思结草仰报，以

效犬马未终之志。呜呼！彼三十五人者，时命事会之遭耳，奚敢稍存遗憾欤？此篇以神道结之，人天感应，都无二致。因申论之，使愚贱者咸知所励焉。

辛卯六月朔日，清容居士书。

选自《不登大雅文库珍本戏曲丛刊》第二〇册影印清乾隆四十六年序红雪楼刻本《红雪楼十二种填词》所收《桂林霜》卷末，北京大学图书馆编辑，学苑出版社 2003 年版

上林道中 [1]

清·阮元

木棉[2]林外鹧鸪[3]声，人与青山相抱行。
三面翠屏方甓画[4]，一行白鹭更分明。
烟清斥堠[5]郊军射，水满畬田[6]獞[7]妇耕。
自古百蛮[8]骄远徼，莫将容易说升平。

选自《揅经室诗录》卷四，（清）阮元著，
商务印书馆1936年版

注 释

1. 上林：即今上林县，属南宁。
2. 木棉：一种落叶乔木，别名红棉、英雄树、攀枝花、斑芝棉、斑芝树等，分布于云南、四川、贵州、广西、江西、广东、台湾、福建等地，喜温暖干燥和阳光充足的环境。
3. 鹧鸪：鸟名，生长于南方，叫声独特，古人谐其鸣声为"行不得也哥哥"，诗文中常用以表示思念故乡。
4. 甓画：色彩鲜明的绘画。
5. 斥堠：瞭望敌情的土堡。
6. 畬田：采用刀耕火种方法耕种的田地。畬，已垦种三年的熟田。《诗经》："如何新畬。"
7. 獞：旧时指壮族。
8. 百蛮：古代南方少数民族的总称。

作者简介

阮元（1764—1849），清代著名思想家，卓有成就的文学家。字伯元，号芸台、雷塘庵主、怡性老人，江苏仪征（今江苏扬州）人。乾隆五十四年（1789）进士，历官山东、浙江学政，曾任官兵、礼、户部侍郎，外任浙江、江西巡抚，湖广、两广、云贵总督，累官至体仁阁大学士，致仕，加太傅，卒谥文达。所至治政严肃，政绩卓著。平生爱才好士，重视教育，创建广东学海堂、浙江诂经精舍。历经乾隆、嘉庆、道光三朝，人尊为"三朝阁老""九省疆臣"。同时在学术上亦声誉显赫。其学识渊博，经史、文学、金石、书画无不精通，兼治天文、历算、地理之学。治学严谨，著述丰富，为一代文宗，著有《十三经注疏校勘记》《皇清经解》《经籍纂诂》《积古斋钟鼎彝器款识》《浙江通志》《广东通志》《淮海英灵集》《两浙𬨎轩录》《揅经室集》等书。于嘉庆二十二年（1817）至道光六年间（1826）任两广总督，其间曾六次到广西巡兵。

作品导读

阮元于诗歌创作上用力最勤，著有《文选楼诗存》《琅嬛仙馆诗略》。又有《揅经室诗录》行世，选诗 270 余首，当时即被世人所重。阮元的诗反映了其所处的时代特点和思想背景。一方面因为他身居高位，历仕三朝，是清王朝的忠臣名宦；另一方面，由于他出生于下层平民百姓，对人民的疾苦有所了解。所以在流传至今的阮元诗中，也反映了这种特色。上林位于大明山东麓，山水如画，诗人受美景感染，即兴挥毫。此诗层次分明，体物精细，平易近人，动静结合，虚实相照，诗画相映，呈现了山水之美和民情之美。

拓展阅读

龙宾道中

清·阮元

柳南山水接龙宾，更度䍐𬳿问远津。
青草气香疑有瘴，绿榕阴重惜无春。
当年木客曾诗客，今日徭人是稻人。
四月畲田耕种毕，此间久已不文身。

选自《揅经室诗录》卷四，（清）阮元著，
商务印书馆 1936 年版

阳朔县

清·梁绍壬

阮芸台协揆督粤时，有属吏欲求剧县，托宫保相知某公道地。宫保曰："官可自择乎？可自择，则吾舍节钺而为阳朔令矣。"某问故，公曰："阳朔荔浦，山水奇秀，甲于寰区，吾于阅兵时经过，今犹梦寐不忘。"

选自《两般秋雨庵随笔》卷八，（清）梁绍壬著，
新文化书社 1934 年版

家书二则[1]

清·陈宏谋

一

到家以后，行止坐卧总不离书本方好。纵有往来酬应，稍可抽身即亲书籍。丢荒半日，必要补足，方可谓之好学。吾向年[2]觉得外务皆可缓可缺，而每日读书功夫不可缓，亦不可缺者，非不近人情也，心乎好之，乐此不疲耳。必如此才有进益。若待无事可做而后去寻书，或迫于尊长教命而后去寻书，成何读书耶！甚有一面应酬，而心中念念不忘读书者。吾由今忆之，当日作某事，行至某处，想起某书，作某文温到某书某句，犹历历可记也：应督抚□□□二比，则由路西往殿头；为杨二太太视书，行次三塘墟而构思乃成者也。幸毋以为迂而忽之，窗下所作所读之表、文、策，无论新旧，皆宜温习记忆，以待临时挥洒。有时得数字、数句，如获异宝者，不可不知也。

自吾居官以来，下人无不学享福受用者，焉能事事如意耶？天下惟有福之人偏知惜福，而无福之人偏会享福，不惜物力，不知好歹。是亦各人福命如此，毋足怪也。

选自《陈宏谋家书》，（清）陈宏谋著，郭志高、李达林整理
广西师范大学出版社 1997 年版

二

入场[3]前后未得一信，惟盼揭晓之信矣。

自总角[4]受学以来，未曾一日无师，未曾一日不读书，更未曾有无书可读之苦。就所读之书，亦自不少，性灵尽可读书，而未能出人头地，非自己工夫不纯熟之故乎？中与不中，故有定数，所紧要者，终在将来学业精进，做一个可止可仕[5]、有体有用[6]之人，才是吾之期望。目下得第与否非不切望，然吾意实不在此也。榜[7]后料理家务，即当起身前来，作北上随行之计耳。

王府坪房屋想已完工，墙基不必求多，能如前约可矣。所争几寸亦不必较，终身让到底，所亏亦有限。惟新宅西边地基不可再让别人，致新宅不方，旧宅不连耳。本人不换，无如之何。家人廖、戴、张三人亦须盼咐，知有为主之意方好，任性而傲亦宜戒之。如人来讨便宜不遂而怪家人，亦须一察，此中公私固不难辨也。

署[8]中情景尔父自必报知。别事悉尔三伯札中。三爹札亦阅过送去。德生壮健可爱，夏奶奶、朱姨娘可借此解闷矣。奶奶身体如何？据实报知。总望和好而小心门户，往来之人宜谨防也。廿五日。

《中国历代家训集成》九，楼含松主编，
浙江古籍出版社 2017 年版

注　释

1. 题目为编注者所加。

2. 向年：往年，从前。

3. 入场：指科举考生进入考场。

4. 总角：古代小孩年龄稍大便将头发分为左右两半，各扎成髻，形如羊角，所以通常用来指八九岁到十三四岁的少年儿童，也用来指童年。语出《礼记·内则》："拂髦，总角。"东汉经学大师郑玄注为："总角，收发结之。"

5. 可止可仕：止，辞官；仕，做官。意为应该辞官就辞官，有机会做官就做官，辞官或做官，应合乎时宜。语出《孟子·公孙丑上》："可以仕则仕，可以止则止，可以久则久，可以速则速，孔子也。"

6. 有体有用："体用"为中国哲学史的一对范畴，内涵丰富。此处可理解为：体，本体、本质，根本原则；用，现象、具体方法。如《朱子语类》卷五："仁，性也；恻隐，情也。性是体，情是用。"

7. 榜：指科举考试录取的告示。

8. 署：官署。

作者简介

陈宏谋（1696—1771），字汝咨，曾用名弘谋，因避乾隆帝"弘历"之名讳改宏谋。临桂（今广西桂林）人。雍正元年（1723）进士及第，雍正四年（1726）任吏部郎中，后外任为官于十二省，历官布政使、巡抚、总督等职。为官重视民间人心、风俗得失，查吏甚严，政绩卓著。著有《课士直解》《甲子纪元》《大学衍义辑要》《培远堂文集》《三通序目》《培远堂文录》《湖南通志》等。

作品导读

《陈宏谋家书》，被社会各界评为与《曾国藩家书》齐名的"国宝家珍"。

家书之外，陈宏谋还采录中国古圣先贤关于教育子女、为官从政等方面的教诲文章，辑成《五种遗规》（含《养正遗规》《教女遗规》《训俗遗规》《从政遗规》和《在官法戒》五种，今有线装书局 2015 年整理本），成为清代士大夫家中广泛传习的家教教材，清末作为中学堂修身科的课本大量传播。曾国藩在给弟弟的家书中曾力荐此书："家中《五种遗规》，四弟须日日看之，句句学之。我所望于四弟者，惟此而已。"

拓展阅读

祭亡兄端明文

宋·苏辙

维建中靖国元年岁次辛巳九月己未朔初五日癸亥,弟具官辙,谨遣男远以家馔酒果之奠,致祭于亡兄端明子瞻之灵。

呜呼!手足之爱,平生一人。幼学无师,受业先君。兄敏我愚,赖以有闻。寒暑相从,逮壮而分。涉世多艰,竟奚所为?如鸿风飞,流落四维。渡岭涉海,前后七期。瘴气所烝,飓风所吹,有来中原,人鲜克还。义气外强,道心内全。百折不摧,如有待然。真人龙翔,雷雨浃天。自儋而廉,自廉而永。道路数千,亦未出岭。终止毗陵,有田数顷。逝将归休,筑室凿井。

呜呼!天之难忱,命不可期。秋暑涉江,宿瘴乘之。上燥下寒,气不能支。启手无言,时惟我思。念我伯仲,我处其季,零落尽矣,形影无继。嗟乎不淑,不见而逝!号呼不闻,泣血至地。兄之文章,今世第一。忠言嘉谟,古之遗直。名冠多士,义动蛮貊。流窜虽久,此声不没。遗文粲然,四海所传。《易》《书》之秘,古所未闻,时无孔子,孰知其贤?以俟圣人,后则当然。丧来自东,病不克迎。卜葬嵩阳,既有治命。三子孝敬,罔留于行。陟岗望之,涕泗雨零。尚飨!

选自《唐宋八大家散文总集·苏辙》,郭预衡、郭英德主编,
河北人民出版社2013年版

丙申腊再入桂林,除夕泊舟小杰[1]度岁二首

清·康有为

三十九年[2]事,流云[3]扰扰过。
扁舟[4]有天地,短鬓[5]看山河。
丝竹[6]哀伤写[7],黎元[8]疾苦多。
著书空老大,海角已蹉跎!

南去北来何所事[9],海云漠漠[10]江洸洸[11]。
旧山芳草几多绿,故国残花烂漫红[12]。
渺渺罗浮曾见日,涓涓漓水自生风。
梅花零乱雪消散,卧听涛头打短篷。

选自《康有为诗选》,(清)康有为著,人民文学出版社编辑部编注,
人民文学出版社1958年版

注释

1. 小杰:地名,在桂江上游平乐县。
2. 三十九年:是年康有为三十九岁。
3. 流云:比喻岁月和人事的变迁。
4. 扁舟:小船。李商隐《安定城楼诗》:"永忆江湖归白发,欲回天地入扁舟。"
5. 短鬓:头发稀疏。
6. 丝竹:弦乐器和管乐器。泛指音乐。《世说新语·言语》:"谢太傅(安)语王右军(羲之)曰:'中年伤于哀乐,与亲友别,辄作数日恶。'王曰:'年在桑榆,自然至此,须正赖丝竹陶写。'"
7. 写:即陶写。陶冶性情,排除忧闷。
8. 黎元:黎民百姓。
9. 何所事:干了些什么事情。
10. 漠漠:密布貌。
11. 洸洸:形容水大。
12. 旧山、故国:指家乡。

作者简介

康有为（1858—1927），"戊戌变法"的主将，今文经学派的重要人物，近代著名的书法家和书法理论家。原名祖诒，号长素，又号更生，广东南海人。光绪二十一年乙未科（1895）进士，官工部主事。光绪二十四年（1898）领导"戊戌变法"，失败后，逃亡海外。后期思想渐趋保守，此后组织保皇会反对民主革命。1917年策动张勋复辟，旋即失败。著有《新学伪经考》《大同书》《万木草堂诗钞》等。

作品导读

1895年5月，康有为在京师发动公车上书受阻，强学会又遭封禁，被迫离京南返，移居万木草堂。康有为认为广西有深入开展维新活动的基础，期望再游桂林。他顾不得天寒岁暮，乘船溯江而上。康有为饱览沿江秀丽的山光水色，境幽意惬，静体自然。除夕之夜，泊舟小杰度岁，他倾听着漓江风涛，处江湖之远，志业未就，仍心忧天下，写下了《丙申腊再入桂林，除夕泊舟小杰度岁》二首。

拓展阅读

探春慢 桂林解围，喜少鹤归自阳朔

清·苏汝谦

揽镜头颅，照梁颜色，一笑樽前无恙。斗酒招魂，篝灯话梦，犹是秭归村巷。便解双鞭卧，把今夜、愁魔安放。起来还弄吴钩，荒鸡无数催唱。大树明朝谁傍，问社鼠城狐，尚堪凭仗。草暗寻鹰，花深唤鹤，一半惊弦先飏。杳杳残烽影，又愁入、戍楼吟望。倦柳心情，还山何事惆怅。

选自《岭西五家词校注》，（清）平南、彭昱尧等著，梁扬、黄红娟校注，巴蜀书社2014年版

第二篇

山水之乐

巡按[1]自漓水南行

唐·张九龄

理楫[2]虽云远，饮冰[3]宁有惕。
况乃佳山川，怡然[4]傲潭石。
奇峰岌[5]前转，茂树隈[6]中积。
猿鸟声自呼，风泉气相激。
目因诡容逆[7]，心与清晖涤。
纷吾谬执简[8]，行郡将移檄[9]。
即事聊独欢，素怀岂兼适[10]。
悠悠咏靡盬[11]，庶以穷日夕[12]。

选自《张九龄集校注》卷三，（唐）张九龄著，熊飞校注，中华书局2008年版

注 释

1. 巡按：指分至各地考察。漓水：即漓江，发源于今广西兴安海阳山，流经桂林、阳朔，在梧州汇入西江。据何格恩《张曲江诗文事迹编年考》，此诗作于开元十九年（731），时张九龄以御史中丞身份兼按察使，在桂州巡视。
2. 理楫：整顿舟楫，实指行船。
3. 饮冰：比喻忧心如焚。《庄子·人间世》："今吾朝受命而夕饮冰，我其内热欤？"
4. 怡然：快乐的样子。
5. 岌：山峰高耸的样子。
6. 隈：山水弯曲处。

7. 诡容：奇异、变化的景色。逆：相接。
8. 执简：指持简策，即为官之意。
9. 行郡：汉代制度，刺史常于每年八月间巡行所郡，称为行郡。移：递送。檄：古代用来征召、晓谕或声讨的文书。"纷吾"二句，自谦地说自己不才，被朝廷错误地安排南巡。
10. 素怀：平日的怀抱。本句谓不可能事事如意，完全满足。
11. 靡盬：不尽，没有完成。《诗·唐风·鸨羽》："王事靡盬，不能艺黍稷。"
12. 庶：但愿，希望。穷日夕：过完日子。

作者简介

张九龄（678—740），一名博物，字子寿，韶州曲江（今广东韶关）人。唐中宗景龙初年（707）进士。由洪州都督徙桂州（治所在今广西桂林市）都督，兼岭南按察选补使。累官中书侍郎同平章事，迁中书令。在朝时曾料安禄山反叛，主张早除祸患，后玄宗深悔不听其忠告。受李林甫排挤，贬荆州长史。卒谥文献。著有《曲江集》。

作品导读

张九龄的诗歌不事秾艳，古朴高雅，开启了盛唐诗的新局面。于山水诗，他首创清淡一派，具有清淡、自然、古朴的美感。此诗是张九龄纪行诗的代表作品，也是最早的漓江风景诗。

漓江桂州至昭州段较为平缓，奇峰如画，江流清澈，山水清晖。诗人不故作藻饰，用白描手法记述了奇丽的桂林山水、物产风情，将自然清秀的山川原貌予以呈现，有声有色，如诗如画，令人心旷神怡。但是，张九龄的山水吟咏却不是教人忘怀逃遁，着力点也不在于对山水的精雕细琢，而是受到山水的感发而抒其怀抱，反映出诗人耿介孤高的个性特征，思致幽雅，清淡浑成。

拓展阅读

湘漓二水说
宋·柳开

湘、漓二水，始一水也。出于海阳山，山在桂州兴安县旧名全义县东南九十里。西北流至县东五里岭上，始分南北，为其二水：北为湘水，南为漓水。求其二水之名，于书于记，皆无所说。

淳化元年，开自全州移知桂州，乘船溯湘水而抵岭下，复以漓水达于桂州，问其岭之名，即分水岭也。分水是相离水也，二水异流也，谓其同出阳海，至此岭分南北而离也。二水之名，疑昔人因其水分相离，而乃命之曰"湘水"也、"漓水"也。其北水所为"湘"，南水所为"漓"，将有以上下先后，而乃名之也。水阴属，属北方，北方为水之主也。以其北流者归主也，乃尊之以"相"字，加其名为上焉。又疑为以其北者入于华，南者出于夷，华贵于夷也，故以"相"字为先焉。既二水以二字分名之，即北者为上为先，名"湘"也。即"离"者，必加南流者也，所以漓江是分水之南名也。因其水之分名为"相""离"也，乃字傍从水，为"湘"为"漓"也。

　　凡为字，皆命名者也。名者，强称物者也。古之以万物错杂，惧难别识也，乃以名各记之矣。即物之名，有类，有假，有义，有因焉。斯二水之名，以其水分相离为名，是取类也，是所假也，是从义也，是有因也。今书漓江为"漓"字，疑其不当为此"漓"字也，当以"离"字傍加水，作此"漓"字也。又字书古无此"漓"字，酌其理增，而今以为字焉。亦由古之他字，皆以义以理撰物者也成字也，非与天地同生于自然耳，亦皆由于人者也。于今悉为世所用矣。以斯而言之，即古之所为者，未必即为是；今之所作者，未必即为不是耶。凡事亦无古无今焉，惟其为当者是也。即"湘""漓"二江之名，孰曰非乎？若以其南方为"离"，流南方为漓江也，即所说之义其疏矣。

选自《柳开集》卷四，（宋）柳开著，李可凤点校，
中华书局 2015 年版

南溪[1]诗

唐·李渤

　　桂水过漓山[2]，右汇阳江[3]，数里余得南溪口。溪左屏列崖巘，斗丽争高，其孕翠曳烟，逦迤如画。右连幽墅，园田鸡犬，疑非人间。溯流数百步至玄岩，岩下有湾壤沮洳[4]，因导为新泉。山有二洞九室，西南曰白龙洞，横透巽维[5]，蜕骨如玉。西北曰玄岩洞，曲通坎隅[6]，晴眺漓水。玄岩之上曰丹室，白龙之右曰夕室，巽维北梯险至仙窟，北又有石室，参差呀豁，延景宿云。其洞室并乳溜凝化[7]，诡势奇状。俯而察之，如伞如拳[8]，如栾栌[9]支撑，如莲蔓藻井；左睨右瞰，似帘似帏，似松偃竹袅，似海荡云惊。其玉池井岚飚回还交错，迷不可纪。从夕室，梁溪向郭，四里而近，去松衢二百步而遥，余获之，若获荆璆[10]与蛇珠[11]焉，亦疑夫大舜游此而忘归矣。遂命发潜敞深，蹬危宅，既翼之以亭榭，又韵之以松竹。似宴方丈，似升瑶台。丽如也，畅如也。以溪在郡之南，因目为南溪，兼赋诗以纪之。
　　宝历三年三月七日叙。

　　　　　　玄岩[12]丽[13]南溪，新泉发幽色。
　　　　　　岩泉[14]孕灵秀[15]，云烟纷崖壁。
　　　　　　斜峰信天插，奇洞固神辟。
　　　　　　窈窕[16]去未穷，环回势难极。
　　　　　　玉池似无水[17]，玄井昏不测。
　　　　　　仙户[18]掩复开，乳膏[19]凝更滴。
　　　　　　丹砂有遗址，石径无留迹。
　　　　　　南眺苍梧云，北望洞庭客。
　　　　　　萧条风烟外，爽朗形神寂。
　　　　　　若值[20]浮丘翁[21]，从此谢[22]尘役。

选自《全唐诗：增订本》卷四七三，中华书局编辑部点校，中华书局1999年版

注　释

1. 南溪：即南溪山，在今桂林市南溪山公园内。
2. 桂水漓山：泛指桂林之山水。桂水即桂江，上游为漓江，发源于今广西兴安海阳山，西南流至阳朔，自此以下称桂江。
3. 阳江：今名桃花江。唐代，阳江流至雉山注入漓江。明初桂林凿护城河，导阳江之

水由象鼻山北注入漓江。

4. 沮洳：水旁洼湿之地。

5. 巽维：东南方。

6. 坎隅：北边。

7. 乳溜凝化：指钟乳石。

8. 軬：车篷。

9. 栾栌：斗拱。栾，柱子上端用来承托斗拱的曲木。栌，斗拱。

10. 荆璆：楚国之璞玉。

11. 蛇珠：宝珠之称。

12. 玄岩：岩洞名，在南溪山上。

13. 丽：依附。

14. 岩泉：指南溪山白云洞下的白龙井，据传说，其水不竭。

15. 灵秀：此处指传说中的神龙。

16. 窈窕：深幽，深远。

17. 似无水：谓水极清而无色，视之若无水。

18. 仙户：指奇特之岩洞。

19. 乳膏：即钟乳石。

20. 值：遇到。

21. 浮丘翁：古代传说中的仙人。

22. 谢：告别。

作者简介

李渤（772—831），字浚之，号白鹿先生，行十，洛阳（今属河南）人。早年隐居庐山，徙嵩山。宪宗元和九年（814），召为著作郎，敬宗时官至给事中，因耿直敢言，触怒权要，出为桂管观察使。文宗大和中，召拜太子宾客，卒赠礼部尚书。《全唐诗》录诗5首。

作品导读

开发隐山、南溪山是李渤对桂林的重要贡献。唐宝历三年（827）三月，李渤开发了南溪山，并在南溪山玄岩镌刻了《南溪诗》。在序中，李渤描写了南溪山的美景，记载了开发南溪山的经过以及自己的喜悦心情。这篇序文文笔洗练，短小精美。李渤从南溪山独特崎旎的景色中，看到了令人悠然神往的胜境，诗中将桂林奇山秀水的美景与神话传说结合，使得诗人不禁产生追随浮丘公的归隐之念，也正是这美景缓和了诗人在政治上的满腹愁怀。本诗为咏桂林景观长诗中的代表作。

拓展阅读

留别南溪二首
唐·李渤

常叹春泉去不回，我今此去更难来。
欲知别后留情处，手种岩花次第开。

如云不厌苍梧远，似雁逢春又北归。
惟有隐山溪上月，年年相望两依依。

选自《全唐诗：增订本》卷四七三，中华书局编辑部点校，
中华书局 1999 年版

南溪山
明·张鸣凤

从斗鸡山北水口入，是为南溪山，以溪名。诸峰回合，四壁峭悬，烟翠黝苍，着衣如染。唐李公渤爱其映带溪流，特于玄岩、白龙多所穿筑。白龙之前，溪水澄碧，中有泉出，是为新泉，亦公之所凿。自殚精思，制序缀诗，及去桂之际，留题致意。后或改玄岩曰观音。转玄岩而上，有岩曰泗洲，皆僧人岩居者，取所奉彼教内两大士号之。至宋，东南诸岩，始以郡人刘仲远学道其中，名其上岩曰刘仙，下则穿云。缘穿云东北行，以有仲远足迹，名曰仙迹。刘仙之旁，阁出岩际，名曰通明。其前有道观，长松落落，据床小憩，颇有萧疏之状。然似不若白龙、玄岩，俯映寒漪，流玩芳藻，花犹池植，鸟似家禽，隔水茆居，砧杵间发，不知身在莽荡之野也已。

《虞衡志》云："白龙洞在南溪平地半山中，龛有大石屋，由屋右壁入洞，行半途有小石室。刘仙岩在白龙洞之阳，仙人刘仲远所居也，石室高寒，出半山间。"

选自《桂胜·桂故》，（明）张鸣凤著，齐治平、钟夏校点，
广西人民出版社 1988 年版

柳州山水近治[1]可游者记

唐·柳宗元

古之州治，在浔水[2]南山石间，今徙[3]在水北，直平[4]四十里，南北东西皆水汇[5]。北有双山，夹道崒然[6]，曰背石山。有支川[7]，东流入于浔水。浔水因是北而东[8]，尽大壁下。其壁曰龙壁，其下多秀石，可砚[9]。南绝[10]水，有山无麓[11]，广[12]百寻[13]，高五丈，下上若一，曰甑山[14]。山之南皆大山，多奇。又南且西，曰驾鹤山，壮耸环立，古州治负[15]焉。有泉在坎下，常盈[16]而不流。南有山，正方而崇[17]，类屏[18]者，曰屏山。其西曰四姥山，皆独立不倚，北流浔水濑[19]下又西[20]，曰仙弈之山。山之西可上，其上有穴，穴有屏，有室，有宇[21]。其宇下有流石[22]成形，如肺肝，如茄房[23]，或积于下，如人，如禽，如器物，甚众。东西九十尺，南北少半[24]。东登入小穴，常有四尺[25]，则廓然甚大。无窍[26]，正黑，烛[27]之，高仅见其宇，皆流石怪状。由屏南室中入小穴，倍常[28]而上，始黑，已而大明，为上室。由上室而上，有穴，北出之，乃临大野[29]，飞鸟皆视其背。其始登者，得石枰[30]于上，黑肌而赤脉[31]，十有八道，可弈，故以云。其山多柽[32]多楮[33]，多笓筼[34]之竹，多橐吾[35]，其鸟多秭归[36]。

石鱼之山，全石，无大草木。山小而高，其形如立鱼[37]，尤多秭归。西有穴，类仙弈。入其穴东出，其西北，灵泉在东趾[38]下，有麓环之。泉大类毂雷[39]鸣[40]，西奔二十尺，有洄[41]在石涧，因伏[42]无所见，多绿青之鱼，及石鲫[43]，多鲦[44]。雷山两崖皆东西，雷水出焉，蓄崖中曰雷塘，能出云气，作雷雨，变见[45]有光。祷[46]用俎[47]鱼、豆[48]彘[49]、脩[50]形[51]、糈稌[52]、阴酒[53]、虡[54]则应。在立鱼[55]南，其间多美山，无名而深。峨山[56]在野中，无麓。峨水出焉，东流入于浔水。

选自《柳宗元集校注》卷二十九，（唐）柳宗元著，尹占华、韩文奇校注，中华书局2013年版

注释

1. 治：州治，州衙门所在地。
2. 浔水：指柳江，一名黔江，自今湖南靖县流入广西，环绕柳州城西、南、东三面而过。
3. 徙：迁移。
4. 直平：直而平，犹言平坦。
5. 水汇：水流迂回、环绕。
6. 崒然：高峻的样子。

7. 支川：支流。

8. 浔水句：谓浔水因支流的力量由向北流改为向东流。

9. 可砚：谓其石可做砚石。

10. 绝：渡过，穿过。

11. 无麓：指山势陡峭，下无缓坡。麓，山脚。

12. 广：宽。

13. 寻：古代八尺为寻。

14. 甑山：山名。

15. 负：依靠，背靠。

16. 盈：满。此谓冬夏不涸。

17. 正方而崇：指其形方正而且高。崇，高。

18. 屏：屏风。

19. 濑，湍急的水。

20. 北流句：谓其北面山脚插入柳江急流之中。

21. 宇：屋檐，指石穴上向外突出像屋檐的岩石。

22. 流石：指溶洞中下垂的钟乳石。

23. 茄房：指倒圆锥形的钟乳石。茄，莲蓬。

24. 少半：小于一半。

25. 常有四尺：指十六尺外又加四尺。常，古度量单位，八尺为寻，倍寻为常，即十六尺。

26. 窍：孔，洞。

27. 烛：用烛光照明。

28. 倍常：倍于常，即三十二尺。

29. 大野：宽阔的原野。

30. 石枰：石头棋盘。

31. 黑肌而赤脉：黑色的石面，红色的线条。

32. 柽：即河柳。

33. 楮：楮树。

34. 箘筄：竹之大者，薄肌，七节。

35. 蘽吾：草名。

36. 秭归：即子规，又名杜鹃。

37. 立鱼：站立的鱼。

38. 趾：脚。

39. 毂雷：谓车声。毂，车轮中间车轴贯入处的圆木。

40. 泉大句：谓泉水的声音很像车轮滚动时发出的雷鸣声。

41. 洄：旋流。

42. 伏：隐藏，潜伏。
43. 石鲫：鲫鱼的一种。
44. 鲦：一种白色小鱼，呈条状，生活在淡水中。
45. 见：通"现"，变化隐现。
46. 祷：向鬼神祷告。
47. 俎：古代祭祀时盛放祭品的器具。
48. 豆：器具名称。
49. 豵：豕，即猪。
50. 脩：干肉。
51. 形：通"铏"，盛羹的器具。
52. 稻稌：指祭祀时用的稻米。
53. 阴酒：曲酒。
54. 虔：默默敬祝的意思。
55. 立鱼：指石鱼之山。
56. 峨山：也作鹅山，山形似鹅，故名。

作者简介

柳宗元（773—819），字子厚，河东解（现山西运城永济一带）人。唐代文学家、哲学家、散文家和思想家。贞元九年（793）中进士，贞元十四年（798）考取博学宏词科，先后任集贤殿书院正字、蓝田县尉和监察御史里行。因参加主张革新政治的王叔文集团而被贬为永州司马。世称"柳河东""河东先生"，官终柳州刺史，又称"柳柳州"。与韩愈一同倡导古文运动，并称为"韩柳"，名列唐宋八大家。一生留诗文作品六百余篇。诗歌幽峭明净。所作骈文有近百篇，散文雄深雅健，论说强，笔锋犀利，讽刺辛辣。山水游记写景状物多所寄托，寓言传记亦为后世称道。有《河东先生集》。

作品导读

这是一篇概述性的山水散文。柳宗元到柳州做刺史后，为柳州奇特的自然风光所吸引，游览了近郊周围的重要景点。柳州附近山水多佳景，笔墨不能集中于一山一水。文章写山重于写水，抓住了柳州诸山的奇姿异态，采用了工笔白描手法，因自然景物的空间位置顺序，有详有略、真实准确地记叙了柳州雄姿各异、奇景迭出的群山风貌，精粹凝练，形容尽致，脉络分明。其中仙弈之山部分写得很有特色，描述摇曳多姿，引人入胜。本文篇幅甚长，将柳州近治可游玩的山水一一列举，而语言简洁精练，上继郦道元《水经注》笔法，而又有新的发展，显得风格特异。作者综合描述山水形概，行散而神凝，传神写照，完成了这篇柳州山水的"最佳导游词"。明代散文家茅坤评价:"全是记事,不着一句议论感慨,却淡宕风雅。"林纾评此文:"极意与郦道元《水经注》斗其短峭,而严洁过之。"

拓展阅读

登柳州峨山
唐·柳宗元

荒山秋日午,独上意悠悠。
如何望乡处,西北是融州。

选自《柳宗元集校注》卷四十二,(唐)柳宗元著,尹占华、韩文奇校注,
中华书局2013年版

玉融郊外观山林之胜,惜不得起子厚与之同游
明·桑悦

先生谪居永,员外置散职。
丘山潭渴渠,指顾出颜色。
至柳握郡符,守官难作适。
州治记堪游,驾鹤与仙弈。
西北是融州,可望不可即。
岂知神秀钟,于此为窟宅。
岩壑何玲珑,满眼皆仙迹。
潇洒真洞天,似与尘世隔。
先生若贲临,景物倍光泽。
向时所奇处,爽然皆自失。
我官虽远调,兹境喜亲历。
野老杂狆瑶,欢迓俨姻戚。
携酒更劝酬,醉卧松下石。
所得良已多,敢忘乾坤德。

选自《粤西诗载校注》卷四,(清)汪森编辑,桂苑书林编辑委员会校注,
广西人民出版社1988年版

桂林

唐·李商隐

城[1]窄山将压，江[2]宽地共浮。
东南通绝域[3]，西北有高楼[4]。
神护青枫岸[5]，龙移白石湫[6]。
殊乡竟何祷，箫鼓[7]不曾休。

选自《李商隐诗歌集解》，（唐）李商隐著，刘学锴、余恕诚集解，中华书局2004年版

注 释

1. 城：即桂林，唐时称桂州。
2. 江：指桂江、漓江。
3. 域：极远的地域。
4. 高楼：疑指雪观楼或逍遥楼。《古诗十九首》："西北有高楼，上与浮云齐。"
5. 青枫岸：指青枫桥，在桂林北四十余里。神护青枫，南人风俗，枫树有神灵。《南方草木状》："五岭之间多枫木，岁久则生瘤瘿。一夕遇暴雷骤雨，其树赘暗长三五尺，谓之枫人。越巫取之作术，有通神之验。取之不以法，则能飞去。"《述异记》："南中有枫子鬼，枫木之老者人形，亦呼为灵枫焉。"
6. 白石湫：又名白石潭，在桂林城北，传说潭中有蛟龙。湫，水潭。
7. 箫鼓：祭神时的鼓乐器。宋李彦弼《八桂堂记》："民俗笃信阴阳，多尚巫卜，病不求医药。"

作者简介

李商隐（约813—约858），字义山，自号玉谿生、樊南生，河南怀州河内（今河南沁阳）人。早年受令狐楚赏识，开成二年（837）进士。因卷入牛、李党争，在政治上受到排挤，一生困顿失意。曾任弘农县尉、秘书省正字、东川节度使等职。诗歌擅长律、绝，富于文采，情志婉曲。与温庭筠齐名，并称"温李"，又与杜牧齐名，并称"小李杜"。著有《李义山诗集》等。

作品导读

此诗作于唐宣宗大中元年（847），作者受朝中权臣党争的牵累，被排斥出朝廷，随好友来到桂州，为桂州刺史郑亚聘为幕府支使兼掌书记。诗作静景动写，结构开合，诗意跌宕，且对仗工整，用词精练，韵律优美，生动形象地表现桂林山水令人神驰之美，同时记录了箫鼓祭祀等习俗。"压""浮"等字，则传递出作者其时压抑的心境。

拓展阅读

桂林道中作
唐·李商隐

地暖无秋色，江晴有暮晖。
空余蝉嘒嘒，犹向客依依。
村小犬相护，沙平僧独归。
欲成西北望，又见鹧鸪飞。

选自《李商隐诗歌集解》，（唐）李商隐著，刘学锴、余恕诚集解，中华书局2004年版

临江仙·九日登碧莲峰[1]

宋·欧阳辟

涧碧山红纷烂漫[2]，烟萝[3]远映霜枫。倚栏人在暮云东，遥天垂众壑[4]，平地起孤峰。

大好家山[5]重九日，尊前切莫匆匆。黄花消息雁声中，寻芳须未晚，与客且携筇[6]。

选自《全宋词》第二册，唐圭璋编，

中华书局1965年版

注　释

1. 九日：即重阳节。碧莲峰：山名。在广西阳朔县城东南漓江滨，嵯峨拔起，山形秀丽。
2. 涧碧句：语本韩愈《山石》诗"山红涧碧纷烂漫"，杜牧《山行》"霜叶红于二月花"，山红，即经霜变红的秋树。
3. 烟萝：烟雾笼罩的女萝。
4. 众壑：指周围环列之奇峰。
5. 家山：犹言家乡。
6. 筇：竹杖。

作者简介

欧阳辟（1036—？），字晦夫，灵川（一说桂州）人。至和间（1054—1056），与弟欧阳简学诗于文学名家梅尧臣门下，学文习艺，深得赏识。后以奉养其亲还乡，梅尧臣作《送门人欧阳秀才游江西》赠之，有句云："我家无梧桐。安可久留凤？凤巢在桂林，乌哺不得共。"意甚称许。元祐六年（1091）举进士，任雷州石康（今合浦县北）令。时苏东坡南迁，至合浦，辟出其诗稿数十幅。居官六年，勤政廉洁，"严操守，尚俭约，节民费，一时誉望所归"（《灵川县志》）。后乞休归乡，"行李萧然，居无完壁"，乃诛茅为舍，乐琴书于其中。《全宋词》收其词一首，即《临江仙》。

作品导读

此词写重阳偕友登阳朔碧莲峰的情景。与同类"重九登高"的作品相比，此词并非泛泛写景，而是结合广西地方特色加以描摹。"遥天垂众壑，平地起孤峰"，突出桂林、阳朔一带"中国南方喀斯特地貌"的独特风貌：远处群山峰丛环绕，与天相接，仿佛从天上垂下；近处一座高峰拔地而起，极具气势。远近结合，"垂"字用得极佳。诗人眼望家乡山水，对此良辰美景，不愿辜负时光，登高寻芳，游心骋怀，读来开人胸襟。

拓展阅读

送门人欧阳秀才游江西
宋·梅尧臣

客心如萌芽，忽与春风动。
又随落花飞，去作西江梦。
我家无梧桐，安可久留凤？
凤巢在桂林，乌哺不得共！
无忘桂枝荣，举酒一以送。

选自《梅尧臣诗选》，（宋）梅尧臣著，朱东润选注，
人民文学出版社1980年版

同欧阳晦夫邂逅游风洞
宋·曹辅

一水群峰翠若堆，洞天终日鼓风雷。
每怀绝境超然处，却与幽人偶尔来。

选自《粤西诗载校注》卷二二，（清）汪森编辑，桂苑书林编辑委员会校注，
广西人民出版社1988年版

藤州江下夜起对月赠邵道士 [1]

宋·苏轼

江月照我心，江水洗我肝。
端[2]如径寸珠，堕此白玉盘。
我心本如此，月满江不湍[3]。
起舞者谁欤，莫作三人看[4]。
峤南[5]瘴疠[6]地，有此江月寒。
乃知天壤间，何人不清[7]安。
床头有白酒，盎[8]若白露溥[9]。
独醉还独醒，夜气清漫漫。
仍呼邵道士，取琴月下弹。
相将乘一叶[10]，夜下苍梧[11]滩。

选自《苏轼诗集》，（宋）苏轼著，孔凡礼点校，
中华书局1982年版

注 释

1. 藤州：治所在今广西梧州市藤县。江下：即藤江，水名。在广西藤县境，因名。即今浔江。起桂平市，至梧州市止。其上流分两支，一为黔江，一为郁江。其下流入广东称西江。邵道士：即邵彦肃，苏轼的好友，在容州（今广西容县）都峤山修道。自容州陪送苏轼至苍梧（梧州），然后返回。

2. 端：正。

3. 湍：水流急。

4. 此二句化用李白《月下独酌》诗："花间一壶酒，独酌无相亲。举杯邀明月，对影成三人。……我歌月徘徊，我舞影凌乱。"

5. 峤南：指岭南地区。

6. 瘴疠：因遭受瘴气而生的病。

7. 清：太平。

8. 盎：盛满貌。

9. 溥：露水多。

10. 一叶：小舟。

11. 苍梧：郡名，汉置，在广西苍梧县。

作者简介

苏轼（1037—1101），字子瞻，一字和仲，号东坡，四川眉山人。我国历史上声名最著的文学家之一，在文学史上居重要地位，影响深远。嘉祐二年（1057）进士，曾任祠部员外郎，因反对王安石变法而求外职，任杭州通判，知密州、徐州、湖州。后以"谤讪朝廷"罪贬黄州。哲宗时任翰林学士，曾出知杭州、颍州等，官至礼部尚书。后又贬谪惠州、儋州。北还后第二年病死常州。北宋中期为文坛领袖，是一个全能作家，才华出众，文采斐然，在诗、词、文、书、画各领域均取得很高成就，为一代文宗。与其父洵、弟辙合称"三苏"。其诗题材广阔，清新豪健，善用夸张比喻，独具风格，与黄庭坚并称"苏黄"。其词开豪放一派，与辛弃疾同是豪放派代表，并称"苏辛"。其文著述宏富，纵横恣肆，豪放自如，为"唐宋八大家"之一。善书法，与黄庭坚、米芾、蔡襄合称"宋四家"。擅长文人画，尤擅墨竹、怪石、枯木等。

作品导读

此诗为苏轼晚年之作。元符三年（1100）八月底，苏轼遇赦北还。归途经博白、玉林、北流、容县、藤县等地，沿途吟咏多。诗歌使用自然流畅、明白简练的语言，虽是"常言"，却有思想和艺术的深度，清新明快，表现出渊雅、俚俗、新奇、精整等特点，看似随意，实为神来之笔。诗中"江月照我心，江水洗我肝。端如径寸珠，堕此白玉盘"等句，正是苏轼此时孤清高洁、旷达乐观心境的自我写照。屡遭贬谪的诗人以江水之清、江月之白明志，以清正端直、光明磊落自持，身处逆境而问心无愧，矢志不移。纪昀评价此诗："清光朗澈，无复笔墨之痕，此为神来之笔。"（《纪评苏诗》卷四十四）

拓展阅读

藤江夜月读坡公于此赠邵道士诗寄张远晖
清·李宪乔

大峨先生儋耳还，留此千载江月寒。
浪儿且莫荡江水，中有先生心与肝。
江边却觅题诗处，东山浮金但烟雾。
古今沦落未须悲，唯恨我来公已去。
多情应笑晚学道，白玉合丹壮非少。

平生漫夸苏与李，世人那识张即邵。

迩来成亏已两忘，素琴挂壁久不张。

东海故人知在否，独听滩声梦里长。

选自《三李诗钞·三李诗话》，（清）李怀民、李宪暠、李宪乔著，赵宝靖点校，
齐鲁书社2020年版

都峤山
清·王维新

桂林多奇峰，层叠无结构。

徒矜钟乳异，岩穴半瘿瘤。

何如都峤山，独自擅雄秀。

一石一峰峦，一洞一宇宙。

堂奥寓其中，城城列广袤。

门户自关锁，楼观各左右。

上无寸椽承，上无片瓦梵。

深光将百间，光明敞白昼。

既讶天工巧，亦觇地力厚。

绕涧清泉流，穿崖怒瀑吼。

琪花随处馥，珍木终年茂。

云飞玉阙开，雨过天香透。

月落闻晨钟，风清听岩溜。

其余东头峰，险阻亦纷凑。

环山老且殁，卒莫尽穷究。

选自《峤音》，《〈粤西十四家诗钞〉校评》（下），陈柱编，陈湘、高湛祥校评，
广西人民出版社1997年版

念奴娇·夜泊藤州
清·金武祥

戊子六月，有容、藤之行。舟中炽热，几不能堪。十三日雷雨，炎暑顿涤。夜泊藤州，明月皎洁，遂泛舟登访苏亭，天水空明，如在清凉世界。坡诗云："系舟藤城下，弄月镡江滨。江月夜夜好，山云朝朝新。"又云："江月照我心，江水洗我肝"，"仍呼邵道士，取琴月下弹"。中流朗诵此诗，犹仿佛当年清兴也。因倚《念奴娇》成词云：

访苏亭畔，问青天：古月何如今月。无限清光曾照见，多少南来迁客。赤壁高歌，琼楼起舞，一例挥吟笔。炎荒不恨，兹游良复奇绝。

我后八百余年，扁舟载月，垂溯公遗迹。可惜相逢无道侣，呼取瑶琴弹彻。壶湛冰清，练翻雪涌，且洗心肝热。结茅都峤，几时真换凡骨？

选自《粟香随笔》，金武祥著，谢永芳校点，
凤凰出版社 2017 年版

到桂州

宋·黄庭坚

桂岭环城如雁荡[1]，平地苍玉[2]忽嶒峨[3]。
李成不在郭熙死[4]，奈此百嶂千峰何。

选自《黄庭坚选集》，黄宝华选注，
上海古籍出版社 1991 年版

注　释

1. 雁荡：山名，位于浙江省乐清、平阳二县境，山有百余峰，峭拔险怪。相传山顶有湖荡，秋雁归时多宿此，故名。山有悬崖、奇峰、瀑布、雁湖等，为游览胜地。《梦溪笔谈·杂志》谓："予观雁荡诸峰，皆峭拔险怪，上耸千尺，穿崖巨谷，不类他山，皆包在诸谷中。"本句写桂州城为群峰环抱。

2. 苍玉：佩饰。《礼记·玉藻》："大夫佩水苍玉。"此状山色。梅尧臣《萧丞相楼》："楼中九华峰，天削水苍玉。"

3. 嶒峨：崚嶒嵯峨，状山势高峻不平。此句谓山峰拔地而起。

4. 李成、郭熙：均为宋代著名的山水画家。这句意思说，李成和郭熙这样的名画家已谢世，再也没有人能画出这奇丽的山水了。《宣和画谱》卷十一《山水》评许道宁："张士逊一见，赏咏久之，因赠以歌，其略云：'李成谢世范宽死，唯有长安许道宁。'"山谷化用其句律。

作者简介

黄庭坚（1045—1105），北宋著名文学家，江西诗派开派宗师和领袖，北宋书法四大家之一。字鲁直，号山谷道人，又号涪翁，洪州分宁（今江西修水）人。生前与苏轼齐名，世称"苏黄"；与秦观、张耒、晁补之合称"苏门四学士"。治平四年（1067）进士。历著作佐郎、秘书丞。哲宗时以校书郎为《神宗实录》检讨官，迁著作佐郎，后遭贬谪。徽宗初复贬宜州（今广西河池市），卒。擅诗文，多才艺，尤工书法。诗歌师法杜甫，擅长用典而力避滑熟，语言奇警。为词清新洒脱而时见豪迈，与秦观并称为"秦七黄九"。著有《山谷集》等。

作品导读

据《宋史·黄庭坚传》，崇宁二年(1103)，黄庭坚被蔡京等人列入元祐党籍，复遭除名，被判羁管宜州。翌年五月，黄庭坚经过桂州，短暂停留，只留下这一首诗作。诗人见到桂林奇秀山水，顿时被眼前美景所陶醉，由此忘记个人痛苦，抑郁之心为之一振。黄庭坚船行至桂州南门，登岸泊舟，入宿南门城楼。桂林的风景使他想起熟悉的北宋同时代的山水画大师李成、郭熙，昔日风流虽然逝去，但眼前玉石般的山峰峥嵘突兀，苍翠毕现，使人惊叹，抒写了诗人不平的胸臆，也应和着他内心守持的铮铮风骨。

前两句，诗人将桂林山水与雁荡比并。然而，检点黄庭坚现存著作，其中并没有描述雁荡的作品。其父黄庶曾有《送刘孟卿游天台雁荡二山》："天台雁荡泼上心，暑焦毛发不肯留"句，又自注："此行诗是图画画山笔，归日借我目一游。"这种未曾亲历的想象与目游，将诗情与画意结合，表达了对雁荡山的钦慕。化用前人句法，是黄庭坚诗作的重要特征，有不少诗句虽渊源有自，但因此推陈出新，焕发活力。本诗末两句，化用了杜甫《戏韦偃为双松图歌》"天下几人画古松，毕宏已老韦偃少"，韩愈《石鼓歌》"少陵无人谪仙死，才薄将奈石鼓何"，以及北宋张十逊的"李成谢世范宽死，唯有长安许道宁"等诗句。黄庭坚及其诗歌在南宋影响极大，这首《到桂州》及其在桂林的游踪，成为了后来者们追慕岭外风雅的重要凭依，张栻、刘克庄等俱曾创作诗词表达敬仰之情。

拓展阅读

画山

宋·邹浩

其一

几年密与画山邻，今日归航驻水滨。
天亦有心酬我愿，敛云收雾日光新。

其二

三峰阔展映天长，大巧由来未易量。
我欲移归殿前去，万年千载对君王。

其三

扫成屏障几千春，洗雨吹风转更明。
应是天公醉时笔，重重粉墨尚纵横。

选自《粤西诗载校注》卷二二，（清）汪森编辑，桂苑书林编辑委员会校注，广西人民出版社1988年版

谒黄山谷祠[1]

清·郑献甫

区革[2]高歌蒋沨[3]哭，宜州乃有黄山谷。
我生独后七百年，今来惟见三间屋。
雨余戴笠访空祠，榴火初红槐正绿。
墨池流水鸣稻田，卧蟠一石何卷然。
打门急读三尺碣，跂脚忽用半段砖。
其上绘图下作记，嘉定笔精犹可识。
祠屋书堂本一区，纷纭邑乘真多事。
循墙绕砌更升堂，帽山排闼来中央。
都人先此作生日，烛花隐隐留余香。
风前坐想俞通守，寄公相待如宾友。
馆舍方成薪爨来，乐煞应门老马走。
恨不身乘问字车，桃李树厕芝兰芽。
去家相与作乡梦，一团共嗅兔丝花。
远水如环石如练，魂魄至今当恋恋。
残碑断简了无存，南楼空想范滂传。
苏门之客半吾乡，横州秦子宜州黄。
前人不幸后人幸，万里为破南天荒。
诗家自是江西祖，飧盘那厌江瑶柱。
丈夫见客女出门，作謩未公吾不取。
恰留片语问涪翁，此间高弟夸冯公。
先生在西渠在东，一存一毁胡不同？
先生不言我不聪，退倚北窗睡松风，雨声忽到天门峰。

选自《郑献甫宜州诗文注评》，孙艳庆、袁卫华注评，
广西师范大学出版社 2017 年版

---

1 黄山谷祠：黄庭坚（号山谷道人）于崇宁二年（1103）被贬宜州羁管。次年五月抵宜州，第二年病卒。逝世后，宜州人在当地为其建冢修祠，之后屡废屡修。
2 区革：宋代宜州人，进士出身，性耽吟咏。相传黄庭坚被贬宜州时，与山谷交游，互有唱和。
3 蒋沨：宋零陵（今属湖南省）人。黄庭坚谪宜州，蒋沨与游，日陪杖履，二人友善，黄庭坚并以后事相托。据明周季凤《山谷先生别传》载，黄庭坚殁后，沨为棺并送归葬双井祖茔之西。

桂林道中

宋·李纲

桂林山水久闻风，身世茫然堕此中[1]。
日暮碧云浓作朵，春深稚笋翠成丛。
仙家多住空明洞[2]，客梦来游群玉峰[3]。
雁荡[4]武夷[5]何足道，千岩元是小玲珑。

时危远谪堕南蛮[6]，犹在乾坤覆载[7]间。
瘴雨岚烟[8]殊气候，玉簪罗带[9]巧溪山。
桄榔[10]叶暗伤心碧，踯躅[11]花开满目斑。
惟有月华[12]依旧好，清辉应与照云鬟[13]。

选自《李纲全集》(上)，(宋)李纲著，王瑞明点校，岳麓书社2004年版

注 释

1. 身世句：反映作者宦海沉浮，感到身世茫然。
2. 空明洞：指桂林岩洞。
3. 群玉峰：山名，神话中女神西王母所居住的地方。李白《清平调词》："若非群玉山头见，会向瑶台月下逢。" 这里代指桂林一带的山。
4. 雁荡：山名，位于浙江省乐清、平阳二县境，山有百余峰，峭拔险怪。相传山顶有湖荡，秋雁归时多宿此，故名。山有悬崖、奇峰、瀑布、雁湖等，为游览胜地。《梦溪笔谈·杂志》谓："予观雁荡诸峰，皆峭拔险怪，上耸千尺，穹崖巨谷，不类他山，皆包在诸谷中。"
5. 武夷：位于福建，为我国名山之一，相传古代武夷君在此居住，因而得名。有武夷宫、桃源洞、卧龙潭、九曲溪等名胜。
6. 南蛮：此处指南方的蛮荒之地。
7. 覆载：天覆地载，为天地的代称。引申为覆育包容，喻指帝王的恩德照临。
8. 岚烟：山林间雾气。
9. 玉簪罗带：化用韩愈《送桂州严大夫》诗句："江作青罗带，山如碧玉簪。"
10. 桄榔：木名。别名面木、铁木，树木像棕榈，坚硬，砍掉皮可从树中取面，它的皮很柔、坚韧，可以作绳用。
11. 踯躅：本名杜鹃。

12. 月华：月光。

13. 云鬟：旧时妇女所梳的环形发髻。杜甫《月夜》："香雾云鬟湿，清辉玉臂寒。何时倚虚幌，双照泪痕干。"

作品导读

建炎三年（1129），李纲遭贬谪，跋山涉水，途经荆湖南路、广南西路，最后到达海南。抵海南三日，便"德音放还，任便居住"。往返海南途中，李纲经过了广西多个郡县，留下大量诗文作品。诗写久闻桂林山水之名，却因被贬而来游，山如稚笋，行走其间，身世茫然而欣逢美景，恍入仙境。在这两首诗中，李纲一再表露对桂林山水的喜爱与赞叹之情，但此时正是国家生死存亡之际，远贬南荒，不能为国效力更令诗人痛苦。李纲没有忘情于山水，忧国的情怀始终萦绕着他。他对景抒怀，不禁感叹宦海的沉浮与身世的茫然。诗中的奇山异水，意象鲜明，是描写桂林山水的名篇。

拓展阅读

桂岭晴岚
元·吕思诚

桂岭崇崇插绛霄，晴岚浮动翠云飘。
峰峦碧润轻翻縠，岩壑精荧深染绡。
晚霭忽开高突兀，余辉斜抹蔚岩峣。
缓行鸟径衣裳湿，莫说梅花万里遥。

选自《粤西诗载校注》卷一四，（清）汪森编辑，桂苑书林编委会校注，
广西人民出版社1988年版

舜洞秋风
元·吕思诚

西风飒飒桂林秋，万叠云山舜洞幽。
晓气沿崖秋色冷，凉飚吹树桂香浮。
轻摇斑竹江头恨，远送苍梧天外愁。
一旦薰风随律变，露华山色满南州。

选自《粤西诗载校注》卷一四，（清）汪森编辑，桂苑书林编辑委会校注，
广西人民出版社1988年版

桂海虞衡志·志岩洞（节选）

宋·范成大

余尝评桂山[1]之奇，宜为天下第一。士大夫落南者少，往往不知，而闻者亦不能信。予生东吴[2]，而北抚幽、蓟[3]，南宅交、广[4]，西使岷、峨[5]之下，三方皆走万里，所至无不登览。太行[6]、常山[7]、衡岳[8]、庐阜[9]，皆崇高雄厚，虽有诸峰之名，正尔[10]魁然[11]大山，峰云者，盖强名之。其最号奇秀，莫如池[12]之九华[13]，歙[14]之黄山[15]，括[16]之仙都[17]，温[18]之雁荡[19]，夔[20]之巫峡[21]，此天下同称之者，然皆数峰而止尔，又在荒绝僻远[22]之濒[23]，非几杖[24]间可得。且所以能拔乎其萃[25]者，必因重冈复岭[26]之势，盘亘而起，其发也有自来。桂之千峰，皆旁无延缘[27]，悉自平地崛然特立，玉笋瑶簪，森列无际，其怪且多如此，诚当为天下第一。韩退之诗云："水作青罗带，山如碧玉簪。"柳子厚[28]《訾家洲记》云："桂林多灵山，发地峭竖，林立四野。"黄鲁直[29]诗云："桂岭环城如雁荡，平地苍玉忽嵯峨。"观三子语意，则桂山之奇，固在目中，不待余言之赘。顷尝图其真形，寄吴中故人，盖无深信者，此未易以口舌争也。山皆中空，故峰下多佳岩洞，有名可纪者三十余所，皆去城不过七八里，近者二三里，一日可以遍至。今推其尤者，记其略。

选自《范成大笔记六种》，（宋）范成大撰，孔凡礼点校，中华书局2002年版

注 释

1. 桂山：泛指桂林的群山。

2. 东吴：吴郡，今江苏苏州一带。

3. 北抚幽、蓟：乾道六年（1170），范成大奉命以资政殿大学士崇信节度使出使金朝。幽，古幽州，今河北省一部分及辽宁省地。蓟，古蓟州，在今河北省境内。

4. 南宅交、广：乾道八年（1172），范成大出任广西经略使，广南西路包括古交州及广州的部分地方。宅，居留。

5. 西使岷、峨：淳熙元年（1174），范成大奉命任四川制置使。岷，岷山。峨，峨眉山。

6. 太行：山名，在山西高原与河北平原间，北起拒马河谷，南至晋、豫边境黄河沿岸。

7. 常山：本名恒山，避汉文帝刘恒讳改名。起山西省境，东行入河北省，绵亘于保定西境，为五岳中的北岳。

8. 衡岳：衡山，在湖南衡山县西，古代五岳之一的南岳，山有七十二峰。

9. 庐阜：庐山，在江西省北部，耸立于鄱阳湖、长江之滨，为著名的休养、游览胜地。阜，土山。《诗·小雅·天保》："如山如阜。"

10. 正尔：恰是、正是之意。尔，虚词。
11. 魁然：高大。然，形容词词尾。
12. 池：池州，在安徽省南部，辖地相当今贵池、青阳、东至等县。
13. 九华：佛教四大名山之一，在安徽青阳县西南，有九峰，形似莲花，故名。
14. 歙：指歙州，隋置，唐时辖境相当于今安徽新安江流域，宋改徽州。
15. 黄山：在安徽省南部，风景秀丽，以奇松、怪石、云海、温泉著名。
16. 括：指括州。隋置处州，故城在今浙江丽水市东南括苍山麓，后改名括州。
17. 仙都：山名，又名缙云山，在浙江省缙云县境。
18. 温：指温州，唐置，在今浙江省东南部。
19. 雁荡：山名，位于浙江省乐清、平阳二县境，山有百余峰，峭拔险怪。相传山顶有湖荡，秋雁归时多宿此，故名。山有悬崖、奇峰、瀑布、雁湖等，为游览胜地。《梦溪笔谈·杂志》谓："予观雁荡诸峰，皆峭拔险怪，上耸千尺，穹崖巨谷，不类他山，皆包在诸谷中。"
20. 夔：指夔州，唐置，辖境为今重庆市奉节等县。
21. 巫峡：长江三峡之一，因巫山得名，在重庆市巫山县东，湖北省巴东县西，两岸绝壁，绵延约四十公里，著名的"巫山十二峰"并列江边，以神女峰最奇秀。
22. 荒绝僻远：极荒凉偏僻的边远地方。
23. 濒：边远的地方。
24. 几杖：矮桌与手杖。古制仲秋之月授衰老者以几杖。后以"几杖"喻指衰老。
25. 拔乎其萃：在同类事物中非常特出，此指在众山丛聚之处挺然特起。萃，聚。语出《孟子·公孙丑》。
26. 重冈复岭：冈峦重叠、山岭连绵的意思。
27. 延缘：伸展与连接。延，伸展、连接；缘，连接。
28. 柳子厚：唐代著名文学家柳宗元。
29. 黄鲁直：北宋著名诗人黄庭坚，字鲁直，号山谷道人。

作者简介

范成大（1126—1193），字致能，一字幼元，早年自号此山居士，晚号石湖居士。吴县（今江苏苏州）人，南宋名臣、文学家、诗人。高宗绍兴间进士。孝宗时出使金国，词气慷慨，刚正不屈，不辱使命，全节而归。相继任广西经略安抚使、四川制置使，皆有政绩。在桂林两年，范成大改盐法、革马政、疏浚灵渠、修复朝宗渠等，政声卓著，著有《骖鸾录》《桂海虞衡志》分别记录桂林地理、风土，是重要的地方资料。晚年退居石湖故里。范成大素有文名，尤工于诗，自成一家。其诗风格平易浅显、清新妩媚。其诗题材广泛，晚年所作《四时田园杂兴》绝句60首成就最高，对农家生活从节气景物、民风土俗，到耕织收获、喜怒哀乐，皆观察细致，描绘生动，诗风温婉秀润，流畅优美，乡土气息浓厚，有

民歌之明快，是古代田园诗之集大成者。与杨万里、陆游、尤袤合称南宋"中兴四大诗人"。亦善文赋、词作。作品在南宋末年即享盛誉，至清初而影响更大，有"家剑南而户石湖"（指陆游与范成大）之说。亦善书喜画，与张孝祥合称南宋前期两大书法名家。事迹见于《宋史》本传。著有《石湖集》《揽辔录》《吴船录》《吴郡志》等。

作品导读

淳熙二年（1175），范成大离广西，赴成都任四川制置使。《桂海虞衡志》是他由广西入蜀道中追忆而作。书名中的"桂海"即南海，泛指我国南方（也有称因广西之地多桂，故称广西为桂海）。"虞衡"是古代官名，"掌山泽之官，主山泽之民者"（见《周礼·天官大宰》注）。《桂海虞衡志》记述了广西的地理、特产、动植物、气候、民情习俗、工技、文字以及安南（今越南）的内容，记载详细，保存了大量珍贵资料，历史与学术价值甚高，对后世学术具有深远的影响，是研究广西地方史志和南疆少数民族历史不可缺少的志书。

此篇注意将桂林山水与其他地方的山水进行比较，从而突出其特点。如列举了最号奇秀、天下同珍的池州九华山、安徽黄山、括苍仙都山、温州雁荡山、夔州巫峡等，以及崇高雄厚魁然的太行山、恒山、衡山、庐山等，通过比较，写出了桂山之近人、桂山之丛集、桂山之突兀、桂山之怪异，桂山有他山之妙，却无他山之不尽如人意。又引前贤韩愈、柳宗元、黄庭坚的诗文为印证，似乎天下之美皆萃于桂，于是便自然有了"桂山之奇，宜为天下第一"的结论。

从文字造诣的角度看，诗文结合，亦序次得法，古雅有神韵。从史料价值方面，四库馆臣也将《骖鸾录》与《桂海虞衡志》同其他记载桂林风物的著述相提，予以高度评价，说："自桂林象郡之名著于《史记》，厥后南荒舆志渐有成编，其存于今者，如唐莫休符之《桂林风土记》、段公路之《北户录》，宋范成大之《桂海虞衡志》，明魏濬之《峤南琐记》、张鸣凤之《桂故》《桂胜》皆叙述典雅，掌故可稽。"（《四库全书总目》卷六十八）

拓展阅读

桂林中秋赋
宋·范成大

乾道癸巳中秋，湘南楼月色佳甚，病起不觞客，又祈雨，蔬食清坐。默数年来，九遇此夕，皆不常其处。乙酉值三馆；丙戌与严子文游松江，有来岁复会之约；丁亥又以薄遽走阳羡，与周子充遇于罨画溪上；戊子守括苍；己丑以经筵内宿；庚寅使房，次于睢阳；辛卯出西掖，泊舟吴兴门外；壬辰始归石湖，而今复逾岭。叹此生之役役，次其事而赋之。

登湘南以独夜兮，挹訾洲之横烟；绛霄艳其光景兮，涌冰镜于苍巅。怅旻宇之佳节兮，并四者其良难；矧吾生之飘泊兮，寄莲庐于八埏。九得秋而九徙兮，靡一枝之能安。上瀛洲而瀑饮兮，当作噩之初元。旋水宿于垂虹兮，溷金碧之浮天；克后期而竟爽兮，忽罨画之沧湾。既戊子而守括兮，摘少微于楼栏；丑寓直于玉堂兮，听宫漏之清圆。再西风而北征兮，胡笳咽于夜阑；追返旆之期月兮，放苕霅之归船。幸故岁之还吴兮，带夕晖而灌园；甘土偶之遇雨兮，就一丘而考槃。今又飘飘而桂海兮，宾望舒于南躔，访农圃之昨梦兮，杳征路之三千。月亦随予而四方兮，不择地而婵娟，谅素娥之我哈兮，老色浣于朱颜。□观月之囊见兮，炯不动而超然。适病余而闭阁兮，屏危柱与哀弦；复讼风而闵雨兮，谢鼎食之芳鲜。阒清斋而晤叹兮，惊足迹之间关；谁职为此驱逐兮，岂不坐夫微官！知明年之何处兮，莞一笑而无眠。

选自《范石湖集》，（宋）范成大著，富寿荪标校，
上海古籍出版社2006年版

水调歌头
宋·范成大

细数十年事，十处过中秋。今年新梦，忽到黄鹤旧山头。老子个中不浅，此会天教重见，今古一南楼。星汉淡无色，玉镜独空浮。

敛秦烟，收楚雾，熨江流。关河离合，南北依旧照清愁。想见姮娥冷眼，应笑归来霜鬓，空敝黑貂裘。酾酒问蟾兔，肯去伴沧洲。

选自《范石湖集》，（宋）范成大著，富寿荪标校，
上海古籍出版社2006年版

水调歌头·桂林集句[1]

宋·张孝祥

五岭皆炎热，宜人独桂林[2]。江南驿使未到，梅蕊破春心[3]。繁会九衢三市[4]，缥缈层楼杰观，雪片一冬深[5]。自是清凉国[6]，莫遣瘴烟侵。

江山好，青罗带，碧玉簪[7]。平沙细浪欲尽，陡起忽千寻[8]。家种黄柑丹荔，户拾明珠翠羽[9]，箫鼓夜沉沉[10]。莫问骖鸾事[11]，有酒且频斟。

选自《张孝祥集编年校注》乐府卷四〇，（宋）张孝祥著，辛更儒校注，中华书局2016年版

注释

1. 集句：一种特殊的创作方式，通过截取前人诗词成句，组合成一首新的诗词或对联等。
2. 五岭：指始安、越城、临贺、大庾、腊岭，这里指五岭以南地区。宜人：岭南无雪，独桂林有，梅开时有雪，可以消炎瘴，故曰宜人。"五岭皆炎热，宜人独桂林"二句，出自唐杜甫的《寄杨五桂州谭》。
3. "江南"二句：南朝宋陆凯在江南折一枝梅花托驿使交给在长安的好友范晔。南朝宋盛弘《荆州记》："陆凯与范晔相善，自江南寄梅花一枝，附诗一首曰：'折花逢驿使，寄与陇头人。江南无所有，聊赠一枝春。'"
4. 繁会、九衢：繁会，指繁华热闹的地方。九衢，指四通八达的道路。宋柳永《看花回》："九衢三市风光丽，正万家、急管繁弦。"
5. 雪片一冬深：出自唐杜甫《寄杨五桂州谭》："梅花万里外，雪片一冬深。"
6. 清凉国：清静的地方。出自唐陆龟蒙诗句："溪山自是清凉国。"
7. 青罗带，碧玉簪：江水青青如绿色的罗带，青山高耸如玉簪直立，形容桂林山水之美。出自唐韩愈《送桂州严大夫》："江作青罗带，山如碧玉簪。"
8. 寻：古以八尺为一寻。
9. "家种"二句：家家户户种植金黄的柑橘与红彤彤的荔枝，收集晶莹的蚌珠、翠绿的羽毛。古代妇女春日拾取翠鸟羽毛作首饰，故以拾翠指妇女春日嬉游的景象。三国魏曹植《洛神赋》："或采明珠，或拾翠羽。"出自唐韩愈《送桂州严大夫》诗："户多输翠羽，家自种黄甘。"
10. 箫鼓：指箫和鼓两种乐器，也指箫鼓发出的声音。每逢闲暇、节日或祈祷之时，吹箫击鼓，是古代一种较普遍的娱人娱神方式。出自唐李商隐《桂林》："殊乡竟何祷，箫鼓不曾休。"

11. 骖鸾事：谓登仙。骖，古代驾在车前两侧的马。出自唐韩愈《送桂州严大夫》诗："远胜登仙去，飞鸾不假骖。"

作者简介

张孝祥（1132—1169），字安国，号于湖居士，和州乌江县（今安徽省和县乌江镇）人。远祖张籍，唐代著名诗人。读书过目不忘，下笔顷刻数千言。《宋史·张孝祥传》言其："年十六，领乡书，再举冠里选。"绍兴二十四年（1154），年仅二十三岁的张孝祥，在廷试中为高宗亲擢为第一，成为当时众所艳称的"三元及第"。《宋史》说张孝祥俊逸，文章过人，尤工翰墨，尝亲书奏札，高宗见之曰必将名世。孝宗朝累迁中书舍人直学士院领建康留守，寻以荆南湖北路安抚使请祠禄，进显谟阁直学士致仕，时三十八岁。事迹具《宋史》本传。陈振孙说"其文翰皆超逸天才也"（《直斋书录解题》卷十八）。有《于湖集》《于湖词》传世。

作品导读

乾道元年（1165），张孝祥以集贤殿修撰被贬为静江（今桂林）知府，兼广南西路经略安抚使。是年冬天作此词。张孝祥非常热爱桂林山水，七星山、象鼻山、龙隐洞、南溪山、伏波山等处都留有其题刻。这首《水调歌头·桂林集句》的创作，分别集入了杜甫《寄杨五桂州谭》中的"五岭皆炎热，宜人独桂林""雪片一冬深"和韩愈《送桂州严大夫》中的"江作青罗带，山如碧玉簪"等诗句，构思奇巧，取舍精当，吟咏桂林的宜人可爱，形象地写出山水的旖旎风光，表达了词人对桂林的喜爱之情。张孝祥在桂林不到两年，减免赋税、兴修水利、赈济灾荒、建设景点，治有声绩，赢得百姓拥戴。

拓展阅读

水调歌头·桂林中秋
宋·张孝祥

今夕复何夕？此地过中秋。赏心亭上唤客，追忆去年游。千里江山如画，万井笙歌不夜，扶路看遨头。玉界拥银阙，珠箔卷琼钩。

驭风去，忽吹到，岭边州。去年明月依旧，还照我登楼。楼下水明沙静，楼外参横斗转，搔首思悠悠。老子兴不浅，聊复此淹留。

选自《张孝祥集编年校注》乐府卷四一，（宋）张孝祥著，辛更儒校注，
中华书局2016年版

《画石图册》自题诗

清·方以智

黄海雁宕与武夷,未若桂柳阳朔奇。

骖鸾剑铓碧玉簪,平坡万笏穿清漓。

当时虞山命我写其状,李成郭熙摇手辞。

愚者搜出鸿蒙骨,几笔创作珊瑚枝。

蹙缩蓬莱供盆几,倾湫倒岳太儿戏。

噫噫!果何为撑肠拄肚休网碑,骈指会蕞真支离。

《无可大师墨石图册》第六帧,(清)方以智撰,

安徽省博物馆藏

千山观记[1]

宋·张孝祥

桂林山水之胜甲东南，据山水之会，尽得其胜，无如西峰。乾道丙戌[2]，历阳张某因超然亭故基作千山观，高爽闳达[3]，放目万里，晦明[4]风雨，各有态度[5]，观成而余去，乃书记其极。

选自《张孝祥集编年校注》乐府卷一四，（宋）张孝祥著，辛更儒校注，中华书局 2016 年版

注　释

1. 千山观：位于桂林城西，为超然亭旧址，张孝祥即在此旧址上兴建千山观。
2. 乾道丙戌：即乾道二年（1166），张孝祥出任静江府知府的第二年。
3. 闳达：宏大通畅。
4. 晦明：时暗时明。
5. 态度：状貌姿态。

作品导读

此文虽短，却写出了桂林山水新的一面。桂林山水向来以奇秀著称，这里以"高爽闳达，放目万里，晦明风雨，各有态度"形容，气势确实恢宏，桂林山水甲东南之说实开桂林山水甲天下之先声。而"秀"已不在其中，在桂林山水文字中是少见的，是张孝祥对桂林山水的独特感受。

拓展阅读

游千山观

宋·张孝祥

朝游七星岩，莫上千山观。
东西两奇绝，势略领海半。
长江写缣素，叠嶂俯杯案。
中有万雉城，铁立不可玩。
伏龙起行雨，老树舞影乱。

冲风挟惊电,意恐崖谷断。
路悬石磴滑,众客纷骇汗。
嵌空偶自托,发若鸟集灌。
须臾便开霁,杲日丽清汉。
却坐山巅亭,容我乌帻岸。
长怀付尊酒,别语不容判。
会须九垓外,与子期汗漫。

选自《张孝祥集编年校注》乐府卷三,(宋)张孝祥著,辛更儒校注,
中华书局 2016 年版

清平乐·题风泉阁
明·蒋冕

项氏之风泉阁,昔在茅山,而今在臣山。创于养默翁,而绍于德懋上舍。缙绅士诗以咏之者盖不知其几!予不能诗,因填小词,继书于诸作之后。狗尾续貂,徒强颜耳。

青山高处,更结高楼住。风色泉声随杖屦,阅过几番寒暑。

臣山不减茅山,百年风景依然。华表柱头留语,何妨两地周旋。

选自《湘皋集》(下),(明)蒋冕著,唐振真、蒋钦挥、唐志敬点校,
广西人民出版社 2001 年版

独秀峰
清·袁枚

来龙去脉绝无有,突然一峰插南斗。
桂林山形奇八九,独秀峰尤冠其首。
三百六级登其巅,一城烟火来眼前。
青山尚且直如弦,人生孤立何伤焉。

选自《袁枚全集新编》,(清)袁枚著,王英志编纂校点,
浙江古籍出版社 2018 年版

游南中岩洞记[1]

宋·罗大经

桂林石山怪伟[2]，东南所无。韩退之谓："山如碧玉簪"[3]，柳子厚谓："拔地峭起，林立四野"[4]；黄鲁直谓："平地苍玉忽嶒峨"[5]；近时刘叔治云："环城五里皆奇石，疑是虚无海上山"[6]。皆极其形容。然此特言石山耳。至于暗洞之瑰怪，尤不可具道。相传与九疑[7]相通，范石湖[8]尝游焉，烛尽而反。余尝随赵季仁[9]游其间。列炬数百，随以鼓吹[10]，市人从之者以千计。巳[11]而入，申[12]而出。入自曾公岩[13]，出于栖霞洞[14]。入若深夜，出乃白昼，恍如隔宿异世。

季仁索余赋诗纪之。其略曰："瑰奇恣[15]搜讨[16]，贝阙[17]青瑶[18]房。方隘[19]疑永巷[20]，俄[21]敞如华堂。玉桥巧横溪，琼户正当窗。仙佛肖仿佛[22]，钟鼓铿击撞。矍矍[23]左顾龟[24]，狰狞[25]欲吠尨[26]。丹灶[27]俨[28]亡恙[29]，芝田[30]蔼生香。搏噬[31]千怪聚[32]，绚烂五色光。更无一尘涴[33]，但觉六月凉。玲珑穿数路，屈曲通三湘[34]。神鬼工剜刻[35]，乾坤真混茫。入如深夜暗，出乃曒日光。隔世疑恍惚，异境难揣量。"然终不能尽形容也。

又尝游容州[36]勾漏洞天[37]，四面石山围绕，中平野数里，洞在平地，不烦登陟。外略敞豁，中一暗溪穿入。因同北流[38]令结小桴[39]，秉烛坐其上，命篙师撑入，诘屈[40]而行。水清无底，两岸石如虎豹猱玃[41]，森然[42]欲搏[43]。行一里许，仰见一大星炯然，细视乃石穿一孔，透天光若星也。溪不可穷，乃返。洞对面高崖[44]上，夏间望见荷叶田田[45]，然峻绝不可到。土人云，或见荷花，则岁必大熟[46]。

选自《粤西文载校点》第二册，（清）汪森编辑，黄盛陆等校点，广西人民出版社1990年版

注　释

1. 南中：泛指我国南部地区。此处指今广西桂林市、容县一带。
2. 怪伟：奇特壮伟。
3. 韩愈《送桂州严大夫》诗："江作青罗带，山如碧玉簪。"
4. 柳宗元《桂州訾家洲亭记》云："桂州多灵山，拔地峭起（亦作'拔地峭竖'），林立四野。"
5. 黄庭坚《到桂州》诗："桂岭环城如雁荡，平地苍玉忽嶒峨。"
6. 刘叔治：《宋诗别裁集》载宋乐雷发《送广州刘叔治倅钦州兼守事》，可知刘叔治为广州人，曾守理钦州。虚无海上山，指清虚仙境中的仙山。

7. 九疑：也作九嶷，山名，又名苍梧山，位于湖南省宁远县南，传说虞舜葬于此。另有传说桂林诸山与九疑隔着南岭，有洞相通。

8. 范成大于孝宗乾道八年（1172）冬知静江（今桂林）府、广西经略安抚使。他曾游南中诸洞中的曾公洞、栖霞洞。

9. 赵季仁：赵师恕，字季仁，南宋学者，宋宗室。先为余姚令，颇不得志。理宗端平二年（1235），迁广西经略安抚使，有政绩，邑人刻石以纪。他曾说："某平生有三愿：一愿识尽世间好人，二愿读尽世间好书，三愿看尽世间好山水。"（见《鹤林玉露》）

10. 鼓吹：乐队。

11. 巳：古时以地支纪时，巳时相当上午九时至十一时。

12. 申：约相当下午三时至五时。

13. 曾公岩：旧名冷水岩，曾丞相子宣所作，可通栖霞岩。详见范成大《桂海虞衡志》。曾公，曾布，字子宣。神宗元丰初年知桂州。哲宗时任同知枢密院事，徽宗时任尚书右仆射。

14. 栖霞洞：在七星山，钟乳垂下累累，进见益奇，传云通九疑山。详见范成大《桂海虞衡志》。

15. 恣：放任，尽情的意思。

16. 搜讨：搜访，探求。

17. 贝阙：用贝壳装饰的宫阙，为神仙所居处。

18. 青瑶：青色美玉。

19. 隘：狭。

20. 永巷：长巷，深巷。

21. 俄：一会儿。

22. 仙佛肖仿佛：形容洞中的钟乳石像仙佛的形象。

23. 巖巖：大而重貌。

24. 左顾龟：指官印。古代达官之印雕成龟形，称龟印。干宝《搜神记》记晋孔愉事："愉少时尝经行余不亭，见笼龟于路者，愉买之，放于余不溪中，龟中流左顾者数过。及后，以功封余不亭侯，铸印，而龟钮左顾，三铸，如初。印工以闻，愉乃悟其为龟之报，遂取佩焉。"

25. 猖猖：犬吠声。

26. 尨：长毛犬。

27. 丹灶：炼丹的灶。

28. 俨：宛然，好像真的。

29. 亡恙：无恙，完好。亡，同"无"。

30. 芝田：传说中仙人种灵芝的地方。

31. 噬：咬。

32. 搏噬千怪聚：像万千怪物聚在一起搏击吞噬。

33. 涴：污，弄脏。

34. 三湘：泛指湖南。

35. 刻：雕刻。

36. 容州：今广西容县。

37. 勾漏洞天：今属广西北流市，为道教"三十六洞天"的"二十二洞天"，洞内钟乳石千姿百态，为著名景区。

38. 北流：今广西北流市。古容州治在北流县。

39. 小桴：小船，竹筏。

40. 诘屈：曲折，弯曲。

41. 猱玃：泛指猿猴。猱，猴类。玃，大母猴。

42. 森然：阴森貌。

43. 搏：搏击，扑上来抓人的样子。

44. 高崖：陡立的山崖。

45. 田田：形容荷叶浮在水上的样子。

46. 熟：丰年。

作者简介

罗大经（1196—1252），字景纶，号儒林，又号鹤林、竹谷子。南宋庐陵（今江西吉安）人。宝庆二年（1226）登进士第。历任容州法曹、辰州判官、抚州推官等职，淳祐年间（1241—1252）任湖南安抚使。著有《鹤林玉露》。

作品导读

南宋笔记类著作甚多，内容丰富，题材众多，其中包括记游之文。其文常常截取片段，突出景物之奇，游览之异，读后令人印象新鲜深刻。本文选自罗大经笔记类著作《鹤林玉露》，作于端平二年至三年间（1235—1236），作者时为知静江府兼广南西路经略安抚使赵师恕幕友。文章记述了作者游览广西桂林、容县一带岩洞的经过，摹景生动，形象逼真，增加了人们对广西山水之奇的认识。全文的基调是散文，中间嵌入诗歌，以文叙事，以诗写景，诗文并用，各臻其致，增加了文章的艺术性。

拓展阅读

勾漏山宝圭洞天十洞记（节选）
宋·吴元美

天下洞凡三十有六。容南西及鬼门关内，一郡而得三焉：南都峤，北白石，西勾漏。西山之南，去郡一舍而近，古铜州也。平川中石峰千百，皆矗立特起，周围三十里。其岩穴多勾曲穿漏，故以是名。予足迹半天下，所阅名山多矣。卓绝雄杰，鲜或俪此者。爰而不可失，列为十图，置诸座右。朝夕自其外，而想其内。外所见者，毫楮可及，然特仿佛一二耳。若三洞中所有，须至者自知。譬如乾坤容日月之光，安可绘画也？

灵宝观记

度西山岭，涉落桑江，豁然川夷。旷野中，石山绵延，直抵北流之西。其南跨大江之半，古勾漏城也。距今邑凡十里。群峰屹然，如中天观阙。旍旄棨戟，武库五兵，森罗在上，而道出其间。行者皆愕惊不敢前。灵宝观盖直当其门户。观后石峰千仞，独以一柱擎天，三朝宸奎阁藏其迹。案图经，此有观久矣，南汉始更今名。殿庭卑隘，门径荒芜，碑碣可考可询，令人慨叹不已。然土木虽俭陋，而气象雄古，云物轮囷，真灵仙所宅。香火迸扫虽无人，而奎璧照耀，云汉昭回，自有神物护持之。左右数里，虽绝无居者，岂仙圣之意，乐闲旷，厌嚣烦，故不欲廛井畜牧之混其所也？

观东百余步，临大道傍有龙潭洞。披荆榛而入，俯伏蹲踞，渊亭幽闭，冷袭毛骨。村甿云：神龙所蛰伏，勿以瓦砾投也。直观后二小洞，南向者曰太阳，有浮屠象。其北曰太阴，浅塞不通。然名义所稽，第恐俚语以南北分阴阳耳。故附书之，或有知其详者。

宝圭洞记

繇观后西北行二百步，如倚屏门，辟象魏。榜其上曰"勾漏洞天"，正宝圭洞，此葛仙翁修炼所也。洞前小亭，俯瞰横塘，倚栏四顾，则列峰回环，如众星之拱北辰。其魁磊而秀伟者，稷契阜夔，冠弁圭璋，以侍尧舜。其挺特雄毅者，韩、彭、吴、邓，戈矛剑戟之卫高光也。石室中，有玉宸道君及葛真人石像。石室之东，为宝圭洞，雄伟壮观。秉烛而入，有丹灶床几，盘瓮碾臼，皆石乳自然凝结而成，奇怪万状，神摹鬼刻，非人间所有。约半里，水涯循梯直下，拏竹筏以行，历瓮门三四重，间关委蛇，烛尽而回。

翌日棹小舟再往，乃穷水际，益广益奇，波光澄明，蒸霭温燠，严冬如三四月。时同游者惊骇，以为神龙窟中，不可久居，乃归。中流矫首，见一点烟，如长虹出天表，益石罅之容光也。舍舟蹑梯，攀跃而上。曲磴飞栈，妆点如瑶阶云径。小石罗列，如琼杯玉斝。琐碑如杨梅荔枝，充实其内，不可名状。转左侧身而入，直穿太阴洞后山，半而出。盖宝圭之东掖也。其中室曰蟠桃，深三四百步，仰视高处，杳不见顶。然蟠桃之名，图经不载，他无所考据。其西小室，洞明外达，连榻周遍，可踞可卧，盖宝圭之西掖也。曩予尝游都峤，怪其山奇秀，岩穴在下，其色黑青而多膏乳，每疑二洞，其受阴阳之殊。

选自《粤西文载校点》第二册，（清）汪森编辑，黄盛陆等校点，
广西人民出版社1990年版

觊贺将行游广西诸山记
明·田汝成

予以己亥十一月，分守左江，草窃纷纭，瘴疠沉郁，屺岵之思，无间日夜。尝戏署卧榻云："噬骨不若吞毡，远宦不若力田。"闻者以为新语云。会有藤峡之役，军需旁午，未敢图归。明年五月讫事。皇上建大本，贞万邦。故事省官表贺，而予以序见行，拟便归觊，喜不可言。乃以闰七月朔日丙申发左江，越十四日，己酉至桂林。时属郡表笺未集，予欲乘暇邀游诸山，而省僚方以簿书交际参差，莫偶。予笑谓蘅儿曰："乃翁乘兴独往尔。"

十七日壬子游叠彩岩。中空斗折，石户磈硪，凄风逼人，炎嚣屏息。故又名"风洞"也。缘北岸则江上诸山旋簇如画，南麓聚景亭所见如北牖，而昭旷过之。遂绕宝积山，穿华景洞。空明轩敞，可布八九筵。前瞰方塘，秋水澄澈，后临绝壁，有平石可坐三四人，为飞云阁。右崖卧龙冈，有诸葛武侯祠。叠彩、宝积二山皆在城中。其南麓，大街山脊，隐隐隆起，有碑，书"桂岭"二字，宋所立也。其时帅守监司过此，即有任子恩。然此不在五岭之数。予既还憩洞中，徘徊倦起，宗室经含者，以榼酒盂蔌饷予。曰："闻君发兴，愿助豪襟。"便与藉磐石，笑饮三觥而去。

翌日癸丑，陆选之、李稚大闻之，以诗嘲予。有"贪奇凭枯藤，毕竟忍枵腹"之句。予续占一联云："离群屏喧哗，会意属幽独。"二君笑曰："将谓我辈独无豪襟邪？"会给事中朱敬之廷臣以使事入省，省寮祝允绪、洪玉方辈约予酌朱君隐山。予曰："昨望虞山有奇趣，已神往矣，姑毕我愿，乃追随尔。"遂出北郭，五里许，陟虞山，谒舜庙。庙后为二妃祠。祠后为韶音洞。南轩张敬夫所开发也。石门窄隘，中长十有三丈，朗然虚明。北户清江横前，水石相激，爽气披襟，为皇泽湾。以小筏沿江南转，为黄陵洲。洲上竹树蔼郁可风，并岸为南薰亭。瞻对江山，秀色可揽。遂绕城西去十里许，憩张氏园，副总兵公别墅也。其植多榕多箐篁之竹。少选径田中入朝阳洞，则朱君暨省寮咸集矣。隐山旧有六洞，惟此可寻。悬磴层起，北户绝壁百尺，俯视木杪。洞中有磐石，勒为棋枰，俗称烂柯石。山下旧为巨湖七百余亩，唐刺史李渤所开，可以方泳，芰荷烟雨，彩鷁牙樯，景物之美，吴武陵记之甚详。寻就堙涸，宋经略使张维复浚之。潴水瀹泓，增置台榭，植竹艺卉，侈于前观。元季为田，迄今荒壤蔓草，狼籍狐兔之居。惟蒙溪瀰潆，犹存一带。陵谷迁易，亦可叹也。遂携榼而西，穿回龙洞。洞口广坦，可布六七筵。浚涧中断，驾板桥渡之。攀萝陟巘，有亭翼然。时返照射人，凉飙扬袂。洪君曰："振衣千仞冈，此其近之。"众曰："然。"遂挥翰揭之为"振衣亭"也。循崖右转，扶竹栏而下，过药师寺，谒庆元伯祠。伯李氏，孝穆皇太后父也，为贺县龙塘村人。后初以俘媛入侍，寔诞敬皇。

甲寅，偕诸僚及朱敬之七星山。去城东里许。错落如北斗之形，下为玄风洞。阴气髼

烈，盛暑如蹑层冰，凛凓不可久处。传曰"空谷来风"，又曰"盛怒土囊之口"。然诸岩洞亦有无风者，岂地脉差殊与？宗室约跻为予言，岩洞冬时，温如附火。盖阳伏之征也。绕而西，为栖霞洞，内极宽衍，两崖石乳凝结，刻画峥嵘，苍翠积润，若佛刹画壁。顶悬金鲤，鬐尾狎猎，势欲腾骞。稍深即窈黑，秉炬而入，所见益奇，环玮百态。其最肖者，渔父施罛，伛偻踏船，仿佛若画。中多岐路，云通九疑，然未有探极者。洞口有老君像，传唐明皇所置，故又名仙李岩。岩前有齐云、碧虚二亭，今废矣。仆从亦贪奇拥入，迷失道者六人，经宿不可出，翌日乙卯，以烛出之。

遂偕都指挥使顾良弼以小艇穿水月洞，泊訾家洲。洲上旧有亭榭，乃唐都督裴行立所营，而柳子厚为之记者，今皆荡灭，而环山洄江，夸奇竞秀之景犹存旧观。遂游龙隐岩。岩口临江，水深莫测。仰视其上，有龙迹夭矫，长竟数丈，鳞鬣宛然，疑龙蜕去，迹印泥上，久而化为石也。左有石屋，宽朗可容百人。顶镌元祐党籍一通，以司马光为首，岂诸贤削迹龙蛰于斯与？缘磴而上，旧有骖鸾亭，宋郡守范成大所创也，今改怡云亭。稍北为月牙岩，扪萝而上，石磴数十级，崖室半悬，形如初月，故以名也。还舟过花桥，溯漓水，舣伏波山，入还珠洞。相传昔有渔翁入此，遭睡龙，窃其珠，惧而还之，龙犹未醒也。又言马援征交趾，载薏苡而还，旁有石柱，去地不合者一线许。乃伏波试剑石云。此皆幻妄无据。今洞中石上，有巨人迹，纹理如刻。复有紫白二蛟，长数丈，蜿蜒相向。有圆晕如珠，直其首，岂还珠所起名与？

舍舟登逍遥楼，望海阳山。湘漓二水所自出也。同源别流，南北分泻，漓水南下，绕桂林，合癸水，漱伏波山下。谚云："癸水绕东城，永不见刀兵。"顷之，属郡表笺已集，乃卜。翌日丙辰，拜表，导出东门，还集风洞。径山中有二穴，高数十丈，仰望阒然。予曰："其韬怪物者邪？"披茅而上，可四十步，峻绝无蹊，便弃履蹑之入。初穴宛转，达于高层，倚穴下瞰，掉眩欲坠。洞中有石板横施，可容两榻。遂命之曰"巢云洞。"

予既历诸岩洞，亟与蘅儿言之。蘅伎痒，请往。予曰："卯角之子，乌知山水之情哉？"蘅固请，乃遣两卒导之。数日而尽归，曰："天巧有余，而人力不足。移置苏杭之间，当绝品矣。"

是夕宿舟中。己未，解缆，三司会饯于东城，日中而罢。陆、李二君谓予曰："仪部同寮至此复散矣。"盖陆君已得报转广东右布政使。相对凄然，遂联棹送至訾家洲。而副总兵张君亦拏舟出饯邀二君，同行七八里，舣斗鸡山。西澨修竹一围，苍翠可爱。张君曰："其下有君子亭，旧年为水推去。"予曰："清阴若幄，何以亭为？"遂携槛藉草而饮，薄暮，三君别去。

时吏人已遣，案牍已输，举止萧疏，肩若弛担。移棹入南溪，将游白龙洞，瞑不克登。诘朝登焉。岩扉呀豁，略肖龙隐。其西为刘仙岩，异人刘仲远飞升之所。乳窦窈窕，爽气凄清。旁有履痕，若攀蹑之状。俗呼"穿云迹"也。还舟遄发，过南亭驿，游甘岩。岩若剖甓，外窄中穹，轮广亩许。以舠艚入焉。西壁有泉侧出，渟汇岩中，深可二丈，下瞰沙碛，游鱼如指者三五百头，往来追逐，若与客戏者。大抵桂林岩洞，爽朗莫如龙隐，邃奥莫如栖霞，而寒冽寥寂兼山水之奇，莫如甘岩之胜。甘岩名义无取，殆以泉甘之故。而土人讹为官岩，不可解矣。

是夕宿岩下，辛酉至阳朔。推官陈绂、教谕黄文典来见。壬戌至平乐，佥事操君松邀予登凤凰山。三亭叠构，巨松环绕，俯瞰城闉，时返照横江，净若曳练。少焉，岭月半露，景益清奇。癸亥发平乐，城东里许，览考盘涧鲁般井，广丈余，汩没草莽。午过彪滩，猺贼百余人踉跄御客，舟人皇恐，有弃楫而泅者。予曰："贼逼近若此，而走以示弱，是召之也。"遂麾兵逐之，发毒弩交射，矢沓如雨，移时贼遁去，乃免。是夕，宿梢矶。

甲子，过甑滩，覆一从舟。时江涸矶危，舟行石罅，每下一滩，激浪过颡，履险不陷，殆天幸乎！是夕，宿上仰堡。乙丑仲秋朔，宿古榄堡。丙寅，二更至苍梧。丁卯，辞军门，遂游冰井寺。有泉正出，唐经略使元结饮而甘之，作《漫泉铭》。隔江二里许，为火山。故有"火山无火，冰井无冰"之语。宋知州任诏砌为双井，右清左浊，至今存焉。

先是，予以家累在浔州，托翁仁夫移之，至是会于苍梧。因念仁夫年好离居，不可不睹。乃以已巳溯藤江往别仁夫，而仁夫亦以送予东下。夜会赤水，共宿舟中。庚午，同至苍梧。辛未，朱敬之亦自桂林毕事而返，遂方舟齐发。仁夫相送，过系龙洲。而乡宦员外郎冯世立承芳亦送予二人同泊李家园，祖帐为别，园中多修竹怪石、兰蒲橘柚。有荔树一株，阴覆四丈许，下罗石鼓七八座，有石坪，可弈。右垣有泉潆然，引之亭中，石床刻道，屈折流觞焉。又西方塘矶石可钓，亭榭无他巧，而野趣天然，亦岭右所少。

壬申，仁夫辈别去，夜半抵封川。

选自《粤西文载校点》第二册，（清）汪森编辑，黄盛陆等校点，
广西人民出版社1990年版

兴安道中[1]

明·杨基

青山一半入层云，碧涧[2]千林转夕曛[3]。
松碣[4]看来多汉刻[5]，竹祠[6]随处是湘君[7]。
路经瑶洞[8]诸峰直，泉入漓江两派分。
莫据孤鞍听蜀魄[9]，野棠疏雨又纷纷。

选自《粤西诗载校注》卷一五，（清）汪森编辑，桂苑书林编辑委员会校注，广西人民出版社1988年版

注释

1. 兴安：今广西桂林市兴安县。
2. 涧：两山间的流水。
3. 夕曛：夕照。曛，昏暗。
4. 松碣：松林中的碑刻。碣，圆顶的石碑。
5. 汉刻：汉代的石刻。
6. 竹祠：竹林中的祠堂。
7. 湘君：湘水神。
8. 瑶洞：瑶族所居之山洞。
9. 蜀魄：指杜鹃。古代传说谓蜀国国王杜宇（号曰望帝）死后，其魂化为鸟，名叫杜鹃，春二月悲啼不已。

作者简介

杨基（1326—1378），元末明初诗人，字孟载，号眉庵。原籍嘉州（今四川乐山），生于江苏吴江（今江苏苏州）。明初十才子之一。初为张士诚记室，后辞去。明初为荥阳知县，累官至山西按察使，后被谗夺官，罚服劳役，死于工所。少时聪颖，九岁能诵六经，及长善为文章，兼工书画，曾著《论鉴》十万余言。曾赋《铁笛歌》，为著名文士杨维桢所激赏。杨基与高启、张羽、徐贲合称"明初四杰"。诗风清俊纤巧，其中五言律诗《岳阳楼》境界开阔，时人称为"五言射雕手"。著有《眉庵集》等。

作品导读

兴安位于桂林东北，山川奇秀，林泉佳美。成书于康熙四十三年（1704）的《粤西诗载》，收录了众多关于兴安的诗作。其中以"兴安道中"为题的，最具规模，作者包括元代的傅与砺，元末明初的杨基，明代的汪必东、戴钦、黄佐、方弘静、鲁铎、董全策、袁袠、俞安期等。他们的诗作共同反映出对于兴安自然风光与人情风物的主观印象、喜爱之情，读来不觉产生身临其境之感。杨基于明洪武六年（1373）奉使湖广，南下时曾路过兴安，感于沿途所见景色风物而创作此诗。

拓展阅读

兴安道中
明·方弘静

云迷峰自叠，滩急水相离[1]。
竹露长疑泪，松风不断吹。
僮儿歌刈稻，瑶女舞祈祠。
万里今封建，无言陋九夷。

选自《粤西诗载校注》卷一一，（清）汪森编辑，桂苑书林编辑委员会校注，广西人民出版社1988年版

兴安道中
明·黄佐

放浪沧洲客，迟回桂水春。
密云虚碍马，芳草远随人。
野阔啼莺树，山多佩犊民。
戍歌愁听汝，荒服几时新。

选自《粤西诗载校注》卷一一，（清）汪森编辑，桂苑书林编辑委员会校注，广西人民出版社1988年版

---

[1] 原注：湘、漓二江于此分，言相离也。

自零陵至兴安道中

明·屈大均

苍松三百里，不尽复枫林。
一路白云暗，千峰红叶深。
山空自多响，水落亦成吟。
薄暮停车坐，萧萧余片心。

选自《全粤诗》卷七四四，中山大学中国古文献研究所编，岭南美术出版社2017年版

过苍梧峡[1]

明·解缙

广西下来滩复滩，三百六十长短湾[2]。潭心绿水缓悠悠[3]，长湾短湾凝不流。涓涓[4]千尺净见底，隔岸空行鱼曳尾[5]。忽然路绝山势回，峡石水声如怒雷。石齿[6]凿凿[7]森[8]鲸牙[9]，龙腾虎跃鸾回车[10]。我行已过正月半，一夜水生浮汉[11]槎[12]。龙潜虎伏杳不见[13]，但见满江圆浪花。浪花飞雪卷万瓦，船下高滩疾如马。浪船起向空中击，举舵齐桡[14]不容力。舟师[15]持篙眼如虎，指住石头轻一掷。直下水痕奔箭急，老稚忧怀行感泣。齿声剥剥叩神灵，抛纸烧香齐起立。为言水浅仅容舠[16]，下滩失手争纤毫。水声怒起两崖迫，撒旋[17]指顾[18]下洪涛。龙君水伯似相晓，此水不大亦不小。烧楮[19]沥酒[20]谢神功，好似春游在灵沼[21]。翻思初下象鼻山，怕问行人多苦烦。惊心乐水[22]昭平驿[23]，虑患防危不暂闲。忽见苍梧山下日，耳闻莺语自间关[24]。岂知平地风波恶，何处安流不险艰。此心常似初来日，三峡[25]沧溟[26]任往还。

选自《粤西诗载校注》第二册，（清）汪森编辑，桂苑书林编辑委员会校注，
广西人民出版社1988年版

注 释

1. 过苍梧峡：苍梧峡，在今广西西江梧州段。本诗一作"桂水歌"。桂水，又称癸水，即今桂江。其中，桂林至阳朔的一段叫漓江。

2. 三百六十长短湾：据传说，桂江有"三潭、五峡、六淀、三十六角、七十二基、三百六十条半滩"。三百六十长短湾，即指"三百六十条半滩"。

3. 悠：安适貌。

4. 涓涓：细水慢流貌。

5. 曳尾：拖着尾巴游。

6. 石齿：齿状的石头。

7. 凿凿：巉岩貌。

8. 森：森严。

9. 本句谓石齿巉岩像森岩可怕的鲸牙。

10. 鸾回车：意即鸾车外出而后返回，喻山势险峻盘曲。鸾车，古代有鸾铃的车乘。李白《梦游天姥吟留别》："虎鼓瑟兮鸾回车。"此句谓漓江两岸的奇峰，如龙腾虎跃一样。

11. 汉：银河。

12. 槎：用木竹编成的筏。

13. 此句谓巉岩江石已被水淹没。

14. 桡：即楫，划船的用具。

15. 舟师：船夫。

16. 舠：小船。《诗经》："谁谓河广，曾不容舠。"

17. 撇旋：敏捷地处理着船。

18. 指顾：手指、目顾，极言迅速。

19. 烧楮：烧纸钱。

20. 沥酒：洒酒。

21. 灵沼：传说是周文王游乐的沼池。

22. 乐水：指桂江平乐以下一段，即今之抚河。

23. 昭平驿：指今广西昭平县一带。

24. 间关：鸟叫的声音。白居易《琵琶行》："间关莺语花底滑。"

25. 三峡：指长江上的瞿塘峡、巫峡和西陵峡。

26. 沧溟：形容江水似海水般弥漫浩森。

作者简介

解缙（1369—1415），字大绅，号春雨、喜易，谥文毅。明代江西吉水县人，明洪武进士，授庶吉士。历任礼部郎中、大学士，参与机要事务。解缙因为才学高而好直言被忌惮，屡遭贬黜，永乐五年（1407）二月，被贬官至广西，改交趾，寓藤州（治所在今广西藤县）石壁之水月岩，藤人从学者众。后以"无人臣礼"下狱，永乐十三年（1415）冬卒，年四十七。解缙自幼颖悟绝人，才思敏捷，名动海内。文雄勃高古，诗豪宕丰赡，书法小楷精绝，行草皆佳，尤擅狂草。与徐渭、杨慎一起被称为明朝三大才子。著有《解学士集》《天潢玉牒》等；总裁《太祖实录》《古今列女传》；主持编纂《永乐大典》；墨迹有《自书诗卷》《书唐人诗》《宋赵恒殿试佚事》等。著有《文毅集》《春雨杂述》等，又与黄准等奉敕撰《古今列女传》。

作品导读

解缙的诗文创作极具个性，独树一帜。其诗推崇盛唐，宗法李白，想象丰富，才气纵横而富有激情，风格豪宕纵逸，表现出诗人不凡的抱负与傲世才华。本诗可谓山水诗中的佳作。诗歌铺叙了苍梧峡两岸风景，姿态万千，淋漓畅快，一挥而就。诗歌不仅对山水做了精彩描绘，更有对世事人生的深刻感悟，劲健奇兀又情真意切，具有强烈的艺术感染力。

拓展阅读

题苍梧郡
宋·陈执中

莫讶南方景物疏，为君聊且话苍梧。
地倾二面城池壮，江迸三流气色粗。
山畜火光因政出，石藏牛影为仙呼。
官厅传自唐丞相，民颂思从汉大夫。
龙母庙堂神鬼集，鳄鱼池近介鳞趋。
朝台望断悲岐路，冰井窥频爽发肤。
脍美不堪全用鲤，果珍何忍命为奴。
云归上国名终远，郡带诸藩势未孤。
铜鼓声浮翻霹雳，桄榔林静露真珠。
溪平花槛饶桃李，疆压莺歌尽鹧鸪。
三足告祥文上载，独峰为盛事元无。
封疆自觉随时广，饮食从分过岭殊。
行伍戢威遵下武，儿童知学乐从儒。
风轻别墅来渔唱，人到闲坊恋酒垆。
服尚鲜华几两蜀，市相交易类全吴。
营希贤帅偏栽柳，扇慕良规各制蒲。
春笋门阑多列戟，雪从弦管舞双奴。
只因谈笑评风俗，僭用诗谣和袴襦。
万里无媒休促蹙，数年从宦弄斯须。
却忧别后牵吟想，欲写幽奇入画图。

选自《粤西诗载校注》第六册，（清）汪森编辑，桂苑书林编辑委员会校注，广西人民出版社1988年版

苍梧即事三首
明·解缙

其一

苍梧城北系龙洲，水接天南日夜流。
冰井鳄池春草合，火山蛟室夜光浮。

千家竹屋临沙嘴，万斛江船下石头。
欹枕梦回云汉近，佩声犹在凤凰楼。

其二

梧州旧治扶桑国，虎圈山名记大园。
蜑户举罾看水影，舟人移橄认潮痕。
贫婆果熟红包坼，荔子花开绿萼繁。
北望九疑云尽外，重华端拱太微垣。

其三

桂岭东来下恶滩，苍梧细柳彩云间。
拍天二水通交广，耸日高城跨北山。
茅屋竹牌依古濑，筒槽渔艇满江湾。
驿亭笳鼓中宵发，又报南天使节还。

选自《粤西诗载校注》第四册，（清）汪森编辑，桂苑书林编辑委员会校注，广西人民出版社1988年版

初出漓江[1]

明·俞安期

桂楫[2]轻舟下粤关[3]，谁言岭外[4]客行艰。
高眠翻[5]爱漓江路，枕底涛声枕上山。

选自《粤西诗载校注》第八册，（清）汪森编辑，桂苑书林编辑委员会校注，广西人民出版社1988年版

注释

1. 漓江：发源于今广西兴安海阳山，流经桂林、阳朔，在梧州汇入西江。
2. 桂楫：用芳香的桂木做成的船桨，这里指代小船。
3. 粤关：指粤地关山。
4. 岭外：五岭之外，即今广西、广东一带。
5. 翻：反而。

作者简介

俞安期（1550—1627以后），初名策，字公临，后改字羡长。吴江（今属江苏苏州市）人，徙阳羡（今江苏宜兴县），老于金陵（今江苏南京市）。好学能诗，曾以长律一百五十韵投送王世贞，受到赏誉。游皖、赣、粤、燕、赵、齐、鲁等地，以布衣终老。著有《唐类函》《类苑琼英》《诗隽类函》《零零集》等。

作品导读

《初出漓江》是一首表现漓江风光的诗。表现漓江风光的作品，历来不在少数，且颇多佳作，而本诗夹叙夹议，不同流俗，显得独辟蹊径，别具机杼。诗歌一反"岭外客行艰"之意，"高眠"二字及"枕底涛声枕上山"的神来之笔，带着浓厚的诗人独有的主观感受色彩，飞动着诗人的个性，写出江水在身下滔滔而流，两岸青山如在枕旁触手可及，可谓惬意之极，同时体现了诗人磊落旷放的精神气质，富有极大的魅力，让全诗光彩顿生。

拓展阅读

登白石山歌

清·王维新

阳明观里泉声喧，听罢更来南天门。
屹然双阙倚天上，云烟变灭杳不存。
遥窥后洞周里许，溪涧田畴足延伫。
归来洗胆元珠池，满地落花迷处所。
古壁何人设宝刀，云根直下裂秋毫。
青天上露一条白，紫壁中分万仞高。
巷中路好堪校策，村舍烟林逗空隙。
历三百级至低平，遂与人寰远相隔。
　　莽莽白云窝，离开知几何？
奇花异草难尽识，入手化作金芝多。
隔屏师子正潜伏，面壁山人安可过？
拨云东北空中去，百尺丹梯在其处。
金仙露下若可承，列子风高犹可御。
　　数折到元宫，不既浮邱公。
松梢六时奏广乐，碧天低覆万里将毋同。
大峪下下高高簇，形势居然在吾目。
郁郡寒山露半身，吾家都峤穷南服。
抱朴生时不到来，炼丹池灶此间开。
赵宗终岁亲游陟，今日姓名谁省识？
人生显晦安可知，位业真灵在自持。
天下名山过三百，何人按籍能分治？
我本九霄云鹤使，往返三山频奏事。
洞天风月此间多，管籥无虚上清赐。

选自《宜草》，《〈粤西十四家诗钞〉校评》（下），（民国）陈柱编，陈湘、高湛祥校评，广西人民出版社1997年版

苍梧舟中望系龙洲[1]

清·王夫之

暮云笼山碧，绿树沉流影。
中江[2]瀑珠分，孤屿[3]画檐[4]整。
团圞[5]紫茸[6]合，森萧[7]翠光冷。
秀挺[8]既歆[9]别，高涵亦危秉[10]。
烟浦极远天，榍[11]香吹隔岭[12]。
凌晨溯[13]两桨，即目饱幽境。
万古苍梧愁，因兹慰孤耿[14]。

选自《王船山先生诗稿校注》，（清）王夫之著，朱迪光点校，
湘潭大学出版社2012年版

注　释

1. 苍梧：县名，在广西东南，明清皆为广西梧州府治。系龙洲：位于梧州城东西江江心中的一个小岛。四面环江，怪石嶙峋，天险独成，被称为"龙洲砥峙"。顾祖禹《读史方舆纪要》云："系龙洲，府南七里大江中，亦名七里洲。一峰卓立，林木深秀，江涨时洲独不没，亦名浮洲。"

2. 中江：水的中流。

3. 孤屿：此指系龙洲。

4. 画檐：有画饰的屋檐。此指明代在系龙洲上所建文昌阁。

5. 团圞：团聚，环绕状。南朝宋谢灵运《谢康乐集·登永嘉绿嶂山》："澹潋结寒姿，团栾润霜质。"

6. 紫茸：植物的紫色茸花。《文选》之郭璞《江赋》："扬皛眊，擢紫茸。"李善注："眊与茸，皆草花也。"

7. 森萧：高长貌。闵鸿《琴赋》："上森萧以崇立，下婆娑而四张。"此处是说洲上植物茂密。

8. 秀挺：突出的意思。《岱史》："秀挺六合，涵育万形，储峙千古，岂一疆一域所得而囿之哉！"明代刘以贵《无题》云："屹然此中峙，独一系龙洲。"由此可知这两句诗是咏系龙洲挺拔屹立。

9. 歆：喜爱，羡慕。

10. 危：端正。
11. 椭：木名。实圆，味劣，可入药。
12. 此两句谓烟雾茫茫，水天相接，还闻到岭那边吹来的椭香。
13. 溯：逆流而行。
14. 孤耿：谦辞，犹言自己的心意。

作者简介

王夫之（1619—1692），清初思想家、文学家、诗人。字而农，号姜斋，又号夕堂、船山。湖南衡阳人，明末举人。清兵南下，他在衡山举兵抗清。兵败退至广东肇庆，效力于南明桂王政权。后入广西桂林依抗清名相瞿式耜。不久，桂林失陷，瞿式耜殉难，遂决计隐居著书。后辞职还乡，隐居于衡山石船山麓，杜门著述以终。学者称船山先生。他对天文、地理、历法等都有研究，尤精于哲学、经学和史学。一生著述宏富，其文章气节，可与黄宗羲、顾炎武鼎足而三。曾对历代诗歌进行评论，提出许多精辟见解。有《周易外传》《宋论》等，后辑有《船山遗书》。

作品导读

王船山之诗学六朝盛唐，取径甚高，内容多追怀往事，抒写抱负，寓意深刻，造语奇警，反映了当时的社会现实。咏景诗具有鲜明的地域特点，对大自然的观察和感受丰富而深邃。写景时不拘泥于一山一水，一草一木，而从大处着眼，从壮处着笔，以此表现该地的自然景象。本诗背景阔大，苍茫浑融。诗以游踪和时间为序写景，寓情于景，把众多的自然景物组织在一幅幅诗的画面里，体现出情景交融之妙及设色布局之工，可以看出诗人博大的襟怀气度。

拓展阅读

龙门滩
清·黎简

西江几千里，有力使倒流。
狞石张厥角，直欲砺我舟。
竹缆如枯藤，袅袅山上头。
失势倘一落，万钧亦浮沤。
浔州两江水，其北导柳州。

上逼铜鼓滩，下握相思洲。
龙门在其中，神物居其幽。
往往一夕泊，晓不辨马牛。
龙堂洞壑夜，瑶天风雨秋。
翳予屡经历，不为风波愁。
肃然慎前途，毋为二人忧。

选自《清诗三百首》，钱仲联、钱学增注释，
东方出版中心 2020 年版

同金十一沛恩游栖霞寺望桂林诸山

清·袁枚

奇山不入中原界，走入穷边才逞怪。桂林天小青山大，山山都立青天外。我来六月游栖霞，天风拂面吹霜花。一轮白日忽不见，高空都被芙蓉遮。山腰有洞五里许，秉火直入冲乌鸦。怪石成形千百种，见人欲动争谽谺。万古不知风雨色，一群仙鼠依为家。出穴登高望众山，茫茫云海坠眼前。疑是盘古死后不肯化，头目手足骨节相钩连。又疑女娲氏，一日七十有二变，青红隐现随云烟。蚩尤喷妖雾，尸罗袒右肩。猛士植竿发，鬼母戏青莲。我知混沌以前乾坤毁，水沙激荡风轮颠。山川人物镕在一炉内，精灵腾踔有万千，彼此游戏相爱怜。忽然刚风一吹化为石，清气既散浊气坚。至今欲活不得、欲去不能，只得奇形诡状蹲人间。不然造化纵有千手眼，亦难一一施雕镌。而况唐突真宰岂无罪，何以耿耿群飞欲刺天？金台公子酌我酒，听我狂言呼否否。更指奇峰印证之，出入白云乱招手。几阵南风吹落日，骑马同归醉兀兀。我本天涯万里人，愁心忽挂西斜月。

选自《袁枚全集新编》，（清）袁枚著，王英志编纂校点，浙江古籍出版社2018年版

作者简介

袁枚（1716—1798），字子才，号简斋，晚年自号仓山居士、随园老人等。钱塘（今浙江杭州）人，祖籍慈溪（今属浙江宁波）。乾隆四年（1739）进士，选庶吉士，入翰林院。乾隆七年（1742）外发江南，历任溧水、江浦、沭阳、江宁等地知县。乾隆十四年（1749）辞官，居江宁（今江苏南京）小仓山随园。于诗倡导"性灵说"，主张直抒胸臆，写自我的"性情遭际"，与蒋士铨、赵翼合称"乾隆三大家"。一生著述颇丰，有《小仓山房诗集》三十九卷、《小仓山房文集》三十五卷、《子不语》三十四卷、《小仓山房外集》八卷、《随园诗话》二十六卷等。

作品导读

袁枚一生曾两游广西，尤其喜爱桂林山水，留下了大量吟咏桂林山水的作品。作者在这首歌行中以独特的审美眼光，展开上天入地的神思，借活脱的形象、奇妙的比喻，描绘出桂林诸山鲜明壮美的特征，并寄寓内心一种不平之气，是一首极具艺术个性的性灵诗。

拓展阅读

由桂林溯漓江至兴安
清·袁枚

江到兴安水最清，青山簇簇水中生。
分明看见青山顶，船在青山顶上行。

选自《袁枚全集新编》，（清）袁枚著，王英志编纂校点，
浙江古籍出版社2018年版

游桂林诸山记
清·袁枚

凡山离城辄远，惟桂林诸山离城独近。余寓太守署中，晡食后即于焉而游。先登独秀峰，历三百六级，诣其巅，一城烟火如绘。北下，至风洞，望七星岩，如七穹龟团伏地上。

次日，过普陀，到栖霞寺。山万仞壁立，旁有洞，道人秉火导入。初尚明，已而沉黑窅渺。以石为天，以沙为地，以深壑为池，以悬崖为幔，以石脚插地为柱，以横石牵挂为栋梁。未入时，土人先以八十余色目列单见示，如狮、驼、龙、象、鱼网、僧磬之属，虽附会，亦颇有因。至东方亮，则洞尽可出矣，计行二里余，俾昼作夜，倘持火者不继，或堵洞口，如三良殉穆公之葬，永陷坎窖中，非再开辟不见白日。吁！其危哉！所云亮处者，望东首正白，开门趋往扣之，竟是绝壁。方知日光从西罅穿入，反映壁上作亮，非门也。世有自谓明于理、行乎义，而终身面墙者，率类是矣。

次日往南薰亭。堤柳阴翳，山淡远萦绕，改险为平，别为一格。

又次日，游木龙洞。洞甚狭，无火不能入。垂石乳如莲房半烂，又似郁肉漏脯，离离可摘。疑人有心腹肾肠，山亦如之。再至刘仙岩，登阁，望斗鸡山，两翅展奋，但欠啼耳。腰有洞，空透如一轮明月。

大抵桂林之山，多穴，多窍，多耸拔，多剑穿虫啮；前无来龙，后无去踪；突然而起，戛然而止；西南无朋，东北丧偶，较他处山尤奇。余从东粤来，过阳朔，所见山业已应接不暇，单者，复者，丰者，杀者，揖让者，角斗者，绵延者，斩绝者，虽奇鸧九首、獾疏一角，不足喻其多且怪也。得毋西粤所产人物，亦皆孤峭自喜，独成一家者乎？

记岁丙辰，余在金中丞署中，偶一出游。其时年少，不省山水之乐。今隔五十年而重来，一丘一壑，动生感慨，矧诸山之可喜可愕者哉！虑其忘，故咏以诗；虑未详，故又足以记。

选自《袁枚全集新编》，（清）袁枚著，王英志编纂校点，
浙江古籍出版社2018年版

将至桂林望诸石峰

清·康有为

香山履道得[1]一石，作诗惊喜夸绝殊[2]。
倪迂狮林[3]少奥诡，高庙[4]叹慕力追摹。
我好林泉尤爱石，园林无石不为姝[5]。
昔游燕吴读园记，每见叠石[6]辄欢呼。
穿云穴洞[7]不自已，出没坐卧皆为娱。
天愍[8]至诚割紫府[9]，掷之桂林西南隅。
上自全州[10]下平乐[11]，千里之囿[12]擘[13]青腴[14]。
峰峦奇耸百万亿，海之涛涌云之铺[15]。
群山奔走争占地[16]，不开[17]原野供官租。
彝鼎琳琅陈几席[18]，丈室[19]岂有小隙乎？
方员纵横闲[20]尖曲，如植杖筇复[21]瓶盂。
晓日穿云射峰影，诸天[22]旌盖[23]落清都[24]。
沙漠大将列部伍[25]，帐屯队列拥万夫。
广殿设朝班仗立[26]，裳冕剑珮相磨扶[27]。
灵山大会天龙鬼，狮象夜叉集众徒[28]：
而我游戏于其间，说法纷纷点头颅[29]。
但割栖霞独秀与风洞[30]，玲珑奇耸天下无。
改名石林昭其实，号为吾园[31]久自私。
恨无铁路缩大地，复泛扁舟看画图。
贵人园林少久住，如吾再到岂为诬[32]。
昔游旧影入梦寐，每思辄作十日吁。
缥碧青溪过阳朔[33]，群峰杂沓来迎吾。
今日桂林落吾手，丈人儿孙[34]纷走趋。
或拜或抚吾岂厌，胜于折腰向紫朱[35]。
康岩素洞[36]久据此，羡绝南宫[37]惊倪迂。
行将筑室老于是，天许桂海为衡虞[38]。吾分工部得虞衡司。

选自《康有为诗文选》，人民文学出版社编辑部编注，

人民文学出版社1958年版

注释

1. 香山履道：地名，即洛阳龙门山对岸的香山履道里。

2. 作诗句：白居易有《奉和思黯相公，以李苏州所寄太湖石奇状绝伦，因题二十韵见示，兼呈梦得》，称赞太湖石是"在世为尤物，如人负逸才"。

3. 倪迂：元代著名画家倪瓒，字云林，自称倪迂、懒瓒等。《新元史》卷二三八、《明史》有传。狮林：狮子林，苏州四大名园之一，多奇石秀木。始建于元代，倪瓒曾绘《狮子林图》，并参与园林的设计建造。

4. 高庙：指清朝第六位皇帝乾隆，名弘历，庙号高宗。乾隆曾获倪瓒《狮子林图》，南游苏州时访得狮子林故园，后又在北京圆明园外长春园丛芳榭之东垒石仿建，也名狮子林。

5. 姝：美。

6. 叠石：指堆垒石山。

7. 穿云穴洞：出入于堆垒的石山中。

8. 愍：通"悯"，怜。

9. 割紫府：从神仙的洞府中割出些雄奇俊秀的峰峦。

10. 全州：今广西全州。

11. 平乐：今广西平乐。

12. 囿：有林池的园，这里泛指苑囿。

13. 擘：掰裂。

14. 青腴：指青翠润泽的山石。

15. 海之句：像汹涌的海涛和铺开的层云。

16. "群山"二句：众山这样争土地，好像不让它产粮纳租。

17. 开：开放。

18. 彝鼎句：用陈列在几案的古礼器、珠玉作比喻。彝、鼎，古代祭祀宴享用的礼器。

19. 丈室：比喻全、平地区。

20. 闲：这里引伸为环绕。

21. 复：倒扣。

22. 诸天：佛家语，众天神。

23. 旌盖：旗，伞。

24. 清都：神话中天帝的住处。

25. "沙漠"二句：用屯列在沙漠上的大军作比喻。

26. 班仗立：分班设仗而立。仗，唐制殿下兵卫为仗。

27. "广殿"二句：用宫廷朝会中的百官作比喻。

28. "灵山"二句：用说法盛会上的灵怪作比喻。灵山大会，佛教传说中释迦牟尼讲说佛法的会。灵山，佛教传说中释迦牟尼所住的灵鹫山。

29. 纷纷点头颅：天龙、夜叉等听说法时，都不住点头表示悦服。

30. 栖霞独秀与风洞：指栖霞山、独秀峰和风洞山（叠彩山），均桂林名山。

31. 吾园：康两次到桂林，都住过叠彩山，因有此语。

32. 诬：妄。

33. 阳朔：今广西阳朔，山水清异，世称"阳朔山水甲桂林"。

34. 丈人儿孙：大山与小山。

35. 紫朱：这里指达官贵人。

36. 康岩、素洞：康有为有云"吾在桂林城得二洞，未有名，因自据之，一曰康岩，一曰素洞"。素，康有为号长素。

37. 南宫：宋代画家米芾，官礼部员外郎，人称米南宫。他极爱石，见奇石便拜。

38. 衡虞：官名，负责管理山泽。康有为中进士后，授工部虞衡司主事，但未到职。宋变虞衡为"衡虞"，为协韵。"天许"句：天许他掌管桂林山水。

作品导读

此诗作于光绪二十三年（1897），据作者自编年谱："正月初十日到桂林"，这也是康有为第二次到桂林。此诗从古人爱石说到自己爱石，继而描摹眺望中的桂林群山，叙述对前游的回忆与将来的愿望，思想内容深刻，艺术手法奇绝。诗人想象驰骋，挥洒神来之笔，把桂林的奇峰异石美妙奇特、千姿百态的特点描绘得维妙维肖，饱含激情，淋漓酣畅。在诗人笔下，千峰万峦如涛涌云铺，其色、其影、其神俱见神工天巧，自在永恒，富于禅趣。此诗笔墨空灵，立于历来咏桂林山水之佳作中亦无愧色。对于康有为的诗歌风格与成就，其弟子梁启超曾称赞："元气淋漓，卓然称大家。"（《清代学术概论》）又说："南海先生不以诗名，然其诗固有非寻常作家所能及者，盖发于真性情，故诗外常有人也。先生最嗜杜诗，能诵全杜集，一字不遗。"（《饮冰室诗话》）

拓展阅读

乳床赋
宋·梁安世

吴中以水为乡，岭南以石为州。厥惟桂林，岩穹穴幽，玲珑嵯峨，磊落雕镂。欲縻绳而篝火，窘粮绝而道修。石有脉其何来？泉春夏而渗流。积久而凝，附赘垂疣。或举斯钟，或振斯裘；或莲斯苞，或笋斯抽；或胡而龙，或脊而牛；或象之嗅，或鼋之浮；或麟其角，或马其驷；或跃而鱼，或攀而猴；或粲金星，或罗珍羞；或肺而支，或臂而瘤；或金之隆，或橐之投；或溜而塍；或迭而丘；或凿圭窦，或层岑楼；或贾犀贝，或农锄耰；或士冠缨，或兵兜鍪；或下上而相续，或中阙而未周。稽《本草》之乳床，特精粗之不侔耳。抑尝以岁而计之，十万年而盈寸；度寻丈之积累，岁合逾于千万。肇开辟而距今，邈春秋其几换。蜡屐之士，倏来亟散。讶泉乳之能坚，若朝菌之暮旦。孰知顽矿，天理密运，自立于岱，能言于晋。望夫而化，殒星而镇。生公谈妙而点头，初平叱羊而争进。凡如剑如佩，如绅如弁，如拱而侍，如坐而盼。既具人之形体，盖阅世而独见。

吾将灰心槁质，屠颜畔岸，兀坐嵌岩之侧，观融液之流转。自分及丈，十百而羡，高低联属，柱擎台建。小留侯济北之遇，玩蓬莱六鳌之抃。俾磨崖刻画之子孙，当语之以老人大父之贵贱。虽盖倾而舆穿，戴一姓之奄甸，倪谓瘴乡之不可久居，夫岂知处夷险而其志不变者邪？

选自《历代赋评注》第六册"宋金元卷"，赵逵夫主编，
巴蜀书社 2010 年版

致叶衍兰书（附诗）
清·康有为

一八九七年三月二十四日

兰台先生：别来数月，献岁伏维万福。桂林山水之佳，岩洞之奇，天下无有，分日寻幽，搜岩选胜。地方长吏如蔡廉访，士夫如唐薇卿，更迭为欢。门生颇多，以此留连，未忍去也，恨无吾公蜡屐耳。今将旧刻二纸并数诗奉呈。诗并示一山，并代候，惟正之。春来红平之拍，倘多新调。小女画学未成，伏乞余暇指点。春末夏初，当在湘云楚水间。南望越台，红棉花发，念吾公杖履，登临应健。敬问道安。有为再行。二月廿二日由桂林风洞。

附诗一
南雷先生再和祝寿之章三复步韵求和
祖诒呈稿

玉桃花实几何年，大隐金门本是仙。

耆旧林泉偏止足（报清福），文章唱和亦前缘。

著书杯水真吾值，揽镜头颅只自怜。

稍当草堂邻菉竹，时从读画且分笺。

附诗二
南雷先生见和拙作，报韵呈正

祖诒

词馆才名四十年,朱霞晚路望如仙。

庞公州府都无迹,若士歌词或托缘。

选自《康有为全集》第二集,(清)康有为撰,姜义华、吴根樑编校,
上海古籍出版社 1990 年版

第三篇

人文胜迹

柳州东亭记

唐·柳宗元

出州[1]南谯门[2]，左行二十六步，有弃地在道南。南值江[3]，西际[4]垂杨[5]传置[6]，东曰东馆。其内草木猥奥[7]，有崖谷，倾亚[8]缺圮[9]。豕[10]得以为囿[11]，蛇得以为薮[12]，人莫能居。至是始命披[13]剔[14]蠲[15]疏[16]，树[17]以竹箭[18]松桧[19]桂桧柏杉。易[20]为堂亭，峭为杠梁[21]。下上佪翔[22]，前出两翼[23]。凭空拒江，江化为湖。众山[24]横环，嶐[25]阔漫[26]湾。当邑居[27]之剧[28]，而忘乎人间，斯亦奇矣。乃取馆[29]之北宇[30]，右辟之以为夕室；取传置之东宇，左辟之以为朝室；又北辟之以为阴室；作屋于北墉[31]下以为阳室；作斯亭于中以为中室。朝室以夕居之，夕室以朝居之，中室日中而居之，阴室以违[32]温风[33]焉，阳室以违凄风[34]焉。若无寒暑也，则朝夕复其号。

既成，作石于中室，书[35]以告后之人，庶勿坏[36]。元和十二年九月某日，柳宗元记。

选自《柳宗元集校注》，（唐）柳宗元著，尹占华、韩文奇校注，
中华书局 2013 年版

注 释

1. 州：柳州，今广西柳州市。其时柳宗元任柳州刺史。
2. 谯门：建有望楼的城门，以防盗和御敌。
3. 江：指柳江。其源出贵州榕江县。经马平至象州曰象江，又南至武宣西，与黔江汇合。
4. 际：相邻，相接。
5. 垂杨：地名，在柳州南。
6. 传置：用马传递信息的驿站。

7. 猥奥：杂乱，密集。

8. 倾亚：倾斜。《隶释·汉樊毅修华岳碑》："庙舍旧久，墙屋倾亚。"

9. 缺圮：残缺，倒塌。

10. 豕：猪。

11. 圂：豢养动物的园子。

12. 薮：生长很多草的湖泽。

13. 披：削除，排除。

14. 刜：砍掉。

15. 蠲：清除。

16. 疏：疏通。

17. 树：种植。

18. 竹箭：即箭竹，竹的一种。

19. 柽：又叫河柳，红柳，落叶小乔木。

20. 易：平缓之地。

21. 杠梁：桥梁。小桥古称杠。清代段玉裁《说文解字注》："凡独木者为杠，骈木者为桥。"

22. 徊翔：环绕，旋转。《梁书》："愧燕雀之徊翔。"

23. 两翼：两只翅膀。这两句意为亭中的廊桥高低相连，回环往复，亭的前面伸出两檐，形如鸟之双翼。

24. 众山：指柳江南岸耸立的诸山。

25. 嶈：高貌。

26. 瀴：江河之水辽远的样子。

27. 邑居：在城市里居住。

28. 剧：热闹，繁杂。

29. 馆：指东馆。

30. 宇：屋檐，此处引申为房屋。

31. 墉：高墙。

32. 违：避开。

33. 温风：热风，暑气。《礼记·月令》："温风始至，蟋蟀居壁。"

34. 凄风：寒冷的风。《左传·昭公四年》："春无凄风，秋无苦雨。"

35. 书：此指刻石。

36. 庶勿坏：希望不要破坏。

作品导读

唐元和十年（815），柳宗元被迁任柳州刺史，远离政治中心，成为其人生的又一大打击。本文创作于元和十二年（817）九月，叙述了他建立东亭的经过。他到任之后，整饬、改造了荒芜破败、杂草丛生的"弃地"东馆，种植佳木，根据自然山水形势架构亭园，设立夕、朝、阴、阳、中五室，以顺应天时变化，更换居住，体现了甘于淡泊守志的宁静心态。文章语言平淡，简短有序，而不失真切深致，在描绘自然之美、营造旷达自适心境的同时，其实隐藏着深沉的寂寞与酸涩。林纾评曰："一亭之微，作尔许经营，足于文者，固无所不可也。"

拓展阅读

柳州复大云寺记
唐·柳宗元

越人信祥而易杀，傲化而偭仁。病且忧，则聚巫师，用鸡卜。始则杀小牲；不可，则杀中牲；又不可，则杀大牲；而又不可，则诀亲戚饬死事，曰"神不置我矣"，因不食，蔽面死。以故户易耗，田易荒，而畜宇不孳。董之礼则顽，束之刑则逃，唯浮图事神而语大，可因而入焉，有以佐教化。

柳州始以邦命置四寺，其三在水北，而大云寺在水南。水北环治城六百室，水南三百室。俄而水南火，大云寺焚而不复且百年。三百室之人失其所依归，复立神而杀焉。元和十年，刺史柳宗元始至，逐神于隐远而取其地。其旁有小僧舍，辟之广大，迨达横术，北属之江。告于大府，取寺之故名，作大门，以字揭之。立东西序，崇佛庙，为学者居。会其徒而委之食，使击磬鼓钟，以严其道而传其言。而人始复去鬼息杀，而务趣于仁爱。病且忧，其有告焉而顺之，庶乎教夷之宜也。凡立屋大小若干楹，凡辟地南北东西若干亩，凡树木若干本，竹三万竿，圃百畦，田若干塍。治事僧曰退思、曰令寰、曰道坚。后二年十月某日，寺皆复就。

选自《柳宗元集校注》，（唐）柳宗元著，尹占华、韩文奇校注，
中华书局2013年版

浮金亭记
明·程文德

藤东山"浮金亭"，在宋时已有之。按知州赵宗德谓东坡先生所建，元教谕费克忠又谓先生迁琼时，舣舟亭下，登览焉。惜藤志无传，不可得而稽矣。然亭以先生有名，则建与不建，可无论也。

文德贬官信宜尉，寓苍梧岭表书院十月。至是，道绣江，系缆东山下，问浮金亭，则云圮废久矣，顾望歔欷不能释。明日偕学博士姚文禄、守备指挥良辅、里人知县霍荣，暨苍梧之士从游者甘师孔、何自学、易大庆辈二十余人，寻其故址，咸莫能辨。已而犯烟露，披荆棘，见圭石出菜畦间，封苔蚀土，挲剔视之，则克忠记也。嗟乎！嗟乎！昔贤之遗山川之胜，而任其墟莽者，曾不一动心焉，其谓之何？于是文德谂于众曰："孰新是役，吾当记之。"于是令招文选，慨然请其甓簿，萧凤请购材，良辅请饩工，文情朦饰，御史曾守约观风至，又毁淫祠助之，不逾月而亭成。故址在山麓，林樾隐翳，奥而弗旷。乃陟北百余步山巅俯瞰两江，亭若飞空，而所谓浮金者，于是乎益大观矣。

余则重有感焉。夫兹山在唐，若李靖、李白、李德裕、宋之问；在宋，若东坡兄弟，若陈无己、秦少游，若黄山谷、李光诸贤，皆尝登临而题品之，而藤以有闻。然则今日之新斯亭者，岂徒为山川哉？夫世固有过其故居而觊焉，思避者有其身之所藏，而子系耻认者。乃今于昔人遗迹，而汲汲不暇焉，相去一何远哉？然则登斯亭者，可以观，可以兴矣。励景行之思，抚今古之变，任开继之贵，章山川之灵，斯于诸贤为有光乎？虽然亭不可得而常新也。夫自绍圣至大历，以至我明正统，以至于今日，数百年间，亭屡兴废。自今以往，当复如何，豪杰之士，不待亭而后兴斯可矣！夫风雨如晦，鸡鸣不已者，贞也。苟因物而迁，与迹俱泯，此余之所重为感也。百世之下，闻兹言者，必有谓先得我心之同乎？

选自《粤西文载校点》第三册，（清）汪森编辑，黄盛陆等校点，
广西人民出版社1990年版

桂州[1]裴中丞[2]作訾家洲[3]亭记

唐·柳宗元

大凡以观游名于代者，不过视于一方[4]，其或旁达左右[5]，则以为特异。至若不骛远[6]，不陵危[7]，环山洄江[8]，四出如一[9]，夸奇竞秀，咸不相让，遍行天下者，惟是[10]得之。

桂州多灵山，发地峭竖，林立四野。署[11]之左曰漓水，水之中曰訾氏之洲。凡峤南[12]之山川，达于海上，于是毕出，而古今莫能知。元和十二年，御史中丞裴公来莅兹邦[13]，都督[14]二十七州诸军州事[15]。盗遁奸革，德惠敷施[16]，期年[17]政成，而富且庶。当天子平淮夷，定河朔[18]，告于诸侯，公既施庆[19]于下，乃合僚吏，登兹以嬉。观望悠长，悼前之遗[20]，于是厚货[21]居氓[22]，移于闲壤。伐恶木，剗[23]奥草[24]，前指后画，心舒目行[25]。忽然如飘浮上腾，以临云气。万山面内[26]，重江[27]束隘，联岚含辉，旋视其宜[28]，常所未睹，倏然[29]互见，以为飞舞奔走，与游者偕来。乃经工庀材，考极相方[30]，南为燕亭[31]，延宇[32]垂阿[33]，步檐[34]更衣[35]，周若一舍。北有崇轩[36]，以临千里。左浮飞阁，右列闲馆。比舟为梁，与波升降。苞[37]漓山[38]，涵[39]龙宫[40]，昔之所大，蓄在亭内[41]。日出扶桑[42]，云飞苍梧[43]，海霞岛雾，来助游物[44]。其隙[45]则抗[46]月槛于回溪，出风榭[47]于篁中。昼极其美，又益以夜，列星下布，颢气[48]回合，邃然[49]万变，若与安期[50]、羡门[51]接于物外[52]。则凡名观游于天下者，有不屈伏退让以推高是亭者乎？

既成以燕，欢极而贺，咸曰："昔之遗胜概者[53]，必于深山穷谷，人罕能至，而好事者后得以为己功。未有直[54]治城[55]，挟阛阓[56]，车舆步骑，朝过夕视，讫千百年，莫或异顾[57]，一旦得之，遂出于他邦[58]，须博物辩口[59]，莫能举其上者。然则人之心目，其果有辽绝[60]特殊而不可至者耶？盖非桂山之灵，不足以瑰观[61]；非是洲之旷，不足以极是；非公之鉴，不能以独得。"噫！造物者之设是久矣，而尽之于今[62]，余其可以无藉[63]乎？

选自《柳宗元集校注》，（唐）柳宗元著，尹占华，韩文奇校注，中华书局2013年版

注　释

1. 桂州：州名，治所在今广西桂林。
2. 裴中丞：指御史中丞裴行立。唐制，观察使、经略使多兼有御史中丞衔，故以中丞相称。裴行立任桂管观察使时，是柳州刺史柳宗元的直接上级，交往密切。柳宗元曾为裴行立写过《桂州裴中丞作訾家洲亭记》等十余篇作品。元和十四年（819），柳宗元在柳州逝世后，由裴行立资助，于次年运回长安万年县栖凤原安葬。

3. 訾家洲：今称訾洲，曾称浮洲。在桂林象鼻山对面的漓江东岸，洲上原住訾姓人家，故称。

4. 视于一方：在一个地方显得突出。

5. 旁达左右：影响力达到周边的地区。

6. 骛远：远道跋涉。

7. 陵危：登高临险。

8. 环山洄江：山环水抱。

9. 四出如一：四面风景一样优美。

10. 是：这里，指訾家洲亭。

11. 署：官署，州衙。

12. 峤南：岭南之别称，范围相当于今广东、广西大部和越南北部。峤，南越方言谓山之锐而高者曰峤。《后汉书·南蛮传》：马援"进击九真……斩获五千余人，峤南悉平"。

13. 兹邦：指桂州。

14. 都督：统领。

15. 军州事：军政大事。

16. 敷施：本义为施加、给予，引申为传布。《尚书·皋陶谟》："翕受敷施，九德咸事，俊乂在官。"

17. 期年：一周年。

18. 平淮夷，定河朔：指唐宪宗元和十二年（817）裴度平定淮西藩镇吴元济的战事。

19. 施庆：行赏。庆，赏赐。《孟子·告子下》："入其疆，土地辟，田野治，养老尊贤，俊杰在位，则有庆。庆以地。"

20. 悼前之遗：为这里的风光以前被遗漏而遗憾。悼，为……遗憾。

21. 厚货：用如动词，给……丰厚的财物。

22. 居氓：居民。

23. 刜：用刀砍；铲除。

24. 奥草：丛生的杂草。

25. 前指后画，心舒目行：经过前后规划，这里景色使人心情舒畅。

26. 万山面内：群山环抱。

27. 重江：极深的江水。

28. 旋视其宜：环视四周，处处宜人。

29. 倏然：突然。

30. 经工庀材，考极相方：招集工匠准备材料，考察方位，确定施工方案。考极，《周礼》"夜考诸极星"，根据北极星确定方向。相方，从树影来定方位。

31. 燕亭：休息、饮宴用的亭子。

32. 延宇：长长的屋檐。

33. 垂阿：四面向下低垂弯曲的屋檐。

34. 步檐：亦作"步櫩"，屋外的走廊。司马相如《上林赋》："步櫩周流。"李善注："步櫩，步廊也。"

35. 更衣：宾客换衣、憩息地。

36. 崇轩：高楼。

37. 苞：同"包"，包含。

38. 漓山：即象鼻山，漓江流经其下。

39. 涵：涵容。

40. 龙宫：即龙隐洞，在桂林城东七星岩之前。

41. 蓄在亭内：（仿佛）藏在亭中。

42. 扶桑：神话中树木名，传说日出于扶桑之下。《山海经·海外东经》："汤谷上有扶桑，十日所浴。"

43. 苍梧：山名，后泛指湘南、桂北及桂东北地区。西汉元鼎六年（前川）置苍梧郡，治所广信（在今广西梧州市）。《礼记·檀弓上》："舜葬于苍梧之野。"东汉郑玄注："舜征有苗而死，因留葬焉。"《史记》卷一《五帝本纪》："（舜）践帝位三十九年，南巡狩，崩于苍梧之野。葬于江南九疑，是为零陵。"

44. 游物：乘物以游心。出自庄子《人间世》，指的是只有最大限度地顺应自然，才能够实现精神的自由和解放。

45. 其隙：景物的空隙之处。

46. 抗：举出。

47. 风榭：台榭。

48. 颢气：清新洁白盛大之气，天地元气。班固《西都赋》："轶埃墥之混浊，鲜颢气之清英。"

49. 邃然：深远之貌。

50. 安期：即安期生，亦称"安其生"，人称千岁翁，安丘先生，古代道家仙人。《列仙传》卷上："安期先生者，琅琊阜乡人也。卖药于东海边，时人皆言千岁翁。秦始皇东游，请见，与语三日三夜，赐金璧，度数千万。出于阜乡亭，皆置去，留书，以赤玉舄一双为报，曰：'后数年求我于蓬莱山。'"

51. 羡门：羡门高，古代传说中的仙人。《史记·封禅书》："而宋毋忌、正伯侨、充尚、羡门高，最后皆燕人，为方仙道，形解销化，依于鬼神之事。"

52. 物外：尘世之外。

53. 遗胜概者：忽略的名胜。

54. 直：通"值"，相接。

55. 治城：地方长官所驻之地。"治"带有长久治理之意，有别于临时的"屯城"。

56. 阛阓：街市，街道。阛，市区的墙。阓，市区的门。

57. 莫或异顾：没有谁对它另眼相看。

58. 出于他邦：即高出于其他地方的风景名胜。出于，胜过。

59. 博物辩口：见识、阅历十分广博且很有辩才的人。辩口，能说会道之人。

60. 辽绝：深远独到。

61. 瑰观：奇伟的景致。瑰，奇伟，壮观。

62. 尽之于今：到现在才完全被发现。

63. 藉：或作"籍"，记录。

作品导读

唐宪宗元和十三年（818），柳宗元在柳州刺史任上因俗施教，革弊兴利，治柳三年，政绩卓著。当时，桂州刺史兼桂管观察使裴行立在桂林訾家洲修筑亭阁，营建风景。柳宗元应邀参加游宴，欣赏胜景，并"受命"写了这篇亭记。作者开篇即点明訾家洲作为城市山水景观的卓特之处。随后，选取訾家洲亭的营建始末为行文线索，以此突出裴中丞的政德治绩。訾家洲亭是裴中丞清整闲壤弃地而建成，一片荒地最终成为丽景奇境，文章将桂州的灵山、訾家洲的旷阔，以及裴中丞掌邦的政清民安糅合以记，使读者自然地生发出人因地势、地以人显而最终人地两宜、地利人和的浑融之感，丝毫不显生硬。全文遣词丰丽，气象浩荡，描绘訾家洲亭的部分显示了作者体物深切、摹刻精细的艺术特色。此文是中国散文史上一篇著名的描绘桂林山水的文字。

拓展阅读

桂林风土记·訾家洲
唐·莫休符

在子城东南百余步长河中。先是訾家所居，因以名焉。洲每经大水，不曾淹浸，相承言其浮也。元和中，裴大夫名行立，四子归之、归仁、归闻、归礼，庶因获朝溪也创造亭宇，种植花木。迄今繁盛，东风融和，花卉争妍。有大儒柳宗元员外撰碑，千余言犹在。前汴州杨尚书宴游，题诗云："桂林云物昼漫漫，雨里花开雨里残。惟有今朝好风景，樱桃含笑柳眉攒。"新政从事陆宏休诗云："新春蕊绽訾家洲，信是南方最胜游。酒满百分殊不怕，人添一岁更堪愁。莺声暗逐歌声艳，花态还随舞态羞。莫惜今朝同酕醄，任他龟鹤与蜉蝣。"

选自《桂林风土记》，（唐）莫休符撰，丛书集成初编本，中华书局1985年版

訾洲烟雨
元·吕思诚

分合滩头见訾洲,訾洲烟雨水云秋。

空濛细縠沙头籁,散乱跳珠波面浮。

鸥鹭飞翔来上立,蛟龙腾跃此中游。

蓑衣箬笠垂阳外,时有渔人横钓舟。

选自《粤西诗载校注》卷一四,(清)汪森编辑,桂苑书林编辑委员会校注,广西人民出版社1988年版

登柳州[1]城楼寄漳汀封连[2]四州

唐·柳宗元

城上高楼接大荒[3],海天愁思[4]正茫茫。
惊风[5]乱飐[6]芙蓉[7]水,密雨斜侵薜荔[8]墙。
岭树重遮[9]千里目,江[10]流曲似九回肠[11]。
共来[12]百越[13]文身[14]地,犹自[15]音书[16]滞[17]一乡。

选自《柳宗元集校注》,(唐)柳宗元著,尹占华、韩文奇校注,中华书局2013年版

注释

1. 柳州:唐时州名,治所在今广西壮族自治区柳州市。

2. 漳汀封连:唐时州名。漳,治所在今福建漳州,时刺史为韩泰。汀,汀州,治所在今福建长汀,刺史为韩晔。封,治所在今广东省肇庆市封开县,刺史为陈谏。连,连州,治所在今广东连州市,刺史为刘禹锡。

3. 大荒:旷远辽阔的原野。

4. 海天愁思:像大海一般无边无际的愁绪。

5. 惊风:急风,狂风。

6. 飐:风吹动。

7. 芙蓉:荷花。

8. 薜荔:也称木莲,一种蔓生植物,可以攀附在墙上生长。《九歌·湘君》:"采薜荔兮水中,搴芙蓉兮木末。"

9. 重遮:层层遮住。

10. 江:指柳江,发源于今贵州榕江,东南经广西入红水河,柳州城在柳江与龙江交会处。

11. 九回肠:愁肠九转。形容愁绪缠结难解。司马迁《报任安书》:"肠一日而九回。"

12. 共来:指柳宗元和韩泰、韩晔、陈谏、刘禹锡四人同时被贬远方。

13. 百越:即百粤,指当时五岭以南各少数民族地区。

14. 文身:在身上刺花纹,这是古代南方少数民族的一种风俗。文,通"纹"。《庄子·逍遥游》:"越人断发文身。"

15. 犹自:仍然是。

16. 音书:音信。

17. 滞:阻隔。

作品导读

唐顺宗永贞元年（805），王叔文集团革新失败，柳宗元与刘禹锡、韩泰、韩晔、陈谏等同时被贬为远州司马，时称"八司马"。直到十年后，宪宗元和十年（815）正月，除已经逝世的二人和另有任用的一人外，柳宗元等五人才被召回京城，却又被派到更为荒凉边远的州郡为刺史。本诗便是六月作者柳州刺史任后所作。全诗气脉贯通，意境阔远，既状眼前苍茫实景，又写沉郁身世之感，景中寓情，赋中有比，造境阔大，音节高亮。此诗为唐人七律名篇，历来评价甚高。清代纪昀评曰："一起意境阔远，倒摄四州，有神无迹。"

拓展阅读

柳子厚墓志铭
唐·韩愈

子厚讳宗元。七世祖庆为拓跋魏侍中，封济阴公。曾伯祖奭为唐宰相，与褚遂良、韩瑗俱得罪武后，死高宗朝。皇考讳镇，以事母弃太常博士，求为县令江南。其后以不能媚权贵失御史；权贵人死，乃复拜侍御史。号为刚直，所与游皆当世名人。

子厚少精敏，无不通达。逮其父时，虽少年已自成人，能取进士第，崭然见头角；众谓柳氏有子矣。其后以博学宏词授集贤殿正字。俊杰廉悍，议论证据今古，出入经史百子，踔厉风发，率常屈其座人。名声大振，一时皆慕与之交，诸公要人争欲令出我门下，交口荐誉之。贞元十九年，由蓝田尉拜监察御史。顺宗即位，拜礼部员外郎。遇用事者得罪，例出为刺史；未至，又例贬州司马。

居闲益自刻苦，务记览，为词章泛滥停蓄，为深博无涯涘，而自肆于山水间。元和中，尝例召至京师，又偕出为刺史，而子厚得柳州。既至，叹曰："是岂不足为政邪！"因其土俗，为设教禁，州人顺赖。其俗以男女质钱，约不时赎，子本相侔，则没为奴婢。子厚与设方计，悉令赎归；其尤贫力不能者，令书其佣，足相当，则使归其质。观察使下其法于他州，比一岁，免而归者且千人。衡、湘以南为进士者，皆以子厚为师，其经承子厚口讲指画为文词者，悉有法度可观。

其召至京师而复为刺史也，中山刘梦得禹锡亦在遣中，当诣播州。子厚泣曰："播州非人所居，而梦得亲在堂，吾不忍梦得之穷，无辞以白其大人；且万无母子俱往理。"请于朝，将拜疏，愿以柳易播，虽重得罪，死不恨。遇有以梦得事白上者，梦得于是改刺连州。呜呼！士穷乃见节义。今夫平居里巷相慕悦，酒食游戏相征逐，诩诩强笑语以相取下，握手出肺肝相示，指天日涕泣，誓生死不相背负，真若可信；一旦临小利害，仅如毛发比，反眼若不相识，落陷阱，不一引手救，反挤之，又下石焉者，皆是也。此宜禽兽夷狄所不忍为，而其人自视以为得计，闻子厚之风，亦可以少愧矣！

子厚前时少年，勇于为人，不自贵重顾藉，谓功业可立就，故坐废退；既退，又无相知有气力得位者推挽，故卒死于穷裔，材不为世用，道不行于时也。使子厚在台省时，自持其身，已能如司马刺史时，亦自不斥；斥时有人力能举之，且必复用不穷。然子厚斥不久，穷不极，虽有出于人，其文学辞章，必不能自力以致必传于后，如今，无疑也。虽使子厚得所愿，为将相于一时；以彼易此，孰得孰失，必有能辨之者。

子厚以元和十四年十一月八日卒，年四十七。以十五年七月十日归葬万年先人墓侧。子厚有子男二人：长曰周六，始四岁；季曰周七，子厚卒乃生。女子二人，皆幼。其得归葬也，费皆出观察使河东裴君行立。行立有节概，立然诺，与子厚结交，子厚亦为之尽，竟赖其力。葬子厚于万年之墓者，舅弟卢遵。遵，涿人，性谨慎，学问不厌。自子厚之斥，遵从而家焉，逮其死不去；既往葬子厚，又将经纪其家，庶几有始终者。

铭曰：

是惟子厚之室，既固既安，以利其嗣人。

选自《韩昌黎文集校注》，（唐）韩愈著，马其昶校注，马茂元整理，上海古籍出版社2014年版

柳州[1]罗池庙碑

唐·韩愈

罗池庙[2]者，故刺史柳侯[3]庙也。柳侯为州[4]，不鄙夷[5]其民，动以礼法；三年，民各自矜奋[6]："兹土虽远京师，吾等亦天氓[7]，今天幸惠仁侯[8]，若不化服[9]，我则非人。"于是老少相教语，莫违侯令。凡有所为于其乡闾[10]及于其家，皆曰："吾侯闻之，得无不可于意[11]否？"莫不忖度[12]而后从事。凡令之期[13]，民劝趋[14]之，无有后先，必以其时。于是民业[15]有经[16]，公无负租[17]，流逋[18]四归，乐生[19]兴事[20]，宅有新屋，步[21]有新船，池园洁修，猪牛鸭鸡，肥大蕃息[22]；子严[23]父诏，妇顺夫指[24]，嫁娶葬送，各有条法[25]；出[26]相弟长[27]，入相慈孝[28]。先时，民贫以男女相质[29]，久不得赎，尽没为隶；我侯之至，按国之故[30]，以佣除本[31]，悉[32]夺归之。大修孔子庙，城郭巷道，皆治使端正，树以名木。柳民既皆悦喜。

尝与其部将[33]魏忠、谢宁、欧阳翼饮酒驿亭[34]，谓曰："吾弃于时[35]，而寄于此，与若[36]等好也。明年吾将死，死而为神，后三年为庙祀我。"及[37]期而死。三年[38]孟秋[39]辛卯，侯降于州之后堂，欧阳翼等见而拜之。其夕，梦翼而告曰："馆[40]我于罗池。"其月景辰[41]，庙成太祭[42]。过客李仪醉酒慢侮[43]堂上，得疾，扶出庙门即死。明年春，魏忠、欧阳翼使谢宁来京师，请书其事于石。

余谓柳侯生能泽[44]其民，死能惊动[45]福祸之，以食[46]其土，可谓灵[47]也已。作《迎享送神诗》遗[48]柳民，俾[49]歌以祀[50]焉，而并刻之。柳侯，河东人，讳宗元，字子厚。贤而有文章，尝位于朝，光显[51]矣；已而摈[52]不用。其辞曰：

荔子[53]丹兮蕉黄，杂肴蔬兮进侯堂。侯之船兮两旗，度中流兮风泊[54]之，待侯不来兮不知我悲。侯乘驹兮入庙，慰我民兮不嚬[55]以笑。鹅之山[56]兮柳之水[57]，桂树团团[58]兮白石齿齿[59]。侯朝出游兮暮来归，春与猿吟兮秋鹤与飞[60]。北方之人[61]兮为侯是非，千秋万岁兮侯无我违。福我兮寿我，驱厉鬼兮山之左。下无苦湿兮高无干，秔稌[62]充羡[63]兮蛇蛟结蟠[64]。我民报事兮无怠其始，自今兮钦[65]于世世。

选自《韩昌黎文集校注》，（唐）韩愈著，马其昶校注，马茂元整理
上海古籍出版社2014年版

注　释

1. 柳州：唐州名，治今广西柳州市。
2. 罗池庙：即柳侯祠，在今广西柳州东，为祭祀唐柳州刺史柳宗元而建，为当地名胜。

唐长庆元年（821）建于柳州罗池边，名罗池庙，宋徽宗追封柳宗元为文惠侯后，改名柳侯祠。罗池，池名，庙建于池畔，因池得名。

3. 柳侯：柳宗元。

4. 柳侯为州：唐宪宗元和十年（815）三月，柳宗元从永州司马迁任柳州刺史。

5. 鄙夷：轻视，鄙薄。柳州古为百粤之地，故云。

6. 矜奋：奋勉。《管子·形势》："矜奋自功，而不因众人之力。"

7. 天氓：皇帝的子民，黎民百姓。氓，古时称百姓。

8. 侯：对士大夫的尊称，犹如"君"。

9. 化服：顺从教化。

10. 乡闾：即乡里。闾，周代二十五户为闾。二十五户也称里。

11. 可于意：心里满意。可，合宜。

12. 忖度：揣测，估量。

13. 期：期程，期限。

14. 趋：向。

15. 民业：民众从事的事业。

16. 有经：有常，有一定的秩序。经，常。

17. 负租：欠租。租，田赋，泛指赋税。

18. 流逋：逃亡。这里指流亡在外的老百姓。

19. 乐生：乐于生活。

20. 兴事：积极开展事业。

21. 步：水际谓之步。柳宗元《永州铁炉步志》："江之浒，凡舟可縻而上下者曰步。"

22. 蕃息：繁盛生长。

23. 严：尊重。

24. 指：同"旨"，意愿。

25. 条法：规矩法度。

26. 出：在外面。

27. 弟长：友爱同辈，尊敬长辈。弟，通"悌"。

28. 慈孝：对上孝敬，对下慈爱。

29. 质：抵押。

30. 按国之故：依照国家早有的政令和法规。唐太宗曾颁布过《右准律》，规定"不许典贴良人男女作奴婢驱使"。

31. 以佣除本：通过做工来偿还以男女相质的本钱。佣，出卖劳动力，此处指出卖劳动力所得的报酬。除，扣除，抵消。

32. 悉：全部。

33. 部将：这里指刺史的下属。

34. 驿亭：古时供行旅途中歇宿的处所。
35. 弃于时：被时代抛弃，指被贬黜。
36. 若：代词，你。
37. 及：等到。元和十四年（819）十月，柳宗元卒。
38. 三年：柳宗元死后第三年。
39. 孟秋：秋季第一个月，农历七月。
40. 馆：安置，止宿，这里指在罗池畔建庙。《孟子·万章下》："舜尚见帝，帝馆甥于贰室。"
41. 景辰：丙辰。避唐高祖李渊父唐世祖李昞名讳，以"景"代"丙"。
42. 太祭：隆重祭祀。
43. 慢侮：轻视侮辱。
44. 泽：恩惠。
45. 动：震惊而扰动。
46. 食：通"饲"，引申为保佑的意思。
47. 灵：神灵。
48. 遗：送给。
49. 俾：使得。
50. 歌以祀：唱着诗去祭奠。
51. 光显：光辉显耀。
52. 摈：弃。
53. 荔子：荔枝。
54. 风泊：迎风停泊。
55. 嚬：同"颦"，皱眉。
56. 鹅之山：鹅山，亦名峨山，在今广西柳州。宋王象之《舆地纪胜》："广南西路柳州，鹅山在马平县（今广西柳州市）西十里，山巅有石，状如鹅，故名。鹅水出焉。"
57. 柳之水：即柳江。西江支流，在广西北部。
58. 团团：茂密的样子。
59. 齿齿：像牙齿般密集整齐排列的样子。
60. 秋鹤与飞：即秋与鹤飞，与前半句"春与猿吟"相错成文，形成语势矫健的文字效果。
61. 北方之人：指京师的人。
62. 秔稌：粳稻与糯稻。
63. 充羡：丰裕。羡，羡余。
64. 蛇蛟结蟠：秔稌等谷物的穗如蛇似蛟般地盘绕，繁盛生长。结蟠，蛰伏。
65. 钦：敬仰。

作者简介

韩愈（768—824），字退之，河内河阳（今属河南）人。世称韩昌黎。36岁时，因上书请求减免灾民赋税，被贬广东连州阳山县令。52岁时因谏阻宪宗迎佛骨，被贬广东潮州刺史，八个月后被召回朝。卒谥文，后世又称韩文公。韩愈与柳宗元同为"古文运动"倡导者，并称为"韩柳"。名列"唐宋八大家"之首，又与杜甫并提，有"杜诗韩文"之称。在诗歌方面，韩愈也别开生面，其"以文为诗"的艺术特点，对后世尤其是宋代产生了较大的影响。著有《韩昌黎集》。

作品导读

《柳州罗池庙碑》是唐代文学家韩愈为柳宗元写的第三篇文章，脱去一般碑文之俗套，富于艺术个性和浪漫色彩，文风奇崛，是脍炙人口的名篇。全文分序文和歌词两部分，借用柳民之言，主要描写柳宗元在柳州的政绩，同时借物抒怀，寓意深刻，感慨系之，暗言柳侯大材不为世用，为其痛惜不平，抨击时弊。全文结构层见叠出，逻辑清晰，曾国藩《求阙斋读书录》谓此文"情韵不匮，声调铿锵"，体现了韩文的又一种风格。至宋代，苏轼书写碑文，因首句"荔子丹兮蕉黄"而得名《荔子碑》。后世以韩愈之诗、苏轼之书、柳宗元之德，谓为"三绝碑"而闻名。

拓展阅读

送郑尚书序
唐·韩愈

岭之南，其州七十，其二十二隶岭南节度府，其四十余分四府，府各置帅。然独岭南节度为大府。大府始置，四府必使其佐启问起居。谢守地不得即贺以为礼，岁时必遣贺问，致水土物。大府帅或道过其府，府帅必戎服，左握刀，右属弓矢，帕首袴靴迎郊。及既至，大府帅先入据馆，帅守屏，若将趋入拜庭之为者。大府与之为让，至一再，乃敢改服，以宾主见。适位执爵皆兴拜，乃止。虔若小侯之事大国。有大事，谘而后行。隶府之州，离府远者至三千里，悬隔山海，使必数月而后能至。蛮夷悍轻，易怨以变。其南州皆岸大海，多洲岛，飓风一日踔数千里，漫澜不见踪迹，控御失所。依险阻，结党仇，机毒矢以待将吏。撞搪呼号，以相和应。蜂屯蚁杂，不可爬梳。好则人，怒则兽。故常薄其征入，简节而疏目，时有所遗漏，不究切之。长养以儿子。至纷不可治，乃草薙而禽狝之，尽根株痛断乃止。其海外杂国，若耽浮罗、流求、毛人、夷亶之州，林邑、扶南、真腊、于陀利之属，东南际天地以万数。或时候风潮，朝贡蛮胡贾人，舶交海中。若岭南帅得其人，则一边尽治，不相寇盗贼杀。无风雨之灾，水旱疠毒之患。外国之货日至，珠香象犀，玳瑁奇物，溢于中国，不可胜用。故选帅常重于他镇，非有文武威风知大体可畏信者，则不幸往往有事。

长庆三年四月，以工部尚书郑公为刑部尚书兼御史大夫往践其任。郑公尝以节镇襄阳、入帅沧景、德棣，历河南尹、华州刺史，皆有功德可称道。入朝为金（吾）将军散骑常侍工部侍郎尚书，家属百人，无数亩之宅，僦屋以居，可谓贵而能贫，为仁者不富之效也。

及是命，朝廷莫不悦。将行，公卿大夫（士），苟能诗者，咸相率为诗，以美朝政，以慰公南行之思。韵必以来字者，所以祝公成政而来归疾也。

选自《韩昌黎文集校注》，（唐）韩愈著，马其昶校注，马茂元整理，
上海古籍出版社 2014 年版

访柳文惠侯祠非罗池庙旧址矣

清·郑献甫

伪书曾阅龙城录，真相重寻柳子祠。
故国故乡如异地，新船新屋不同时。
红羊劫换无遗址，丹荔迎神有旧碑。
最是立鱼峰顶月，夜深犹自照罗池。

选自《郑献甫诗选注》，（清）郑献甫著，刘映华选注，
广西教育出版社 1988 年版

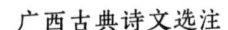

谪崖州过北流鬼门关[1]作

唐·李德裕

一去一万里，千之千不还。
崖州在何处？生度鬼门关！

选自《李德裕文集校笺》，（唐）李德裕著，傅璇琮、周建国校笺，中华书局2018年版

注 释

1. 鬼门关：在广西的北流市城西七公里多的地方，玉林和北流交界处。六万大山和大岩大山在此接邻，因左右两山峰对峙，中间形成一个险要的隘口。关城即建在宽约20米的山径间。是古代通往钦州、廉州（今属广西）、雷州（今属广东）、琼州（今属海南）、交趾（今属越南）等地的交通冲要。汉代伏波将军马援曾率领军队征讨交趾（今越南一带），经过此地的勒石残碣至今仍在。唐宋两代贬谪官员流放南去，常被勒令经过此关去琼崖或交趾，以流放代服刑，罕有生还者。据《寰宇记》载："有两石相对，其间阔三十步……晋时趋交趾，皆由此，其南尤多瘴疠，去者罕得生还。"明代洪武年间曾改名"桂门关"，宣德年间又改名为"天门关"。

作者简介

李德裕（787—850），字文饶，赵郡赞皇（今河北赞皇）人。唐代杰出的政治家、军事家、文学家，宰相李吉甫次子。早年以门荫入仕，历任校书郎、监察御史、翰林学士、中书舍人、浙西观察使、兵部尚书、镇海节度使、淮南节度使等职，出将入相，屡建大功，执政期间，功绩显赫。但因党争倾轧，多次被排挤出京。宣宗继位后，遭牛党构陷，被贬为崖州司户参军，卒于任所，终年六十三岁。历朝历代对其评价甚高。李商隐誉之为"万古良相"。近代梁启超将他与管仲、商鞅、诸葛亮、王安石、张居正并列，称他是中国六大政治家之一。兼有政绩和诗名，少力学，善为文，位极台甫，手不去书。有《会昌一品集》二十卷，别集十卷，外集四卷。

作品导读

鬼门关，是唐代以来士夫从中原贬谪至岭南、西南的诗文之路上的一个经典意象。顾

名思义，在被贬者的心目中，经过这个关口，某种程度上意味着九死一生。历史上，关于鬼门关的具体所在，存在多个说法。自唐初的沈佺期、宋之问，到宋代的苏轼、黄庭坚，贬谪到不同地区的诗人对不同的鬼门关，均曾予以题咏。其中，以广西北流的鬼门关最为著名，而归属于李德裕的这首咏鬼门关的诗作，因被多种笔记收录，为其中影响最大者。作为中唐文学家及名相的李德裕，其过关诗作，承接了沈宋以来的艰苦哀怨。宋代，以苏轼为代表的诗人吟咏鬼门关时，已是带着超然的达观平视心态，为"鬼门"意象增加了不少豪迈色彩，丰富了连接岭南与中原的这条贬谪之路、诗文之路的文化意涵。当代著名学者饶宗颐创作的《鬼门关》诗中，更是直接称颂当地山川风物之美："此关何曾远，到处好江山。风威寒日瘦，篱菊尚娇颜。"

拓展阅读

庚辰岁人日作，时闻黄河已复北流，老臣旧数论此，今斯言乃验，二首

宋·苏轼

其一

老去仍栖隔海村，梦中时见作诗孙。

天涯已惯逢人日，归路犹欣过鬼门。

三策已应思贾让，孤忠终未赦虞翻。

典衣剩买河源米，屈指新篘作上元。

其二

不用长愁挂月村，槟榔生子竹生孙[1]。

新巢语燕还窥砚，旧雨来人不到门。

春水芦根看鹤立，夕阳枫叶见鸦翻。

此生念念随泡影，莫认家山作本元。

选自《苏轼诗集》，（宋）苏轼著，孔凡礼点校，

中华书局1982年版

过鬼门关

元·伯笃鲁丁

雷阳任满郁林还，过了千山及万山。

但愿人心平似水，不须惆怅鬼门关。

选自《粤西诗载校注》第七册，（清）汪森编辑，桂苑书林编辑委员会编辑，

广西人民出版社1988年版

---

[1] 原注：海南勒竹，每节生枝如竹竿大，盖竹孙也。

赤雅

清·梁章钜

邝湛若《赤雅》云:"鬼门关在北流西十里,两峰对峙,中成关门。谚云:'鬼门关,十人去,九不还。'唐宋诗人谪此而死者踵相接也。行数武,有一大石瓮,中有骷髅骨、五色肠,皆石乳凝化。予大书四字其上曰:'诗人鲊瓮。'见者毛骨倒竖。"

(梁章钜)按:黄山谷诗云:"人鲊瓮中危万死,鬼门关外更千岑。"则"鲊瓮"之名,自有之矣,究不知其何物也。

选自《〈三管诗话〉校注》,(清)梁章钜撰,蒋凡校注,梁超然审订,
广西人民出版社1996年版

阳朔县厅壁[1]题名

唐·吴武陵

群山发海峤[2],顿伏腾走[3]数千里而北[4],又发衡[5]巫[6]千余里而南,咸[7]会于阳朔。朔经[8]四百里,孤崖绝巚[9],森耸骈植[10],类[11]三峰[12]九疑[13],析成天柱者,凡数百里。如楼通天,如阙[14]凌霄[15],如修竿、如高旗,如人而怒,如马而骧[16],如阵将合[17],如战[18]将散,难乎其状[19]也。而又漓江荔水[20],罗织[21]其下,蛇龟猿鹤,焜耀[22]万怪。县界山间,其土壤方百里,其势险,其形蹙[23],千人守之,十万不能攻。东制邕[24]容[25]交[26]广[27]之冲[28],南挹宾[29]峦[30]岩[31]象[32]之隘[33],一日有盗,则吾扼[34]其吭[35]而制其变,皆由善命理[36]者常选[37]于地。县治西七步[38],有石渠,其浚[39]十仞[40]。渠之下有洞[41],洞有水,水深百尺。上有亭,可以宴乐游处[42]。肆[43]在亭西,廪[44]在肆西。士宦胥吏,黎民商贾,夹川而宅,基置山足。山多大木,可以堂,可以室。其花四时红紫,望之森然[45],犹珊瑚[46]琼玖[47]。予又不知夫昆仑[48]崆峒[49],其名安[50]取而胜兹?籍户五千,其税缗[51]钱千万,于桂为大。俗犷[52]人狡[53],尤难于正[54]。宝历[55]元年,正大夫[56]有事罢,渤海,李湜以能贤补其阙[57]。浃时[58]而俗咸变,斯又以见吾宰[59]之官人[60]也。明年春,予使番禺,湜因谒于亭[61]。予视其吏肃然,视其亭修然[62],无喧哗之异,惟城尤隍[63],予勉之凿,曰:"诺。"惟门无台,予勉之修,曰:"诺。"惟廨宇[64]之倾圮,予勉之葺,曰:"诺。"其应响然如转圜[65],是其材不啻[66]为是县邑矣。思荐天下士,以补[67]其大小之任,可为滕薛[68],舍是何称?遂书其垣曰《阳朔摄令厅壁记》,以旌[69]湜勤。县在吴为始安[70],在隋而易之,更二百年以前名氏,予不得闻,彼奇伟倜傥之难[71]有若人也如此,故记。后之从政者,可不仿哉?

选自《粤西文载校点》卷四二,(清)汪森编辑,黄盛陆等校点,

广西人民出版社 1990 年版

注 释

1. 厅壁:官府墙壁。厅,官署办公的地方。
2. 海峤:海边的山。另,广西兴安县境有海阳山,该县曾称始安峤。
3. 顿伏腾走:形容山势或而低矮或而高峻逶迤。
4. 北:向北方延伸。
5. 衡:五岳之一的南岳,在湖南省。
6. 巫:巫山,在重庆巫山县东。
7. 咸:都。

8. 经：指南北距离。

9. 绝巘：险峻的山峰。

10. 森耸骈植：挺然高耸而并立。森耸，挺秀貌。骈，并列。

11. 类：相似。

12. 三峰：三峰山，在今河南禹县西南。

13. 九疑：九疑山，又名苍梧山，在湖南宁远县南。传说舜南巡而死，葬于九疑。

14. 阙：城楼。

15. 凌霄：迫近云霄。

16. 躩：也作欤，蹦跳，上下耸动。

17. 合：交战。

18. 阵、战：皆指战斗的阵势。

19. 状：形容。

20. 荔水：指荔江，源出广西永福县，至平乐县汇入漓江。

21. 罗织：集中交汇。

22. 焯耀：使人眼花目眩貌。

23. 蹙：促迫。

24. 邕：邕州，治所在今广西南宁。

25. 容：容县，广西东南部。

26. 交：交州，古广西、广东及越南部分地区。

27. 广：广州，今广东广州一带。

28. 冲：交通要道。

29. 宾：宾州，今广西宾阳一带。

30. 峦：指峦州，治所在今广西横县境内。

31. 岩：岩州，唐置，后改安乐郡，在广西境内。

32. 象：象州，在广西中部。

33. 隘：险要之地。

34. 扼：用力掐住。

35. 吭：喉咙，此指咽喉地带。

36. 命理：指天命，自然法则，及命运、生死、富贵一切遭遇。

37. 常选：古时定期选举官吏的一种制度。

38. 步：指长度单位，周代以八尺为步，秦代以六尺为步，旧制以营造尺五尺为步。

39. 浚：深。

40. 仞：长度单位，周代一仞八尺，汉代七尺，东汉五尺六寸。

41. 洞：水潭。

42. 游处：游赏或闲居。

43. 肆：市场。

44. 廪：米仓，此指官仓。

45. 森然：众多而旺盛貌。

46. 珊瑚：珊瑚珠。

47. 琼玖：美玉。

48. 昆仑：昆仑山，古代传说是神仙居住的地方。

49. 崆峒：山名，位于甘肃，传说黄帝曾登此山。

50. 安：怎么。

51. 缗：用绳子穿成串的铜钱，一千文为一缗。

52. 犷：凶悍、蛮横。

53. 狡：狡猾。

54. 正：匡正。

55. 宝历：唐敬宗（李湛）年号。

56. 正大夫：对县令的尊称。

57. 阙：同"缺"。

58. 浃时：此言时间极短。古代以干支为纪日，自甲至癸一周十日为浃日，自子到亥一周十二日为浃辰。

59. 宰：上级官吏。

60. 官人：正确地授人以适当的官职，任人得当。

61. 亭：驿亭。

62. 修然：整洁美观貌。

63. 隍：护城河。

64. 廨宇：官舍。

65. 转圜：转动圆的物体，旋转，比喻顺从而不停滞。

66. 不啻：不仅。

67. 补：官员缺位，选员补充，也指调任。

68. 滕薛：即"滕薛争长"。《左传·隐公十一年》："滕侯、薛侯来朝，争长。"以后以"滕薛争长"为典，喻竞相生长。滕、薛二人均为西周分封的诸侯。

69. 旌：表彰。

70. 始安：阳朔在汉代和三国时都隶属始安县，治所在今桂林。隋代才从始安分出阳朔县，治所在今阳朔。

71. 难：难得。

作者简介

吴武陵（？—835），初名侃。江西上饶人。唐元和二年（807）进士，拜翰林学士。元和三年（808），因得罪权贵李吉甫流放永州，与贬为永州司马的柳宗元相遇，两人意气相投，同游永州山水。元和七年（812），遇赦北还，曾主持北边盐务，唐大和初（827），入为太学博士，出任韶州刺史，后遭权贵构陷，贬为播州司户参军。

作品导读

吴武陵曾任桂州防御判官，这是他为阳朔县衙写的碑记。柳宗元很赏识吴武陵的文才，说："一观其文，心朗目舒，炯若深井之下仰视白日之正中也。"《阳朔县厅壁题名》作于宝历二年（826），是吴武陵出使途经阳朔时作，收入《全唐文》《粤西文载》。"厅壁记"是唐代流行的一种文体，主要是指书写或镌刻在官府墙壁上的文章。"厅壁记"如同官吏任职期间的档案，记叙历任官员的姓名、经历、政绩，用以纪念或供后任官员参考学习。《阳朔县厅壁题名》先写山水，模山范水，如目亲临；再赞官员，结合地域风物来写厅壁记，在唐代的厅壁记中算是很有特色的。除了对阳朔县县令李湜的政绩加以赞美，写阳朔之景十分出色。视界开阔，状物形象。或俯瞰，或仰视；或拟物如物，或拟物如人；动以写静，静以显动，手法多变，极富灵性。吴武陵受柳宗元山水游记的影响，记山水文写得雄放大气，直冲人眼目。文中将阳朔山水的特点写得准确到位，呈现了一幅人与山水和谐共处的图景。这是最早对桂林阳朔山水进行描绘的文章。

拓展阅读

浔州府学记

宋·余靖

桂林之南，州郡以十数。浔为善地，郁江东注，土无氛恶，蛮溪獠峒，不际其境，民之从化，岂间然哉？国家应期敷佑，丕冒岭海，偃革橐弓，七纪于兹。亦尝诏牧守，立庠序，以崇化厉之本，而吏喜文法自进，故于教育之道缺然。

庆历纪元之初，京兆杜君应之被召守土。下车三日，进谒先圣祠，而笏立周视。见其庭堂卑隘，像设堕剥，冕衮章服，不中程序；瑚簋之制，裒杂常用，摄齐抠衣，居无容席。乃喟然叹曰："明经进士之科，其待贤也久矣。州人未尝预太常之第者，盖教之未至也。"乃大相厥土，而营学宫，卜州治之东龟则食焉。肆命从事刁君纾以董其劳，鸱犀衮服，正厥王礼，配食从祀，各列像次。为堂于东，尊师教也。筑宫于西，洁斋祠也。翼以二序，布为校舍，且坐塾门，人知所观。

庙学既成，明年仲春行释菜之仪。爵玷俎房，罍云洗海，丹髹矩舣，一范之礼。奠币饮福，仰登俯退，相者肄习，其容济济。诸生袍韠，陪列终事。越翼日，经师执帙，以正厥位。听徒就席，坐立以齿。出规入矩，启愤发悱。州人观者，知邦君以齐鲁周孔之教而为政先，与夫束刑名、争寻常以图进者异矣。

先是邦之秀士白玘等聚而议曰："君之丕训于我，而广其黉，乐育俊民，俾邦其昌，我不可以不赞其成，愿以私钱十万，佐官之费。"故是役也，不发帑金，不诛民财，而人用休息也。

事毕，以状来请记。予谓：杜君上以宣朝廷向学之意，下以成州里兴贤之本，能使远邦学者，异时取名爵于朝，当自今始。真善教者，可记也哉！

选自《粤西文载校点》卷二五，（清）汪森编辑，黄盛陆等校点，
广西人民出版社1990年版

静江府学记
宋·朱熹

古者圣王设为学校，以教其民，由家及国，大小有序，使其民无不入乎其中，而受学焉。而其所以教之之具，则皆因（明）其天赋之秉彝，而为之品节，以开导而劝勉之，使其明诸心，修诸身，行于父子、兄弟、夫妇、朋友之间，而推之以达乎君臣、上下、人民、事物之际，必无不尽其分焉者。及其学之既成，则又兴其贤且能者，置之列位。是以当是之时，理义休明，风俗醇厚，而公卿、大夫、列士之选，无不得其人焉。此先王学校之官，所以为政事之本，道德之归，而不可以一日废焉者也。

至于后世学校之设，虽或不异乎先王之时，然其师之所以教，弟子之所以学，则皆忘本逐末，怀利去义，而无复先王之意。以故学校之名虽在，而其实不举。其效至于风俗日敝，人才日衰，虽以汉唐之盛隆，而无以仿佛乎三代之叔季。然犹莫有察其所以然者，顾遂以学校为虚文，而无所与于道德政理之实。于是为士者，求道于老子、释氏之门；为吏者，责治乎簿书期会之最。盖学校之仅存，而不至于遂废者，亦无几耳。

乃者，圣上慨然悯其如此，亲屈鸾辂，临幸学宫，发诏诸生，励之以为君子之儒，而无慕乎人爵者，德意既甚美矣。而静江守臣广汉张侯栻，适以斯时一新具府之学，亦既毕事，则命其属，具图与书，使人于武夷山间谒熹文以记之。顾非其人，欲谢不敢，而惟侯之意不可以虚辱，乃按图考书，以订其事。则皆曰静江之学，自唐观察使陇西李侯昌巙始立于牙城之西北，其后又徙于东南，历时既久，士以卑痹埋郁为病。有宋乾道三年，知府延平张侯维乃撤而迁于始安故郡之墟。盖其地自郡废而为浮屠之室者三，始议易置，而部使者有惑异教，持不可者，乃仅得其一，遂因故材而亟徙焉。以故规模褊陋，复易摧圮。至于今侯，然后乃得并斥左右佛舍置它所，度材鸠匠，合其地而一新焉。殿阁崇邃，堂序

广深，生师之舍，环列庑外，隆隆翼翼，不侈不陋，于其为诸侯之学，所以布宣天子命。教者甚实宜称。

  熹于是喟然起而叹曰：夫远非鬼，崇本教，以侈前人之功，侯之为是则既可书已。抑熹闻之，侯之所以教于是者，莫非明义反本，以遵先王教学之遗意，而欲使其学者皆知所以不慕人爵，为君子儒，如明诏之所谓者，则其可书，又岂徒以一时兴作之盛为功哉？故特具论其指意所出者为详，而并书其本末如此，以告来者。

  侯字敬夫，丞相魏忠献公之嗣子。其学近推程氏，以达于孔孟。治己教人，一以居敬为主。明理为先，尝以左司副郎侍讲禁中，既而出临此邦，以幸远民。其论说政教，皆有明法。然则士之学于是者，亦可谓得师矣。其亦无疑于侯之所以教者，而相与尽其心哉！淳熙四年冬十有一月己未日南至，新安朱熹记。

选自《粤西文载校点》卷二五，（清）汪森编辑，黄盛陆等校点，
广西人民出版社 1990 年版

西江月·叠彩山[1]题壁

宋·石安民

飞阁下临无地，层峦上出重霄[2]。重阳未到客登高，信[3]是今年秋早。
随意烟霞[4]笑傲，多情猿鹤招邀。山翁[5]笑我太丰标[6]，竹杖棕鞋[7]桐帽[8]。

选自《全宋词评注》第四卷，周笃文、马兴荣主编，
学苑出版社2011年版

注　释

1. 叠彩山：在广西桂林市区东北。山石层层横断，如叠彩锦，因而得名。又名风洞山、桂山。
2. "飞阁"二句：语出王渤《滕王阁序》："层台叠翠，上出重霄；飞阁流丹，下临无地。"下临无地、上出重霄，极言山之高峻。
3. 信：的确。
4. 烟霞：山水胜景。
5. 山翁：即山简（参《晋书·山简传》）。
6. 丰标：体态丰满，神采别致。
7. 棕鞋：棕绳所扎之鞋。
8. 桐帽：桐油油过的帽子。

作者简介

石安民，字惠权，临桂（今桂林市）人。绍兴十五年（1145）进士。为象州判官，决狱平恕。分教廉（合浦）、藤（藤县）二州。勤政育民，广施教义。晚年调知吉阳（今江西省吉水县附近），未及赴任而卒。他早年从沈晦、胡寅游，后学于张浚。其弟安行、安持与他齐名，人称"三石"。著有《惠叔文集》，今佚。

作品导读

叠彩山，一名桂山，又名风洞山，在广西桂林市区偏北漓江之滨，主峰明月峰海拔223米，登临其上可瞭望漓江景色。唐元晦《叠彩山记》："山以石文（纹）横布，彩翠相间，

若叠彩然，故以为名。"叠彩山上历代名人的摩崖石刻尤多，为文物的精华。写叠彩山的词作，最早的是石安民这一作品，流传至今，成为咏山水名胜的诗词佳作。此词写出了叠彩山的主要特色，抒写了诗人恣意登高和潇洒风趣的浪漫情怀。

拓展阅读

桂林风洞联
清·张祥河

到清凉境，
生欢喜心。

选自《古今名胜对联选注》，萧望卿著，
北京出版社 1983 年版

游风洞山感瞿忠宣公殉难事
清·郑献甫

忠魂毅魄有余光，断碣残碑立夕阳。
南渡朝廷留此地，东皋林墅付他乡。
同声死友歌蒿里，异代生臣赋草堂。
叠彩山前如带水，海天凝望正茫茫。

选自《郑献甫诗选注》，（清）郑献甫著，刘映华选注，
广西教育出版社 1988 年版

绿珠渡[1]

宋·徐噩

早出绿萝村[2],晚过绿珠渡。

日落白州[3]城,草荒梁女[4]墓。

江水流古今,滔滔不相顾[5]。

今人不见古时人,依旧青山路如故。

选自《粤西诗载校注》卷六,(清)汪森编辑,桂苑书林编辑委员会编辑,
广西人民出版社1988年版

注释

1. 绿珠渡：在今广西博白县西南。绿萝村有小江水流出,经博白城西南,后人称为绿珠江,并有绿珠渡。已废。绿珠：晋时著名美女,巨富兼官僚石崇的爱妾。广西博白县人,姓梁。唐刘恂《岭表异录》:"绿珠井在白州（州治博白县）双角山下。昔梁氏之女有容貌,石季伦（石崇）为交趾采访使,以圆珠三斛买之。梁氏之居,旧井存焉。"又《晋书·石崇传》:"崇有妓曰绿珠,美而艳,善吹笛。孙秀使人求之,崇勃然曰:'绿珠,我所爱,不可得也!'秀怒,矫诏收崇。崇正宴于楼上,介士到门。崇谓绿珠曰:'我今为尔得罪。'绿珠泣曰:'当效死官前!'因自投于楼下而死。"绿珠死于洛阳附近石崇别墅金谷园中。

2. 绿萝村：绿珠出生地,在博白双角山下。旧县志载:"西乡平山堡村庄：绿萝村,晋梁氏女绿珠故里,有绿珠祠,绿珠井。相传饮水生女必姿色端丽。"

3. 白州：博白的旧称。

4. 梁女：指绿珠。

5. 不相顾：后浪推前浪之意。

作者简介

徐噩（?—1052）,字伯殊。白州（今广西博白）人。其先洪州（今江西南昌）人。噩好读书,专治《周易》,兼通《国语》。仁宗朝举于乡,摄知宜州（今广西宜山）,授宣教郎,讨区希范有功,擢白州长史。皇祐四年（1052）侬智高叛,诏噩讨之。噩引兵追至函阳,大捷。后战于金城驿,援兵不至,力战死之。赠大理寺丞。同李时亮、秦怀忠一起,被世人称为"博白三公"。事见清雍正《广西通志》卷八一。《全宋诗》收其诗《绿珠渡》一首。

作品导读

绿珠的身世遭遇令人同情。历代咏其事者甚多，基调大抵不离同情或叹惋。徐噩此诗则显得与众不同。诗人置身绿珠遗迹之前，很自然地兴起伤悼之感。但他立即笔锋一转：滔滔江水，长流不断，前浪逝去，后浪奔逐。古往今来，不管是英雄豪杰，还是凡夫俗子，最终都要埋骨黄土，从古到今，无不如此。"今人"见不到古人，后人也见不到"今人"，这是客观自然规律。唯有青山大路，似乎一直都在那里，不曾改变。张若虚《春江花月夜》有云："人生代代无穷已，江月年年望相似。不知江月待何人，但见长江送流水。"此诗之意差相仿佛。全诗并不着意于绿珠身世和对其的感伤，而是抒发对世事人生的存灭之感，具有一定的哲理性。

拓展阅读

北流勾漏洞
明·解缙

北流县下古铜州，平地山岩耸玉楼。
谁为丹砂赴勾漏？人传蝴蝶满罗浮。
杨妃井塌风烟古，葛令祠荒草树秋。
却忆故乡山更好，锦袍归去棹扁舟。

选自《解文毅公集》卷一，（明）解缙著，沈乃文主编，
《明别集丛刊》第一辑第28册，黄山书社2013年版

梧州道中
清·赵翼

博白绿珠渡，容管杨妃井。[1]
相望数百里，芳名至今永。
何哉二美人，俱产蛮荒境？
得非近苍梧，湘妃昔悲哽。
弹落啼红泪，幻出双女靓？
此语殊唐突，贞魂岂艳影！
南天本偏气，十月开桃杏。

---

[1] 原注：杨妃生容州云陵里，今有杨妃井，见广西省志及郎瑛《七修类稿》。

冶丽有独钟，每化作灾眚。
君看两婵娟，明慧性所秉。
一为亡家媒，一为破国阱。
虽坠金谷楼，亦殉马嵬岭。
至今悲祸水，犹觉埋香幸。
我来访遗踪，一叹胭脂冷。
野渡水空流，古井波已静。
红颜久黄土，作诗但垂警。
村女独何为，还羡风流逞。
渡头迎画楫，井边汲修绠。

选自《赵翼诗编年全集》，（清）赵翼著，华夫主编，
天津古籍出版社 1996 年版

游龙水城南帖

宋·黄庭坚

龙水城[1]南。大雷雨后，十里至广化寺[2]。溪壑相注，沟塍为一[3]，草木茂密，稻花发香。邵彦明[4]置酒招予及华阳范信中、龙城欧阳佃夫[5]，约清旦会于龙隐洞[6]。余三人借马自南楼来，至则彦明及其弟彦升在焉。初至，震雷欲雨，既而晴朗。烧烛入洞中，石壁皆沾湿，道崖险路绝，相扶将[7]上下，及乃出洞之南，东还卧洞口。佃夫抱琴作《贺若》[8]，有清风发于土囊[9]，音韵激越。余与彦明棋赌大白[10]，彦明似藏行[11]也。是日信中从佃夫授琴，久之得数句。洞南有乔木，似枰梠[12]。熟视叶间，有实穟[13]生，似橄榄。问从者，盖木威[14]也。木威，《本草经》[15]无有，宜州诸城砦[16]多有之。风俗取豚脍[17]合之为鳝[18]，盘中珍膳也。顷有馈余，余不能啖也。佃夫曰："广东盖号为乌榄，犹邕、贵[19]间谓波斯[20]橄榄云。"木威之叶，广东西人用作雨衣，柔勒密致，胜青莎[21]也。彦明者，临淮邵华，彦升兄也。信中名寥。佃夫名襄。余者，江西之修水黄某鲁直。时崇宁四年六月辛巳[22]。

选自《山谷宜州诗文注评》，韩晖注评，
广西师范大学出版社 2017 年版

注　释

1. 龙水城：唐贞观四年（630）设置龙水县，辖境相当于今广西宜州境地，治所在今龙江北岸宜山南麓。北宋建立后不久，治所迁至龙江南岸，与宜州同城。

2. 广化寺：在宜州南山，宋真宗时曾赐御书十六轴藏于寺侧御书阁中。现为南山寺，庙毁。

3. 沟塍为一：沟渠和田埂连成一体。

4. 邵彦明：思恩县（今广西环江县）普义寨官邵华，字彦明，临淮人（今苏北泗洪南）。

5. 欧阳佃夫：即欧阳襄，字佃夫，擅长抚琴。黄庭坚有《题欧阳佃夫所收东坡大字卷尾》一文。

6. 龙隐洞：在宜州城区南山。

7. 相扶将：相互搀扶。

8. 《贺若》：古琴曲名。相传出于唐代琴师贺若夷，或云出于隋代贺若弼，故名。

9. 清风发于土囊：化用宋玉《风赋》："夫风生于地，起于青蘋之末，侵淫溪谷，盛怒于土囊之口。"囊，洞穴。

10. 赌大白：赌酒。大白，一大杯酒。

11. 藏行：亦作"藏幸"。弈棋术语，意谓不露机锋、手段。
12. 栟榈：亦作"栟闾"，即棕榈。
13. 实穟：果实。穟，同"穗"，禾本植物聚生在茎的顶端的花和果实。
14. 木威：即乌榄。树高丈余，叶似楝叶，果实如橄榄。
15. 《本草经》：即《神农本草经》，简称《本草经》或《本经》。中国传统医学经典著作之一。
16. 城砦：即城寨。
17. 豚脍：细切的小猪肉。豚，小猪。脍，细切的肉。
18. 鳝：鱼名，又名"黄鳝"。
19. 邕、贵：邕州（今广西南宁）、贵州（今广西贵港）。
20. 波斯：中国古代称呼今伊朗地区。
21. 青莎：即莎草。多年生草本植物。
22. 崇宁四年六月辛巳：即崇宁四年六月十六日。

作品导读

崇宁二年（1103）12月，黄庭坚贬谪宜州，崇宁三年五六月间到达贬所。随着友人范寥、欧阳佃夫陆续到来，黄庭坚在宜州交游、活动日趋频繁。山谷在宜州的写景散文，最优秀的无疑就是这篇《游龙水城南帖》。它是一篇山水随笔，主要记叙六月辛巳（即十六日）大雷雨后，他同范信中、欧阳佃夫一起至龙水城南十里广化寺，与邵彦明、邵彦升兄弟会合，共同游览附近的龙隐洞的过程与感受。全文短短三百零几字，却记述了宜州夏水之盛、苗木之繁、游龙隐洞经过、游洞人情态之悠闲及由木威引发的赞赏广西风土之美，几乎看不到作者羁管罪人的身份和心态。文章将欲雨又晴、洞中崖路险绝难行与出洞后诸人安闲自得的情态以白描的文字简淡叙来，显得张弛自然，妙趣横生。

拓展阅读

宜州黄太史祠堂碑略
宋·杨万里

予闻山谷之始至宜州也，有甿某氏馆之，太守抵之罪。有浮屠某氏馆之，又抵之罪。有逆旅某氏馆之，亦抵之罪。馆于戍楼，盖囚之也。卒于所贬，饥寒之也。先生之贬，得罪于时宰也，亦得罪于太守乎？

鹿之肉，人之食；君子之残，小人之资也。孰使先生之所投足，以授小人之资也哉？

夫先生得罪于太守，则太守不得罪于时宰矣，岂惟不得罪也，又将取荣焉。

由今观之，其取荣于当时者，几何？而先生饥饿穷死之地，今乃为骚人文士顾瞻钻仰之场，来者思，而去者怀。而所谓太守者，犹有臭焉。则君子之于小人，患不得罪尔，得罪奚患焉？

选自《粤西文载校点》第三册，（清）汪森编辑，黄盛陆等校点，
广西人民出版社1990年版

海棠桥记
宋·刘受祖

横州古宁浦郡也。西北有溪曰香稻，南舍于郁江，跨溪有桥，南北旧多海棠。绍圣间，秦淮海先生以御史刘拯论其增损实录，谪柳移横，是时常醉于桥畔书生祝氏家。明日题一词，有"瘴雨过，海棠开"之句，州人因以"海棠"名桥。岁月浸久，兴废不齐，更名"去思"，又更名"清秋"。

淳祐六年夏，右骁骑将军李公植来守是邦，捐货帛三万，率州之官吏士民共新之。经始于是年之十月，落成于次年之四月。桥长一十五丈，高一丈二尺。虽春涛秋潦，民无病涉之嗟；霁月光风，士有咏归之乐。长虹饮涧，灵鳌架空，殆庶几焉。

郡之士夫率咨于受祖曰："宁浦僻且陋，淮海先生辱居。今之言宁浦者，必曰海棠桥，言海棠必曰秦淮海。是州以海棠桥重，桥以秦淮海重，桥名海棠，未可更也。"受祖答曰："桥名海棠，以淮海故也。士不忘淮海，将何取焉，为其花间一醉吟耶？为其放浪形体之外也耶？为其先经指授，作文皆有法度可观耶？是知其然而未知其所以然也。"

元丰初，淮海如京师应举，以诗谒东坡于徐。东坡和之曰："纵横所往无不可，知君不可以新书。"盖当是时，学有新义，政有新法，雷同附和，倒置通显。淮海穷困无聊中，东坡已知其介然独立之操，不以富贵利达动其心矣。夫志，气之帅也。士当未遇时，志苟不立，则阿意而苟合，妾妇以取容；有小遇焉，未有不诱于势利，怵于忧患者。淮海在元丰，又尝为王安石所知。安石得其诗，读之而不释手。淮海稍自贬损，高官厚禄，可坐而致也。淮海不炙手于安石之门，而北面于东坡之室，文章行谊，并驾山谷诸公间。元祐初，坡、谷继进淮海，以次录用，而绍圣之事作矣。淮海之在绍圣，犹元祐也。当其醉眠花下，又安知身在宁浦耶？昌黎尝谓孟郊卒不弛，有以昌其诗。东坡曰："不如昌其志，志一气自随，养之塞天地，孟轲不吾欺。"淮海盖有得于此矣。

或曰古之君子，畎亩不忘其君。淮海脱屣轩冕，肆情放志于宇宙间，高则高矣，非古人不忘君之意也。予应之曰："子独不观宁浦书事之诗乎？'挥汗读书不已，人皆怪我何求？我岂更求闻达，日长聊以消忧。'淮海何忧乎？"《诗》云："知我者谓我心忧，不知我者谓我何求？"绍圣以来，群贤屏斥，奸夫窃柄，剥床而肤可虞，城圮而隍可复，淮海之忧，盖在是耳。在天下者，不忘其忧；在吾心者，不改其乐。淮海之志，惟主于忧国忧民，故

淮海之气，不诎于流离迁谪。孟子曰："志一则动气。"此淮海之所以超逸绝俗者欤？因桥之名以求其实，因淮海之迹以求其心，受祖所望于横之士君子也。众皆曰："然。请记之。"

选自《粤西文载校点》第三册，（清）汪森编辑，黄盛陆等校点，
广西人民出版社1990年版

醉乡春·题海棠桥祝生家

宋·秦观

唤起一声人悄,衾冷[1]梦寒春晓。瘴雨[2]过,海棠[3]开,春色又添多少。
社瓮[4]酿成微笑,半缺椰瓢[5]共舀。觉倾倒,急投床,醉乡[6]广大人间小。

选自《淮海词笺注》,(宋)秦观著,杨世明笺,
四川人民出版社1984年版

注 释

1. 衾冷:《冷斋夜话》作"衾暖",《诗话总龟》作"衾枕"。
2. 瘴雨:南方含有瘴气的雨。前蜀李珣《南乡子》词:"行客待潮天欲暮,送春浦,愁听猩猩啼瘴雨。"
3. 海棠:落叶乔木,叶子呈卵形或椭圆形,春季开花,呈白色或淡红色。
4. 社瓮:即社酒,旧时于社日祭神所备之酒。宋孟元老《东京梦华录·秋社》:"八月秋社,各以社糕、社酒相赍送贵戚。"
5. 椰瓢:椰木制的瓢。
6. 醉乡:醉中之境界。唐王绩《醉乡记》:"醉之乡,去中国不知其几千里也。其土旷然无涯,无丘陵阪险;其气和平一揆,无晦明寒暑。"

作者简介

秦观(1049—1100),字少游,一字太虚,号淮海居士,扬州高邮(今江苏高邮)人,苏门四学士之一。以词著称,在词的发展史上作出重要贡献,被尊为婉约派之宗。秦观贬官广西横州两年的时间,体察民情,不忘写诗填词,其间诗词创作具有强烈的思想倾向和特色。"贬官"诗词凡九首。即《月江楼》二首、《浮槎馆书事》六首、《醉乡春·题海棠桥祝生家》一首。这些诗词格调独特,内容深远蕴藉,庄重高古,与以前的著作迥异,作风丕变,"自成一家,与旧作不同"(《四库全书总目》卷一)。《醉乡春》之调创自秦观,本篇于元符元年(1098)春作于横州。

作品导读

"化景物为情思"是秦观贬官横州诗词的一大特色。词中写春日于当地人家做客，湿热的雨季过去了，海棠花盛开，春天的景色更加好看。这并非纯粹的写景，横州时称瘴疠之地，词人又是贬谪而来，在此赏花游春，突出了词人"苦中作乐"的达观心态。古风犹存的热情招待，令词人入乡随俗，脱略形迹，与民同乐：共用半缺的椰瓢，饮用村社的农家酒（"社瓮"），痛饮一醉，喝多了便"急投床"。以此引出千古名句"醉乡广大人间小"。内心的压抑，最终令词人无法真正释然，发出悲吟，同为贬谪身份的苏轼"爱其句"，应该也是爱其看似豁达的背后散发出的人生辛酸与无奈吧。

拓展阅读

海棠桥吊秦少游

清·郑献甫

海棠桥上花正稠，海棠亭中人欲愁。
花开花落自名友，人去人来谁少游？
韵事依稀传宋代，醉乡广大让炎州。
乘槎拟到横槎住，绿瘦红肥共拍浮。

选自《补学轩诗集》，（清）郑献甫著，《〈粤西十四家诗钞〉校评》（下），
（民国）陈柱编，陈湘、高湛祥校评，广西人民出版社1997年版

海棠桥词集自序

清·王维新

粤中少填词者，以其为诗余也。夫古诗既有长短句，明谓"词为诗余"，岂定论乎？近人如陈髯、朱十辈，风流竞爽，皆不欲使"红杏枝头""桃花扇底"专美于前。予少苦无指授，自交封望仙、覃心海，始相与学，为慢令。后出处殊途，忆昔按拍旗亭，渺焉若梦，而意之所至，时亦为之，通计得五百二十首，乃厘为六卷。系海棠桥者，以吾粤横浦有是桥，昔淮海秦先生被谪时，日从酬咏《醉乡春》，所谓"瘴雨过，海棠开，春色又添多少"者是也。夫先生在宋苏长公推为词手，叶蕴谓之作家，又尝自横浦至容，饮酒赋诗数日。其抵藤占《好事近》一阕，亦即容之绣江口。西风吹泪，过客为伤寒裳之思，能无切于清溪佳处，抑倚声一道，实足宣昭六义，疏渝七情。先生寓粤，谓溪山宛类江南，至启手足于江宁，梦中犹恋恋有述，是固词学初南之日也。闻风兴起，岂第当在我也哉！

选自《〈海棠桥词集〉校注》，（清）王维新著，彭君梅、林怡校注，
中国书籍出版社2020年版

骖鸾录（节选）

宋·范成大

二十六日，入桂林界，有大华表，跨官道，榜曰"广南西路"。……甫入桂林界，平野豁开，两旁各数里，石峰森峭，罗列左右，如排衙[1]引而南，同行皆动心骇目，相与指示夸叹，又谓来游之晚。夹道高枫古柳，道涂[2]大逵[3]，如安肃[4]故疆及燕[5]山外城，都会所有，自不凡也。泊大通驿。道上时见鲜色之点凝渍，可恶。意谓刲羊豕[6]者舁[7]过所滴，然亦怪何其多也。忽悟此必食槟榔[8]者所唾。徐究之，果然。

二十七日，视经略安抚使印，自此趋府，二十七里至兴安县，十七里入严关。两山之间，仅容车马，所以限岭南北。相传过关即少雪有瘴。二十三里过秦城，秦筑五岭之戍，疑此地是。

二十八日，至滑石铺。岭中有龙思泉，又曰碧玉泉，小亭对之。张安国题诗曰："烦君净洗南来眼，从此山川胜北州。"即知桂林岩壑，必称所闻矣。二十二里，至灵川县，秦史禄[9]所穿灵渠在焉。县以此名。六十里至八桂堂，桂林北城外之别圃也。未至八桂二三里间，有小坡横道，高丈余，上有石碑曰"桂岭"，其实非也。桂岭闻在贺州，名"始安岭"，彼州又有桂岭县。今桂林所治，乃零陵地，旧属荆州。比自中原来南者，久不行贺州岭路，但取道于此。故事[10]，帅守[11]监司[12]过岭，即有任子恩[13]，才越此坡，小即沾赏。前帅吕源者，立碑坡下数年，尽胺[14]赏典，而碑犹存。

泊八桂堂十日。

三月十日，入城，交府事。郡治前后，万峰环列，与天无际。按，桂林自唐以来，山川以奇秀称。韩文公[15]虽不到，然在潮乃熟闻之，故诗有"参天""带水""翠羽""黄甘"之语，末句乃曰："远胜登仙去，飞鸾不暇骖。"盖歆艳之如此。故余行纪，以骖鸾名之。若其风土之详，则有《桂海虞衡志》焉。

选自《范成大笔记六种》，（宋）范成大撰，孔凡礼点校，
中华书局 2002 年版

注　释

1. 排衙：旧时衙署陈设仪仗，全署属吏依次参谒长官，谓排衙。
2. 道涂：道途。
3. 大逵：四通八达的大路。
4. 安肃：军名。治所在今河北徐水东部。
5. 燕：府名。今北京大兴河北等一带。
6. 刲羊豕：宰杀羊和猪。

7. 舁：抬。

8. 槟榔：槟榔子。槟榔树所长。果为长椭圆形，橙红色，中果皮厚，内含一种子，具芳香，供食用。

9. 史禄：秦朝人，水道地理学家。秦始皇南定百越，他负责转送军需，在今广西兴安县附近开凿运河、沟通湘江和桂江支流漓江，以便利军粮运送，后世称为灵渠。

10. 故事：旧事，先例。

11. 帅守：宋以知州、知府兼掌地方军务重权者称帅守。

12. 监司：宋代设立的监察州县的地方长官的简称。

13. 任子恩：宋时有"任子恩例"，可以荫庇子孙做官。官员品级越高，子女可享受的官阶越高，次数越多。

14. 朘：缩，减少。

15. 韩文公：韩愈谥号为"文"，世称韩文公。

作品导读

范成大于宋孝宗乾道八年（1172）十二月七日，从家乡苏州出发，赴静江（今广西桂林）知府任。途经江苏、浙江、江西、湖南、广西五地，于乾道九年（1173）三月十日到达桂林。《骖鸾录》游记一卷，全书以日记形式记载沿途见闻，成为研究南宋时期地域历史的第一手资料。书名取自唐韩愈《送桂州严大夫》诗"远胜登仙去，飞鸾不暇骖"。清人周中孚评论此书"随笔占记，事核词雅，实具史法"。

拓展阅读

粤西怀古（十首选三）
清·谢兰

祖龙开国尽荒陬，疏凿灵渠利万家。
安置州县环粤徼，纵观山水拯天涯。
群峰列柱擎空起，八桂成林夹道遮。
却忆神仙勾漏令，封侯不拜为丹砂。

粤西分野在南隅，土俗乡音处处殊。
双骑道中思庆柳，一帆江上望浔梧。
名山不碍呼丹灶，古井犹闻唤绿珠。
试问海棠桥畔路，风流得见少游无？

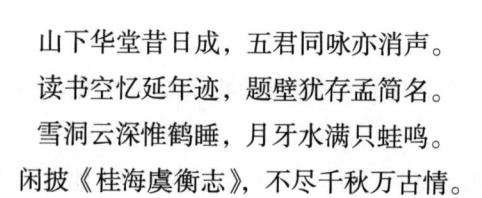

山下华堂昔日成，五君同咏亦消声。
读书空忆延年迹，题壁犹存孟简名。
雪洞云深惟鹤睡，月牙水满只蛙鸣。
闲披《桂海虞衡志》，不尽千秋万古情。

选自《历代壮族文人诗选》，曾庆全选注，
广西人民出版社 1985 年版

秦城

宋·刘克庄

缺甓[1]残砖无处寻,当年筑此虑尤深。
君王自向沙丘[2]死,何必区区[3]戍[4]桂林。

选自《粤西诗载校注》第七册,(清)汪森编辑,桂苑书林编辑委员会校注,广西人民出版社1988年版

注释

1. 甓:砖。
2. 沙丘:古地名,在今河北广宗县境。公元前210年,秦始皇巡视途中病逝于沙丘平台。
3. 区区:我的意思。此处模拟戍卒口吻。
4. 戍:防守。

作者简介

刘克庄(1187—1269),南宋豪放派诗人、词人、诗论家。初名灼,字潜夫,号后村,福建莆田人。刘克庄初为靖安主簿,后官至中书舍人、龙图阁直学士。其诗属江湖诗派,作品数量丰富,内容开阔,多言谈时政、反映民生之作。其词深受辛弃疾影响,多豪放之作,散文化、议论化倾向也较突出。今存《后村先生大全集》。刘克庄也是最早的《千家诗》编选者。他于南宋宁宗嘉定十四年(1221)冬天入广西,客居广西一年多。客桂期间,他遍游桂林山水,每到一处,都有吟咏。

作品导读

秦城遗址,在今兴安县大溶江镇西北灵渠与大溶江汇合的三角洲上,是全桂走廊交通线旁的重要古迹之一。秦城同万里长城一样是劳动人民用血汗筑成,是先人开发岭南的见证。宋以前文献无记载,宋代及其以后的文献都称之为"秦城"。公元前213年,秦始皇在岭南修筑"秦所通越道"四条。其中两条在今广西境内。为了确保这几条"越道"的畅通和对岭南地区的控制,秦始皇又在这些道路经过的重要关隘和地区修有秦关。在此后的漫长岁月里,秦城成为历次改朝换代攻伐征战的战略要点。秦城是先人开发岭南的见证,有

着重大的历史意义，历代诗人有不少关于它的吟咏，如北宋诗人曹辅、南宋诗人张孝祥都有《古秦城》诗，刘克庄有《秦城》诗。秦兵铁蹄南征北伐，秦始皇野心膨胀，最后却于巡视沙丘时暴毙身亡，其南戍五岭时所筑城池现今连缺甓残砖都无处可寻了，诗人暗讽其穷兵黩武而自取灭亡，人国两空。诗人对始皇不恤民情、一意开拓疆土的行为有所非议，借吟咏古秦城来表达对竭国力以逞私欲的秦始皇的批判。

拓展阅读

古秦城
宋·曹辅

海穷山尽尚南征，髀肉销残只自惊。
回首长安八千里，此中那得有秦城。

选自《粤西诗载校注》第七册，（清）汪森编辑，桂苑书林编辑委员会编辑，
广西人民出版社 1988 年版

古秦城
宋·张孝祥

堑山堙谷北防胡，南筑坚城更远图。
桂海冰天尘不动，那知陇上两耕夫。

选自《张孝祥诗文集》，（宋）张孝祥著，彭国忠校点，
黄山书社 2001 年版

过邕州昆仑关[1]

元·陈孚

昨日过大林关，酸烟毒雾山复山。今日过昆仑关，寒泉怒泻声潺潺。道旁榕叶密如织，千柯[2]万叶岩崖间。怪藤倒悬一百尺，霜雪不剥皮坚顽。势如蛟螭夭矫[3]下绝壑，驻马侧视不敢攀。老虺[4]忽何来，眼闪电光尾湾湾。山童惊颤发卓[5]竖，劝我急勒金鞍还。因思狄天使[6]，貔貅[7]夜度摧狂蛮[8]。上元[9]灯火杳[10]何处，至今野烧痕斓斑。我虽一书生，袖有青丝纶。誓将报天子，肯避路险难。邕州南征士三万，铁甲未解寒恫瘝。我身七尺不能勇，金符正尔盖苍颜。铁鞭一挥出关去，孔雀飞下沧江湾。

选自《广西通志·关隘略·南宁府》，（清）谢启昆修，胡虔纂，广西人民出版社1988年版

注 释

1. 昆仑关：在今广西宾阳，是通往南宁的隘口。
2. 柯：树枝。
3. 夭矫：屈伸貌，亦用来形容屈曲而有气势。
4. 虺：毒蛇。
5. 卓：直立。
6. 狄天使：指宋代名将狄青。
7. 貔貅：猛兽名，形似虎，或曰似熊，代指军队。
8. 狂蛮：对侬智高部队的蔑称。
9. 上元：指上元节，即农历正月十五日。
10. 杳：深远。

作者简介

陈孚（1240—1303），字刚中，号笏斋，台州临海（今浙江临海）人。元至元中以布衣上《大一统赋》，授临海上蔡书院山长，任满后升翰林国史院编修官，擢奉训大夫、礼部郎中。博学有气节，曾奉使安南，在与安南交往中，辞直气壮，不辱使命。以诗名，也能词。有《观光稿》《交州稿》《玉堂稿》。《元史》称他"天材过人，性任侠不羁，其为诗文，大抵任意即成，不事雕斫"。

作品导读

元至元二十九年（1292）九月初，元皇帝诏命吏部尚书梁曾、礼部郎中陈孚出使交趾。使团在思明州（治所在今广西宁明）度过至元三十年（1293）春节，其后经摩云岭至思陵州、禄州（后归越南管辖），于正月二十四日至其国都，九月回至京师。陈孚途经广西，留下诗篇颇多，诸如《马平谒柳侯庙》《度摩云岭至思凌州》等，具有文学研究价值和史料价值。昆仑关位于南宁市东北邕宁、宾阳两地交界处昆仑山上，居高临下，形势险要。古时候，它是从桂林、柳州方向到南宁的必经孔道，乃兵家必争之地，曾发生过激烈的大规模战斗。宋皇祐四年（1052）狄青破侬智高于此。《过邕州昆仑关》一诗，对昆仑山险要的环境进行了生动的记述。诗的开端写经过昆仑关所遇的险境，随后，诗人发思古之幽情，想起宋代大将狄青"飞夺昆仑关"的英雄壮举。

拓展阅读

昆仑秋望
清·潘兆萱

异地逢秋好，登临见雁还。
人来红叶落，马度白云关。
孤塔横残日，荒城锁乱山。
武襄遗迹在，凭眺欲追攀。

选自《邕宁文史资料》第 2 辑，
邕宁印刷厂印制，1985 年

邕州
元·陈孚

左江南下一千里，中有交州堕鸢水。
右江西绕特磨来，鳄鱼夜吼声如雷。
两江合流抱邕管，莫冬气候三春暖。
家家榕树青不雕，桃李乱开野花满。
蝮蛇挂屋晚风急，热雾如汤溅衣湿。
万人冢上蜑子眠，三公亭下鲛人泣。
驿吏煎茶茱萸浓，槟榔口吐猩血红。
飒然毛窍汗为雨，病骨似觉收奇功。

平生所持一忠壮,荒峤何殊玉阶上。
明年归泛两江船,会酌清波洗炎瘴。

选自《元诗别裁集》,张景星、姚培谦、王永祺编,
吉林出版集团有限公司2017年版

出镇南关[1]

明·潘希曾

崔嵬[2]分茅岭[3]，镇南扼雄关。
持节[4]始入交[5]，山路何郁盘[6]。
乔林映前旌，鸣驺[7]历层峦。
纶命[8]自天下，恩光[9]回日南[10]。
道路尽膜拜，冠带[11]争骏奔[12]。
语言虽假译[13]，文物亦可观。
藐兹溟海[14]壖[15]，声教[16]古所渐。

选自《竹涧先生文集》，（明）潘希曾撰，
江苏广陵古籍出版社1983年版

注 释

1. 镇南关：在广西凭祥市西南，亦名大南关、鸡陵关、界首关，后改为睦南关，又改为友谊关，关外即越南之谅山省。

2. 崔嵬：高耸貌。

3. 分茅岭：即十万大山，在广西防城西。山顶产茅，草头南北异向。相传马援征交趾，立铜柱于此，以表汉界。

4. 持节：古使臣出使，必持节以作凭证。节，符节，朝廷使者出使时用的凭信、节杖。

5. 交：交趾，越南的旧称。

6. 郁盘：弯曲。

7. 鸣驺：旧时重要官员出行，随从的骑卒吆喝开道，曰鸣驺。驺，关道引马的骑卒。

8. 纶命：王命。《礼记·缁衣》："王言如丝，其出如纶。"

9. 恩光：恩宠的光辉，指皇帝的恩惠。

10. 日南：古郡名，今越南北部。

11. 冠带：借指士族、官吏。

12. 骏奔：奔走。

13. 假译：通过、借助翻译。

14. 溟海：大海。

15. 壖：同"堧"，河边地，此指海边地。

16. 声教：德声教化。

作者简介

潘希曾（1475—1532），字仲鲁，号竹涧居士。明代金华（今浙江金华市）人。弘治十五年（1502）进士。嘉靖时以右副都御史巡抚南赣，入为工部右侍郎。治河有功。官至兵部左侍郎。明正德七年（1512）为明廷特使出使安南册封新国王。著有《竹涧集》。所作诗歌题材广泛，蕴有刚正之气。四库馆臣赞其"平生虽不以散文得名，而气体浩瀚，沛然有余，亦复具有矩矱，非浅中饰貌者可比"。

作品导读

此诗写诗人出镇南关时所见边民归心汉中央政权情况，前半述景，后半记事。诗歌描绘了镇南关的地理位置、自然环境，生动展现了在经镇南关从安南入中国的贡道上"道路尽膜拜""冠带争骏奔"的场景。"冠带"是指穿衣戴帽的服制，象征来自中原这一文明中心的礼仪和教化，意指在这一道路奔走的都是身披"冠带"者，沿途所经之地的人们都行跪叩之拜礼，显示出极为恭敬之心态。双方虽语言不通须凭翻译方可交流，但文字、文书却可以看懂理解，这些都因自古受中原文化之声威教化所致。

拓展阅读

登镇南关昭德台二首
明·张岳

炎荒突兀见春台，皇德昭回气象开。
五色光华瞻北斗，一天雷雨动南垓。
乘槎拟借抟风力，破浪还看曝日腮。
安得坡仙扛鼎笔，表忠高揿静氛埃。

又

振衣千仞瞰飞鸢，望极江山思渺然。
百粤风烟画一幅，清时日月镜双悬。
天开正朔尊王会，地接金鳌立极年。
横海昔贤堪勒柱，高台我辈亦楼船。

选自《张襄惠公文集》，（明）张岳著，张翊东标校，
海峡文艺出版社 1996 年版

百字令·杉湖深处

清·王鹏运

杉湖[1]别墅，先世小筑也。其地面山临湖，有临水看山楼、石天阁、竹深留客处、蔬香老圃诸胜。朱濂甫[2]先生作记，见《涵通楼师友文钞》[3]中。天涯久住，颇动故园之思，黯然赋此，将倩恒斋丁丈[4]作《湖楼归意图》也。

杉湖深处，有小楼一角，面山临水。记得儿时嬉戏惯，长日敲针垂饵[5]。万里羁游[6]，百年老屋，目断遥天翠。寄声三径，旧时松菊存未[7]？

昨夜笠屐[8]婆娑，沿缘[9]溪路迥，柳阴门闭。林壑[10]似闻腾笑[11]剧，百计不如归是。茧缚春蚕[12]，巢怜越鸟[13]，肮脏人间世。焉能郁郁[14]，君看鬓影如此。

选自《王鹏运词选注》，（清）王鹏运著，刘映华注，

广西民族出版社 1984 年版

注 释

1. 杉湖：桂林城市园林，今"两江四湖"景区其中一湖，位于桂林市区中心。

2. 朱濂甫：指桂林著名作家朱琦。桂林人，字濂甫，号伯韩。清道光十五年（1835）进士，官编修，改御史，与苏廷魁、陈庆镛号"谏垣三直"。有《怡志堂集》。

3.《涵通楼师友文钞》：一部文章选本，共十卷，刊成于清咸丰四年（1854）仲秋，唐岳编选，收录梅曾亮等人的散文。

4. 恒斋丁丈：指丁立钧（1854—1902），字叔衡，号恒斋。清光绪六年（1880）进士、翰林院编修。清末著名学者、书画家，晚年时因患风疾，右手不能动弹，便改以左笔作书画，著有《历代大礼辨误》等。

5. 敲针垂饵：钓鱼。杜甫《江村》诗："老妻画纸为棋局，稚子敲针作钓钩。"本句用其意。

6. 羁游：长期客居在外。

7. "寄声"二句：用陶渊明《归去来辞》"三径就荒，松菊犹存"句意。三径，指松、菊、竹三条小径，喻隐士所居。

8. 笠屐：笠帽和鞋。

9. 沿缘：顺水而下。《说文》："沿，缘水而下也。"

10. 林壑：景物幽深的山林与涧谷。林壑句是说自己离乡做官好像听到林壑的讥笑。

11. 腾笑：形容受人讥嘲。
12. 茧缚春蚕：春蚕作茧自缚。
13. 巢怜越鸟：《古诗十九首·行行重行行》："胡马依北风，越鸟巢南枝。"越鸟为南方之鸟，古诗以"越鸟巢南枝"表现依恋故乡。这里用来表达作者的思乡之情。
14. 郁郁：忧伤苦闷的样子。

作者简介

王鹏运（1849—1904），晚清"四大词人"之一，创立了临桂词派。字佑霞，一字幼霞，中年自号半塘老人，晚年自号鹜翁、半塘僧鹜。祖籍浙江绍兴，其先人宦游临桂（今桂林），落籍于临桂，遂为临桂人。清同治九年（1870）中举人，同治十三年（1874）入仕途，先后任内阁中书、内阁侍读学士、江西道监察御史、礼部给事中等官职。以推崇维新变法、刚直不阿、直言敢谏蜚声朝野。词作以工丽清雄的风格独树一帜，为晚清词坛一代宗师。

作品导读

《百字令》是王鹏运在京城宦游时写下的一首思乡之作。王鹏运自童年即随宦江西，后久宦京城，很早就离开家乡桂林，但他对家乡一直怀着眷恋之情。王鹏运词集中有思乡词约二十首，思乡之情是贯穿其词作的一个主题。王鹏运在故乡桂林度过了欢快的童年，家中的杉湖别墅中的诸多胜景，童年时在内游玩的趣事，长久地留在他的记忆中。词中记叙了半塘对童年的美好记忆，对家乡真挚浓烈的思念。词作将乡土之情与身世之感紧密结合，糅合贯通各种感受，不仅能见对故园风物的眷念追忆，更有对有家难归的感叹，具有多元层次的悲情内涵。

拓展阅读

忆漓江山水偶成四首
清·黎建三

两岸峰峦削不成，碧波澈底照人清。
少年便作天涯客，但到漓江双眼明。

石径寒从猿啸哀，淡烟晴日画图开。
棹声远入青苍里，百丈银涛天上来。

画舫红妆绿水滨，倦游踪迹记犹真。
蓼花洲畔丹枫路，一棹秋风送美人。

夜月寒江泥酒眠，玉箫牙管夕阳□[1]。
佳人寂寞诗人老，回首青山一惘然。

选自《〈素轩诗集〉校注》卷一，（清）黎建三撰，陆毅青校注，
中国文史出版社2016年版

---

[1] 按，校注本校记：此处空缺一字。

第四篇

民俗风物

柳州城西北隅种柑树

唐·柳宗元

手种黄柑[1]二百株，春来新叶遍城隅[2]。
方同楚客[3]怜皇树[4]，不学荆州利木奴[5]。
几岁开花闻喷雪[6]，何人摘实见垂珠[7]。
若教坐待成林日，滋味还堪[8]养老夫[9]。

选自《柳宗元集校注》，（唐）柳宗元著，尹占华、韩文奇校注，
中华书局2013年版

注释

1. 黄柑：果名，柑的一种。汉司马相如《上林赋》郭璞注："黄甘，橘属而味精。"
2. 城隅：城角，多指城根偏僻空旷处。《诗经·邶风·静女》："静女其姝，俟我于城隅。"
3. 楚客：被贬谪的官员。战国时代，楚国爱国诗人屈原长期被贬谪，这里诗人借以比作同自己一样被贬的人。
4. 皇树：即指橘树。屈原曾作《橘颂》一诗，称橘树为"后皇嘉树"，热情赞美它坚贞美好的品质。
5. 荆州利木奴：指代三国时荆州人李衡种柑只为谋利的事。三国时代，荆州人李衡任丹阳太守时，种下一千株柑树。临死，他对儿子说："我留下一千头木奴给你，足够你一辈子享用了。"木奴，指橘树，因其能结果谋利，故称为"奴"。
6. 喷雪：比喻橘花盛开。
7. 垂珠：比喻橘树结出的小果实。

8. 堪：能，可以，足以。
9. 老夫：作者自称。

作品导读

柳宗元大半生在贬谪中度过，他的诗作多与身世直接相关。这首诗作于宪宗元和十年（815）至十四年作者被贬柳州（今属广西）刺史任上。作者通过种柑树一事，因事命题，借题发挥，表达了不偷合取容、"受命不迁"的孤高情怀，反映了作者的坚贞品质，同时也隐隐流露出久谪僻壤的哀怨，展现了诗人复杂的情感世界。整首诗情绪有起有伏而语调平缓，在和缓中显示出深文曲致的内涵。苏轼评价柳宗元的诗歌"外枯而中膏，似淡而实美"（《东坡题跋》卷二），能做到"寄至味于淡泊"（《书黄子思诗集后》）。本诗正是体现这一艺术风格的一篇佳作，在恬淡中让人品味出其中的委婉，愈玩味而愈觉醇厚。而正是由于柳宗元的大力提倡，柳州成为柑橙生产的一大基地，柳柑、柳橙也成为广西柑橙的上品，驰名中外。

元代方回的《瀛奎律髓汇评》卷二七评曰："后皇嘉树，屈原语也。摘出二字以对'木奴'，奇甚。终篇字字缜密。"《五七言今体诗钞》姚鼐评曰："结句自伤迁谪之久，恐见甘之成林也，而托词反平缓，故佳。"

拓展阅读

送桂州严大夫
唐·韩愈

苍苍森八桂，兹地在湘南。
江作青罗带，山如碧玉簪。
户多输翠羽，家自种黄柑。
远胜登仙去，飞鸾不暇骖。

选自《韩昌黎诗集编年笺注》卷十，（唐）韩愈著，（清）方世举撰，郝润华、丁俊丽整理，中华书局2012年版

咏物二首
明·董传策

寄橄榄
波斯荐翠味回甘，岭树高秋拂瘴岚。
记得吴都曾有赋，密缄锡甀到江南。

咏蕉子

蕉子垂垂结阵黄,绿枝风扇迥凝香。

生憎膏腻甜于蜜,消得幽人在异乡。

选自《粤西诗载校注》卷二四,(清)汪森编辑,桂苑书林编辑委员会编辑,广西人民出版社1988年版

柳州峒氓[1]

唐·柳宗元

郡城[2]南下接通津[3]，异服[4]殊音[5]不可亲[6]。
青箬[7]裹盐归峒客，绿荷包饭趁墟[8]人。
鹅毛御腊[9]缝山罽[10]，鸡骨占年[11]拜水神[12]。
愁向公庭[13]问重译[14]，欲投章甫[15]作文身[16]。

选自《柳宗元集校注》，（唐）柳宗元著，尹占华、韩文奇校注，中华书局2013年版

注 释

1. 峒氓：指居住在柳州山区的少数民族。峒，原指山洞，后成为古代对广西、湖南、贵州一带的少数民族的泛称。氓，百姓。
2. 郡城：郡治所在地。此指柳宗元所在的柳州城。
3. 通津：四通八达的津渡。
4. 异服：不合礼制的服饰，奇异的服装。
5. 殊音：异音，特殊的乐音或声音。《后汉书·西南夷传论》："夷歌巴舞殊音异节之技，列倡于外门。"
6. 不可亲：无法亲近交流。
7. 箬：可供包物、编织等用的箬竹叶片。《说文》："楚谓竹皮曰箬，从竹，若声。"
8. 趁墟：赶集。趁，往、赴。墟，集市。
9. 御腊：指御寒。腊，即腊月，一年中最冷的时候。
10. 山罽：用山里出产的禽毛兽皮缝制成的毛织物。罽，毛织品。
11. 鸡骨占年：指用鸡的骨头占卜来预测年景好坏。占年，占卜一年收成的丰歉。
12. 水神：水域之神，司水之神。
13. 公庭：公堂。
14. 重译：辗转翻译。这里指翻译者。
15. 章甫：古代士人所戴的一种帽子。此处指儒者之衣冠。
16. 文身：在皮肤上刺花纹，是当地少数民族的风俗。

作品导读

本诗作于元和十二年（817）正月，柳宗元写作此诗时已在柳州住了一年半有余。身为

刺史，柳宗元深入民间，了解风俗。这首诗以少数民族地区风物人情为题材，观察细致，描绘生动，"可为一篇风土记也"！（近藤元粹《柳柳州集》卷三）全诗感触深刻，笔致鲜活，间寓自伤之意。清代纪昀评此诗："全以鲜脆胜，三四如画。"

拓展阅读

记僮俗六首（节选）
明·桑悦

其一

动讲襄公九世仇，通情洗面只偿牛。[1]
亲邻相助歌迎鬼，男女分行戏打球。[2]
赴敌护头装凤翅，占疑随手掷鸡头。
几回缉事军先觉，木刻传村有别谋。

其二

饮食行藏总异人，衣襟刺绣作文身。
鼠毛火净连皮炙，牛骨糟醅似酒醇。
小语相侵随致怨，清欢互答自成亲。[3]
趁墟亦有能装束，数朵银花缀网巾。

其三

山深路远不通盐，蕉叶烧灰把菜腌。
女髻风环纯黑绾，男头雨笠尽红尖。
租田亦与人分粮，摘穗惟将手当镰。[4]
间有十冬诓赋役，欲询无计召交谭。[5]

选自《粤西诗载校注》卷十六，（清）汪森编辑，桂苑书林编辑委员会校注，

广西人民出版社 1988 年版

---

[1] 原注：以陪礼为洗面。
[2] 原注：冬月歌舞迎鬼赛神，杀牛豕数十，亲邻各携牲口来助。
[3] 原注：谓唱歌为唱欢。
[4] 原注：民夷皆云分禾为分粮。
[5] 原注：柳人名排年，里长为十冬。

殿试荔枝诗[1]

五代·梁嵩

露湿胭脂拂眼明，红袍千里画难成。
佳人[2]胜尽盘中味，天意偏教岭外生。
橘柚远惭登贡籍[3]，盐梅应合共和羹[4]。
金门[5]若得栽培地，须占人间第一名。

选自《粤西诗载校注》卷一三，（清）汪森编辑，桂苑书林编辑委员会校注，广西人民出版社1988年版

注　释

1. 殿试：科举时代由皇帝亲自在殿庭主持的考试。这一考试方式在唐代武则天时期开始出现，到宋代形成定制。
2. 佳人：指杨贵妃。此句用唐玄宗时杨贵妃食荔枝快马进贡之典。
3. 贡籍：登记贡品的簿籍。此言荔枝在唐代列入贡品名单。
4. 盐梅句：意谓盐梅虽然不名贵，但亦可作和羹之用。《尚书·说命》："若作和羹，尔惟盐梅。"盐咸梅酸，可用作调味。
5. 金门：金马门之省称，指天子之门。

作者简介

梁嵩，字子高，又字仲邱，南汉平南（今广西平南）人。少好学，善声律，富有文藻。南汉白龙元年（925）乙酉科状元。仕至翰林学士。当时高祖刘龑为政暴虐，梁嵩作《倚门望子赋》抒写心志，借口母亲年迈无人奉养而请求辞官。离朝返乡前，梁嵩于朝廷赠赐物品一概不受，唯请免龚州丁赋，为后代所传颂。

作品导读

荔枝是果中珍品，广西为全国荔枝主要产区之一，其主要产地为钦州、玉林两市八县，名品有灵山香荔、北流黑叶、六月红等。在岭南地区，荔枝衍生了深厚、独特的文化现象。

以荔枝为题材作为殿试题目，非常具有岭南特色。梁嵩在殿试中写荔枝诗，并因此成为状元。将果中之王荔枝作状元之隐喻，具有双关意义。诗歌对荔枝进行了赞美，以小见大，联想自然，读后令人口齿生香。

拓展阅读

容南初食荔枝二首
宋·李纲

海山荔子冠炎荒，颇恨遄归不得尝。
犹喜容南三月里，轻红初擘一枝香。

买地城南种荔枝，每留核付守园儿。
但祈四海兵戈息，会见开花著子时。

选自《李纲全集》（上），（宋）李纲著，王瑞明点校，
岳麓书社2004年版

啖荔枝二首
明·董传策

其一
铁干婆娑落子红，方苞剥出水晶笼。
炎方正惹长卿渴，却啖琼浆半洗空。

其二
南风醺落出墙枝，丹渥罗囊玉露披。
博得风流瘦吟骨，苏郎曾写黑猿诗。

选自《粤西诗载校注》卷二四，（清）汪森编辑，桂苑书林编辑委员会校注，
广西人民出版社1988年版

桂江物产杂咏四首
清·苏时学

其三 罗汉果_{出灵川山}
仙果献灵山，团团具佛相。
谁与幻金光，作此满月状。
尝新如蜜甜，止渴等梅望。
杜陵方伏枕，醍醐幸相饷。

其四　香芋 出荔浦

怪鸱状可憎，蹲者视尤傲。
胡然鼎鼐间，辱以琼瑶报。
久闻眉山翁，玉糁锡嘉号。
何如懒残煨，氤氲守茶灶。

选自《宝墨楼诗册校注》，（清）苏时学著，阳静校注，
巴蜀书社 2010 年版

三管诗话"平南梁学士嵩"
清·梁章钜

平南梁学士嵩于南汉白龙元年举进士，殿试《荔支诗》，有句云："橘柚远惭登贡籍，盐梅应合共和羹。金门若得栽培地，须占人间第一名。"果擢第一。仕至翰林学士。见时多虐政，乞归养亲，献《倚门望子赋》以见志。锡赉皆却不受，请蠲本州一岁丁赋；从之。州人感其德，身后岁祀不绝。今白马庙，其遗迹也。余有《述祖德诗》三十首，之一云："洁身耻衰季，志士多迍屯。作赋继陟屺，抗疏终投簪。利物不自利，惠及州乡深。英灵白马远，肸蚃千秋歆。"即咏其事。

选自《〈三管诗话〉校注》，（清）梁章钜著，蒋凡校注，梁超然审订，
广西人民出版社 1996 年版

荔枝
清·李守仁

我家粤中多荔枝，半生饱食未咏之。
不是江淹苦才尽，子美独少海棠诗。
表彰名果要名笔，古今落落有数推。
忠州已死香山去，图不重新谱但遗。
自从着迹曲江赋，继美沿到髯翁词。
迩来数百有余载，见不能道道亦非。
其色国色罕伦匹，其香天香谁比宜？
其味尤为称至味，玉酪琼浆未是奇。
矮人观场何所得，狗尾续貂斯可嗤。
待来百尺楼上坐，万斛净扫尘中思。
然后操笔写尤物，庶无唐突到西施。

选自《碧兰轩诗存》，（清）李守仁著，
清光绪刻本

廉州龙眼味殊绝可敌荔枝

宋·苏轼

龙眼与荔枝，异出[1]同父祖[2]。

端如[3]柑与橘，未易相可否[4]。

异哉西海滨，琪树[5]罗玄圃[6]。

累累似桃李，一一[7]流膏乳[8]。

坐疑星陨空[9]，又恐珠还浦[10]。

图经[11]未尝说，玉食[12]远莫数[13]。

独使皴皮生[14]，弄色[15]映雕俎[16]。

蛮荒非汝辱，幸免妃子[17]污。

选自《苏轼诗集》，（宋）苏轼著，孔凡礼点校，
中华书局1982年版

注　释

1. 异出：生长的形态不相同。

2. 同父祖：属于同一类树木，像人世中同出一父的兄弟一样。

3. 端如：正如，确如。

4. 未易句：不容易分出优劣。

5. 琪树：古代神话仙境中的玉树。此处指龙眼树。

6. 玄圃：传说昆仑山顶有金台五所，玉楼十二，为神仙所居，称为玄圃，又称阆风。

7. 一一：每一粒龙眼。

8. 膏乳：形容龙眼肉甘甜多汁。

9. 星陨空：满树的龙眼就像天上的星星落到人间。陨，落。

10. 珠还浦：谓龙眼又像颗颗珍珠重回合浦。《艺文类聚》卷八十四引三国吴谢承《后汉书》曰："孟尝为合浦太守，郡境旧采珠，以易米食。先时二千石贪秽，使民采珠，积以自入，珠忽徙去，合浦无珠，饿死者盈路。孟尝行化，一年之间，去珠复还。"

11. 图经：古人编写的地方志，因书中有插图，故泛称图经。此句言方志中没有着意的记载。

12. 玉食：美味食品，此指龙眼。

13. 远莫数：因产地偏远而未被列入帝王贡品。

14. 皱皮生：对荔枝的戏称。皱，褶皱。皱皮指荔枝的果壳凹凸不平。

15. 弄色：言荔枝炫耀自己的美色。

16. 雕俎：雕有花纹的盛器。

17. 妃子：指杨玉环。杨玉环爱吃荔枝，唐明皇不惜人力物力速运进京。旧时认为唐玄宗晚年骄奢无度，安史之乱同宠幸杨贵妃有密切关系，所以唐玄宗为其岁贡荔枝之事便常受后人遣责。

作品导读

合浦龙眼生产、栽培有千年以上的历史。周去非《岭外代答》卷八称："广西诸郡富产龙眼，大且多肉，远胜闽中。"合浦龙眼，肉脆味美、肉厚核小。龙眼又名桂圆，脱壳去核，可晒干制成圆肉。苏轼于绍圣元年（1094）贬谪海南，元符三年（1100）获赦北归，在廉州小住两月，其间写就的《廉州龙眼质味殊绝可敌荔枝》一诗，令合浦龙眼名声大振。苏轼被贬惠州时，曾留下名句"日啖荔枝三百颗，不辞长作岭南人"。当他来到合浦之后，郡守刘几仲用当地特产龙眼加以款待。苏轼品味之后，认为龙眼质味殊绝，不亚荔枝，对其赞不绝口。诗歌表达了作者对合浦的深切感情，更可称道的是，作者借远处廉州的龙眼自况，以远离是非之地为人生不幸中之大幸。

拓展阅读

初食荔枝
宋·张栻

开奁未暇论香味，便合令居第一流。
细擘轻红倾瑞露，周南端复且淹流。
照水依山只自奇，栉风沐雨借光辉。
冰肌不受红尘涴，赪颊从教酒晕肥。

选自《张栻集》（下），（宋）张栻著，邓洪波点校，
岳麓书社2017年版

岭南荔枝不可寄远，龙眼新熟，辄以五百颗奉晦叔，或可与伯逢共一酌也
宋·张栻

荔子如今尚典刑，秋林圆实著嘉名。
虽无颒玉南风面，却耐筠笼千里行。

手自封题寄故人，聊将风味赴诗唇。

千年尚忆唐羌疏，不污华清驿骑尘。

选自《张栻集》(下)，(宋)张栻著，邓洪波点校，

岳麓书社 2017 年版

赋罗汉果
宋·张栻

黄实累累本自芳，西湖名字著诸方。

里称胜母吾常避，珍重山僧自煮汤。

选自《张栻集》(下)，(宋)张栻著，邓洪波点校，

岳麓书社 2017 年版

食龙眼
清·李守仁

荔枝老时龙眼雏，龙眼熟时荔枝无。世间尤物更代出，免嗟生亮并生瑜。南州六月过瘴雨，树头叶底腾芳腴。黄童争食白叟喜，老子尤嗜如猿狙。买来自向碧窗下，箕踞坐啖占颐需。囫囵试吞白燕卵，咀嚼聊捻青虬须。金丸入手香可弄，玉液沁心甜有余。核比黑睛落跳脱，壳同黄褐留空虚。浆寒慢把雪藕数，味美盲与冰桃殊。鸡头谁爱软温肉，羊乳休夸凝滑酥。江鳐柱嫩亦可拟，蜂蜜脾香真觉如。龙眼细，荔枝粗，啖荔必云三百颗，啖此应无数目拘。万千一任老饕厌，大饱甘露醉醍醐。岂惟养心葆血肚作水晶满，还见撑肠拄腹五腑六脏皆玑珠。

选自《碧兰轩诗存》，(清)李守仁著，

清光绪刻本

留别廉守

宋·苏轼

编萑[1]以苴[2]猪,瑾涂[3]以涂之。
小饼如嚼月,中有酥[4]与饴[5]。
悬知合浦人,长诵东坡诗。
好在真一酒,为我醉宗资[6]。

选自《苏轼诗集》,(宋)苏轼著,孔凡礼点校,
中华书局 1982 年版

注 释

1. 萑:芦苇一类的植物。
2. 苴:裹。
3. 瑾涂:用泥巴涂抹。瑾,黏土。
4. 酥:指面粉和油加糖制成的松而易碎的点心。
5. 饴:加糖制成的面粉类食物。
6. 宗资:汉代汝南太守宗资。《后汉书·党锢传序》载有"汝南太守宗资任功曹范滂"之事。因唐代的州刺史相当于汉代的郡太守,所以这里借用汝南太守宗资之名指代廉州刺史。

作品导读

"月饼"入诗,也许首见于苏轼。此诗作于宋哲宗元符三年(1100)农历八月,此时苏轼北归,在廉州停留约一月,对广西充满了眷念,临别时赠给廉州太守一首诗。诗的前四句写诗人临别赴宴,主人杀猪蒸饼款待大诗人,对月饼的形状和成分作了概述。月饼馅中有油酥和糖类,其味甜脆香美可知。此诗短小活泼,情景交融,富有生活情趣和真情实感。

拓展阅读

欧阳晦夫遗接䍦琴枕戏作此诗谢之

宋·苏轼

携儿过岭今七年,晚途更着黎衣冠。
白头穿林要藤帽,赤脚渡水须花缦。

不愁故人惊绝倒，但使俚俗相恬安。
见君合浦如梦寐，挽须握手俱汍澜。
妻缝接䍦雾縠细，儿送琴枕冰徽寒。
无弦且寄陶令意，倒载犹作山公看。
我怀汝阴六一老，眉宇秀发如春峦。
羽衣鹤氅古仙伯，岌岌两柱扶霜纨。
至今画像作此服，凛如退之加渥丹。
尔来前辈皆鬼录，我亦带脱巾欹宽。
作诗颇似六一语，往往亦带梅翁酸。

选自《苏轼诗集》，（宋）苏轼著，孔凡礼点校，
中华书局1982年版

岭外代答·食用门·酒
宋·周去非

广右无酒禁，公私皆有美酝，以帅司瑞露为冠，风味蕴藉，似备道全美之君子，声震湖广。此酒本出贺州，今临贺酒乃远不逮。诸郡酒皆无足称，昭州酒颇能醉人，闻其造酒时，采曼陀罗花，置之瓮面，使酒收其毒气，此何理耶？宾、横之间有古辣圩，山出藤药，而水亦宜酿，故酒色微红，虽以行烈日中数日，其色味宛然。若醇厚，则不足也。诸郡富民多酿老酒，可经十年，其色深沉赤黑，而味不坏。诸处道旁率沽白酒，在静江尤盛，行人以十四钱买一大白及豆腐羹，谓之豆腐酒。静江所以能造铅粉者，以糟丘之富也。

选自《岭外代答》，（宋）周去非著，屠友祥校注，
上海远东出版社1996年版

饮修仁茶[1]

宋·孙觌

烟云吐[2]长崖，风雨暗古县。
竹舆[3]赪[4]两肩，弛担[5]息微倦。
茗饮初一尝，老父[6]有芹献[7]。
幽姿[8]绝[9]妩媚[10]，著齿得瞑眩[11]。
昏昏嗜睡翁，唤起风洒面。
亦有不平心，尽从毛孔散[12]。

选自《中国古代茶诗选》，钱时霖选注，
浙江古籍出版社1989年版

注 释

1. 修仁茶：产于今广西壮族自治区荔浦市修仁山。宋周去非《岭外代答》："静江府修仁县产茶，土人制为方銙。方二寸许而差厚，有'供神仙'三字者上也……煮而饮之，其色惨黑，其味严重，能愈头风。"

2. 吐：冒起，露出。

3. 竹舆：竹制的轿子。

4. 赪：红色。

5. 弛担：放下轿子。

6. 老父：旧时对男人老者的尊称。

7. 芹献：也作"献芹"，表示所赠送物品粗劣微薄，用作谦辞。《列子·杨朱》："昔人有美戎菽、甘枲茎、芹萍子者，对乡豪称之。乡豪取而尝之，蜇于口，惨于腹。众哂而怨之，其人大惭。"

8. 幽姿：幽雅的姿态。

9. 绝：极。

10. 妩媚：姿态美好可爱。这里指茶的质量很好。

11. 瞑眩：提神醒脑，解除疲乏之意。《孟子·滕文公上》："书曰：若药不瞑眩，厥疾不瘳。"赵岐注："瞑眩，药攻人疾，先使瞑眩愦乱，乃得瘳愈也。"

12. "亦有"二句：渲染修仁茶的神奇功效。化用唐卢仝《走笔谢孟谏议寄新茶》诗："平生不平事，尽向毛孔散。"

作者简介

孙觌（1081—1169），北宋诗人。字仲益，别号鸿庆居士。常州晋陵（今江苏常州）人。大观三年（1109）进士，历官翰林学士，吏部、户部尚书，提举鸿庆宫。汴京破后，曾随钦宗至金营，草表上金主。建炎初贬峡州，再贬象州。后归隐太湖之滨西徐里。孝宗朝，洪迈修国史，以靖康时人只有孙觌尚在，请下诏召之，使书靖康时见闻，编类蔡京、王黼等事实，上之史官。著有《鸿庆居士集》《内简尺牍》。

作品导读

广西荔浦，旧称修仁，过去出产茶叶。修仁茶是广西宋代名茶，其味先苦后甜，如吃橄榄。孙觌曾贬广西象州，后寓居桂林，有缘尝到此茶。当时诗人坐竹轿经过修仁县，下轿休息时，有老人献上修仁茶。诗歌描写了修仁茶区的自然风光，修仁茶的外观和品质特征，以及饮茶的体验（提神、破睡、养性），使人身心舒展。诗人对修仁茶给予热烈赞美，尽情渲染其内质之美，功效之奇，结尾化用卢仝诗句，使这首茶诗的精神境界进一步升华。今天的广西依然盛产茶叶，著名的有梧州六堡茶、横县茉莉花茶、凌云白毫、昭平绿茶、桂平西山茶等。

拓展阅读

西山
清·李彦章

西岩六月买松风，避暑寒亭四览通。
难得苏程千里会，恰如嵇阮七贤同。
细评泉味茶初熟，杂听乡谈酒不空。
添补曹胡游记后，几人亲串聚山中。

选自《桂平县志》，桂平县志编纂委员会编，
广西人民出版社 1991 年版

西山采茶歌
清·查礼

细雨轻雷山谷晓，唤春鸟出呼春早。
小树婆娑数尺高，先时抽出金鹰爪。

西山何盘盘，窈窕环清湍。
阳崖日初暖，阴圃风犹寒。
阳崖巃嵷绕阴圃，茶树丛丛山接渚。
居者谁？采茶户。
行者谁？采茶父。
歌者谁？采茶女。
旭日瞳昽光未吐，穿林入坞寻俦侣。
不畏山行瘴雾多，但愁茶少难盈筥。
闻道今年异昔年，昨朝已禁清明烟。
清明才过谷雨近，红姜紫笋咸争先。
低枝低易摘，高树高难撷。
茶价拟黄金，茶歌拟白雪。
一采茶正肥，再采茶已稀。
连群抱筐去，约伴负筐归。
焙成新火满林香，蛮地夸传第一纲。
谁家瓦缶鸣松雨，煮出春烟几缕长。

选自《铜鼓书堂遗稿》，（清）查礼著，清乾隆刻本

饮修仁茶

宋·李纲

北苑龙团[1]久不尝,修仁茗饮亦甘芳。
夸妍斗白工夫拙,辟瘴[2]消烦气味长。
江表[3]露芽[4]空绝品,蜀中仙掌[5]可同行。
从容饭罢何为者?一碗还兼一炷香。

选自《李纲全集》(上),(宋)李纲著,王瑞明点校,岳麓书社2004年版

注　释

1. 北苑龙团:宋代的一种名茶。
2. 辟瘴:退除湿热。
3. 江表:指长江以南地区。
4. 露芽:茶名,也作"露牙"。唐李肇《国史补》下:"福州有方山之露牙。"
5. 蜀中仙掌:指四川蒙顶茶。

作品导读

修仁茶借由李纲、邹浩等名人之手,成为广西茶叶中的名品,在宋代高级官僚和文人阶层中的美誉度极高,文人墨客都对其赞誉不绝。以诗写饮修仁茶者可谓不少,此诗以时尚各家名茶相比照。在李纲眼中,修仁茶之美,可以与福建北苑所产的宫廷贡茶媲美,认为修仁茶茶味甘芳,可以作"斗茶"之用,亦可作为日常饮食必备之物,还具有祛除广南瘴气、消烦味长的功效。在平日的生活中,李纲多结交禅僧、参禅悟道,"从容饭罢何为者?一碗还兼一炷香",诗中自有舒泰之气,而无贬谪之叹,呈现了李纲此时的一种"无为"心态。

延伸阅读

修仁茶
宋·邹浩

味如橄榄久方回,初苦终甘要得知。
不但炎荒能已疾,携归北地亦相宜。
　　　　又
岭南州县接湖南,处处烹煎极口谈。
北苑春芽虽绝品,不能消鬲御烟岚。
　　　　又
龙凤新团出帝家,南人不顾自煎茶。
夜光明月真投暗,怅望长安天一涯。

选自《道乡集》卷十,(宋)邹浩著,
《四库全书》本

饮茶歌
宋·李光

予性不嗜酒,客至无早暮必设茶。顷见中州士友相戒不饮茶,盖信俗医之说,谓茶性冷,能销铄肾气,故好色者信之。然当时贵人未有长年者,今恣情色欲而独戒饮茶,岂不谬哉?陶隐居云:茶能轻身换骨,黄石君服之仙去。虽未必然,益知茶不能害人也。作饮茶歌以示同好者。

朝来一饱万事足,鼻息齁齁眠正熟。
忽闻剥啄谁叩门,窗外萧萧风动竹。
起寻幽梦不可追,旋破小团敲碎玉。
山东石铫海上来,活火新泉候鱼目。
汤多莫使云脚散,激沸须令面如粥。
嗜好初传陆羽经,品流详载君谟录。
轻身换骨有奇功,一洗尘劳散昏俗[1]。
卢仝七碗吃不得,我今日饮亦五六。
修仁土茗亦时须,格韵卑凡比奴仆。

---

1 谢宗论茶云:昏俗尘劳,一洗而尽。

客来清坐但饮茶，壑源日铸新且馥。

炎方酷热夏日长，曲糵薰人仍有毒。

古来饮流多丧身，竹林七子俱沉沦。

饮人以狂药，不如茶味真。

君不见古语云：欲知花乳清泠味，须是眠云卧石人。

选自《庄简集》卷二，（宋）李光撰，
《四库全书》本

木樨初发呈张功甫[1]

宋·杨万里

尘世何曾识桂林，花仙夜入广寒深[2]。
移将天上众香国[3]，寄在梢头一粟金。
露下风高月当户，梦回酒醒客闻砧[4]。
诗情恼得浑无那[5]，不为龙涎与水沉[6]。

选自《诚斋诗集》卷二十五《朝天集》，（宋）杨万里著，《四部备要》集部本，上海中华书局据清乾隆吉安刻本校刊

注释

1. 木樨：桂花。张功甫：张镃，字功甫，原字时可。
2. 广寒：广寒宫，传说中月亮上的仙宫。
3. 众香国：《维摩诘经》下《香积佛品》十："有国名众香，佛号香积。"后来诗文中比喻百花烂漫的境界。
4. 砧：捣衣石，古人置衣于其上，以杵捣之，使其平整。砧声，即捣衣声，此声常引起游子思乡之情。
5. 无那：犹无奈，无可奈何。
6. 龙涎：名贵香料，抹香鲸肠的一种分泌物。因得于海上，故称龙涎。水沉：指沉香木，名贵香料。因沉香木重，入水即沉，故称。

作者简介

杨万里（1127—1206），字廷秀，号诚斋，吉州吉水（今属江西）人，绍兴二十四年（1154）进士。光宗朝历秘书监，出为江东转运副使，改知赣州，再召皆辞，宁宗朝以宝谟阁学士致仕，卒赠光禄大夫，谥号文节。因宋光宗曾为其亲书"诚斋"二字，故学者称其为"诚斋先生"。南宋著名诗人，与尤袤、范成大、陆游齐名，称"中兴四大诗人""南宋四大家"。初学江西派，复学王安石与晚唐诗，后焚其旧作千余首，创造了语言浅近明白、清新自然、富有幽默情趣的"诚斋体"，自成一家。一生作诗两万多首，传世作品有四千二百首。诗歌大多描写自然景物，姜白石称赞诚斋曰："处处山川怕见君。"也有不少反映民间疾苦、抒发爱国感情的作品。诗风洒脱明丽，灵动俊逸，构思新巧。亦能文。有《诚斋集》《诚斋乐府》。

作品导读

桂花，又叫木樨、岩桂，常年翠绿，树姿优美，花香浓郁，受人喜爱。原产我国西南部，已有2500多年的栽培历史。桂花品种不同，各有特色。桂林桂花品种齐全，石山桂、四季桂、丹桂是其主要代表。广西又称"八桂"，可见，桂花对于广西的意义非同一般。广西桂林盛产桂花，桂林的桂花自古便享有盛誉。杨万里这首咏桂花的赠人诗，和杜甫的《寄杨五桂州谭》一样，也是一首对桂林的想象之作。杨万里赠诗的对象张功甫，是名门之后，性行豪侈，后被贬象台，该地旧属桂郡。诗人被桂花清高、芬芳的特质打动，将其置于名贵的龙涎与水沉之上，对桂花进行了高度的揄扬，以此表达了对友人的思念。全诗纯为咏物，其实隐含与寄托了人生的经历与志趣。

拓展阅读

寄阳朔友人
唐·曹邺

桂林须产千株桂，未解当天影日开。
我到月中收得种，为君移向故园栽。

选自《曹邺诗注》，（唐）曹邺著，梁超然、毛水清注，
上海古籍出版社1982年版

谪居古藤病起禁鸡猪不食，与儿子攻苦食淡，久之颇觉安健，吕居仁书来传道家胎息之术，因作食粥诗示孟博并寄德应侍郎

宋·李光

晨起一瓯粥，香粳[1]粲如玉。
稀稠要得所，进火宁过熟。
空肠得软暖，和气自渗漉[2]。
过午一瓯粥，瓶罍[3]有余粟。
淡薄资姜盐，腥秽谢[4]鱼肉。
岭南气候恶，永日值三伏。
外强几中干，那受[5]外物触。
两餐莫过饱，二粥可接续。
故人[6]尺书至，教我御瘴毒。
燕坐[7]朝黄庭[8]，妙理端可瞩。
神车御气马[9]，昼夜更往复。
久久当自佳，根深柯[10]叶绿。
寄语陈太丘[11]，人生真易足。
醉饱厌腥膻，忽认海南叔[12]。

选自《庄简集》卷一，（宋）李光撰，
《四库全书》本

注 释

1. 香粳：有香味的粳米。
2. 渗漉：水下流貌。
3. 瓶罍：泛指小口大腹的陶瓷容器。
4. 谢：辞去，拒绝。
5. 受：经得起。
6. 故人：即吕居仁。吕本中（1084—1145），字居仁，世称东莱先生，祖籍莱州，寿州（治今安徽凤台）人。宋代诗人、词人、道学家。

7. 燕坐：闲坐。燕，通"宴"。

8. 黄庭：道家养生修炼之道，于五脏中特重脾脏，称脾脏为中央黄庭。相关的道经名《黄庭经》。

9. 神、气：道家养生术语，泛指人的精神、意识等方面。

10. 柯：树枝。

11. 陈太丘：陈寔，字仲躬，东汉时期官员、名士。《陈太丘与友期》是《世说新语》中的名篇，诗人借用其名戏指友人吕本中。

12. 叔：通"菽"。《庄子·列御寇》："子不见夫牺牛乎？衣以文绣，食以刍菽。"

作者简介

李光（1078—1159），南宋名臣、文学家、词人、易学家。字泰发，号转物居士，又自号读易老人，越州上虞（今浙江上虞）人。崇宁五年（1106）进士，曾师从刘安世，为司马光再传弟子。初官太常博士，迁司封。靖康中劾蔡京、王黼、朱勔、李彦，力主抗金，反对割地求和，为王黼所恶，贬阳朔县。高宗时累迁至吏部尚书，参知政事。后以忤秦桧而罢职，谪藤州，移琼州，又移万安。桧死放还，行至江州而卒。谥庄简。精易学，开以史证易之先河。著有《读易老人详说》十卷，原书已佚，清乾隆间从《永乐大典》中辑出，编为《读易详说》十卷，收入《四库全书》。著有《前后集》三十卷、《庄简集》十八卷，另有《椒亭小集》。

作品导读

在宋代岭南的饮食生活中，粥是常见的食物；在宋代岭南人心目中，食粥对人体有着极多的益处。李光为宋代名臣，曾经三任吏部尚书，因与秦桧不和，于绍兴十一年（1141）冬，被贬谪到广西藤州。广西自古是瘴疠横行之地，酷暑难耐，气候恶劣，李光初到之后便罹患疾病。为了调理病体，适应当地的环境，李光认为，清淡饮食，少吃"腥膻"之物，就可以达到防御瘴毒侵袭、养生保健的目的。久而久之，粥这种简单食物的佳处便凸显出来。早上食粥可以暖"空肠"，过午食粥可节约粮食。李光诗中的粥美味至极，同时，透过对粥和食粥的描绘，诗人也揭示了不应以艰苦的外部环境和逆境为苦，积极调整心态，方可达至圆满自足的精神境界。今天的岭南地区依旧保持着食粥的生活习惯。许多岭南人认为，食粥不仅是养生的好方法，还具有医用价值。

拓展阅读

邕江杂咏
清·黄体元

远远歌声遍晓晴，篙篙报说抵邕城。
货船江面排鳞似，万许桅樯数不清。

大船尾接小船头，北调南腔话不休。
照水夜来灯万点，满江红作乱星浮。

小船纷纷去复回，满江如市月明开。
船头刚买鱼生粥，船尾猪蹄粉又来。

选自《中华竹枝词全编》卷六，潘超、丘良任、孙忠铨等编，
北京出版社 2007 年版

岭外代答原序

宋·周去非

入国问俗[1]，礼也。矧尝仕[2]焉，而不能举其要？广右二十五郡，俗多夷风，而疆以戎索。海北郡二十有一，其列于西南方者，蜿蜒若长蛇，实与夷中六诏[3]、安南[4]为境。海之南郡，又内包黎僚，远接黄支之外。仆试尉桂林，分教宁越[5]，盖长边首尾之邦，疆场之事，经国[6]之具，荒忽诞漫之俗，瑰诡谲怪之产，耳目所治，与得诸学士大夫之绪谈者，亦云广矣。盖尝随事笔记，得四百余条。秩满束担东归，邂逅与他书弃遗，置勿复称也。乃亲故相劳苦，问以绝域事，骤莫知所对者，盖数数然[7]。至触事而谈，或能举其一二。事类多而臆得者浸广。晚得范石湖《桂海虞衡志》，又于药裹得所钞名数，因次序之，凡二百九十四条。应酬倦矣，有复问，仆用以代答。虽然，异时训方氏其将有考于斯。淳熙戊戌冬十月五日永嘉周去非直夫记。

选自《岭外代答》，（宋）周去非著，屠友祥校注，
上海远东出版社 1996 年版

注　释

1. 入国问俗：西汉戴圣《礼记·曲礼上》："入境而问禁，入国而问俗，入门而问讳。"
2. 仕：周去非淳熙元年（1174）任桂州通判。通判是"通判州事"的省称，宋置，其职权仅次于州府首官，与首官共同署理境内一切事务，并且还握有连府处置各州府公事和监察各级官吏的职权。
3. 六诏：唐代云南西部乌蛮六个部落的总称。唐代西南少数民族把"王"称为诏。
4. 安南：即今越南，古称交趾。调露元年（679）八月，改交州都督府为安南都护府。治所在宋平（今越南河内）。
5. 宁越：今钦州。周去非曾任钦州州学教授。
6. 经国，治国。
7. 数数然：这里指次数多。

作者简介

周去非（1134—1189），字直夫，永嘉（今浙江温州）人。南宋地理学家，所著《岭外代答》为中国古代地理名著。隆兴癸未（1163）进士，追随张栻问学，官终通判绍兴府。于乾道八年至淳熙四年（1172—1177）间任官广南西路，曾两任钦州教授，兼署灵川县令，淳熙中任桂林通判。对岭南地区社会经济、地理、民情颇为关心，根据自己的亲身经历和见闻，随事笔录四百余条，陆续写出《岭外代答》书稿，原稿后遗失。后在亲友不断催询中重温旧稿，又参考范成大《桂海虞衡志》，并从广西携回的药箱中检得"所钞名数"重新整理书稿，以答客问形式著成《岭外代答》。

作品导读

周去非《岭外代答》作于其桂林回归之后。自序谓本范成大《桂海虞衡志》而益以耳目见闻，保存了许多现在已经消失的宝贵的地方风土人情资料。全书条分缕析，足补正史所未备。全书五万余字，对广西做了全方位的记载。分地理、边帅、外国、风土、法制、财计、器用、古迹、蛮俗、志异等12个门类。录存294条，条下有的还有目。相较《桂海虞衡志》，《岭外代答》的内容更为广泛详细，除了山川河流、风光特产、文化风俗之外，对地理沿革、政治、军事等也予以记载。《岭外代答》一书原本早已遗失，今存世之本，是清乾隆三十八年（1773）从明代修撰的《永乐大典》中辑出的。该书问世以来，便成为历代政治家、军事家、文学家、史学家、民俗学家、植物学家、动物学家、气象学家等了解、研究广西的必读之书。《四库全书总目》给予此书很高的评价，说："其书条分缕析，视嵇含、刘恂、段公路诸书，叙述为详。所纪西南诸夷，多据当时译者之词，音字未免舛讹。而边帅、法制、财计诸门，实足补正史所未备，不但纪土风物产，徒为谈助已也。"（《四库全书总目》卷七十）

拓展阅读

异俗二首
唐·李商隐

鬼疟朝朝避，春寒夜夜添。
未惊雷破柱，不报水齐檐。
虎箭侵肤毒，鱼钩刺骨铦。
鸟言成谍诉，多是恨彤襜。

户尽悬秦网，家多事越巫。
未曾容獭祭，只是纵猪都。
点对连鳌饵，搜求缚虎符。
贾生兼事鬼，不信有洪炉。

选自《李商隐诗歌集解》，（唐）李商隐著，刘学锴、余恕诚集解，
中华书局 2004 年版

郁州纪风

清·商盘

其二

省俗搴帷到四厢[1]，愧无霖雨润蛮方。
濯缨泉瑞春凝紫[2]，挂榜山横晚送黄。[3]
喜见沿村勤诵读，还闻旧习改猺狼。
丰年五月输粮早，户户家家足盖藏。

选自《商盘集》，（清）商盘著，郭杨点校，
浙江古籍出版社 2016 年版

---

1 原注：乡厢有四分四十图。
2 原注：濯缨泉在城南，嘉定间忽涌紫水，更名瑞泉。
3 原注：挂榜山在城东北。

阳江避热入海，至涠洲，夜看珠池作，寄郭廉州 [1]

明·汤显祖

春县城犹热 [2]，高州海似凉 [3]。
地倾雷转侧 [4]，天入斗微茫 [5]。
薄梦游空影，浮生出太荒 [6]。
乌艚 [7] 藏黑鬼 [8]，竹节向龙王 [9]。
日射涠洲郭，风斜别岛洋。
交池 [10] 悬宝藏，长夜发珠光。
闪闪星河白，盈盈烟雾黄。
气如虹玉 [11] 迥 [12]，影似烛银 [13] 长。
为映吴梅福 [14]，回看汉孟尝 [15]。
弄鮨殊有泣，盘露滴君裳 [16]。

选自《汤显祖全集》卷十一，（明）汤显祖著，徐朔方笺校，
北京古籍出版社 1998 年版

注　释

1. 阳江：即今广东阳江市，明洪武二年（1369）起属肇庆府。涠洲：今广西北海市南海中之涠州岛。珠池：珠母海，在今广西北海市南涠州岛一带海域。郭廉州：当时廉州知府郭廷良，福建漳浦人。

2. 春县：即阳春，又称高凉。

3. 高州：古时名城。在今广东茂名市。

4. 地倾句：海水涌动让人感觉大地倾斜，雷声反复作响。

5. 天入句：天上的星斗倒映在珠母海中，若隐若现。

6. 浮生：古人认为世事无定，生命短暂，故称人生为"浮生"。太荒：泛指辽阔或边远的地方。这里指今北海市南涠州岛一带海域。

7. 乌艚：明、清时代广东、广西沿海的一种木帆船。原为渔船，后渐用作运输船，乃至改装为战船。船型近似广船而略小，形如槽，船首两侧绘双眼，船涂黑色，故称乌艚。

8. 黑鬼：黑色人种的泛称，包括外来马来人种和部分南方少数民族人种。《晋书》称李太后肤色黝黑为"昆仑"，后用以指外来的马来种人为"昆仑奴"。此种黑人唐宋时已遍及广东各地。明王士性撰《广绎志》在广东条目下，有"番舶有一等人曰昆仑奴者，俗称黑

鬼，满身如漆"的记载。明屈大均《广东新语》卷十八记"洋船"："前木照后柁，以黑鬼善没者司之。"汤显祖《邯郸记》第二十二出"备苦"："我们是这崖州蛮户，生来骨髓都黑，因此州里人都叫做黑鬼。"崖州蛮户就是海南岛的黎族人，由于低纬度的气候、水土和烈日下劳作的习惯，黎族人的肤色黝黑。

9. 竹节句：指竹节形的船只。

10. 交池：北海古属交州，故称珠池为交池。

11. 虹玉：《宋书》卷二七《符瑞志》："孔子斋戒向北辰而拜，告备于天曰：'《孝经》四卷，《春秋》《河》《洛》凡八十一卷，谨已备。'天乃洪郁起白雾摩地，赤虹自上下，化为黄玉，长三尺，上有刻文。"

12. 迥：遥远。

13. 烛银：精光闪耀的银子。

14. 梅福：汉代人，王莽篡位专权，他弃官出走，改名换姓，在吴市当门卒。《汉书·梅福传》："梅福字子真，九江寿春人也。少学长安，明《尚书》《谷梁春秋》，为郡文学，补南昌尉……至元始中，王莽颛政，福一朝弃妻子，去九江，至今传以为仙。其后，人有见福于会稽者，变名姓，为吴市门卒云。"

15. 汉孟尝：指东汉孟尝。据《后汉书》卷七六《孟尝传》云：合浦产珠，因前任太守贪污滥采，竭泽而渔，珠移交趾，孟尝接任合浦太守后革除弊病，去珠复还。

16. 盘露：汉武帝迷信神仙，于神明台上作承露盘，立铜仙人舒掌以接甘露，认为饮之可以延年。

作者简介

汤显祖（1550—1616），明代杰出戏曲家。字义仍，号海若、若士、清远道人。江西临川人。少负文名，十四岁进学，二十岁中举。曾因拒绝权相张居正的延揽，两试春闱不第。万历十一年（1583）进士。历任留都南京太常寺博士、詹事府主簿、礼部祠祭司主事等六品闲官。万历十九年（1591），因不满权臣申时行擅权，上《论辅臣科臣疏》抨击朝政，贬为广东徐闻典史。两年后，量移浙江遂昌知县，在任五年，颇著政绩，又以忤权贵落职。著有《玉茗堂集》。创作戏曲有《牡丹亭》《邯郸记》《紫钗记》《南柯记》，合称"临川四梦"。

作品导读

这是历代诗人咏涠州岛的最早的诗歌。万历十九年（1591），汤显祖因上书言事得罪被贬为广东徐闻典史，该年十一月，作者到达广东阳江县，从阳江乘船经徐闻到达北海涠州岛。此诗记录了这次航海游览的特殊经历。诗中描写了北海清凉奇异的区位气候特色，突出描述了北海之宝——珠，将珠光写得十分瑰玮诱人。此珠即历史盛传的合浦明珠，合浦因珠而闻名千年，盛誉九州。全诗大部分篇幅是对涠州岛的描述，对宝珠的赞颂，后四句直抒胸臆，流露不遇之情。作者紧扣地理特点，把众多历史传说、神话故事糅合于诗句中，语出新奇，句运巧思，加深了诗歌整体的梦幻感与神秘色彩。在《牡丹亭》里，出现了一个因搜求珠宝而得宠的"钦差识宝使臣"苗舜宾，这便是汤显祖感伤时事，寄讽刺于笔端，联想起合浦之行而进行的文学创作。

延伸阅读

合浦采珠歌
清·冯敏昌

其一
白龙城外暮云行，珠母海南秋月明。
明月渐圆珠渐好，好听船上疍歌声。

其二
胎成朒朓偶然同，星斗茫然在海中。
倒却长空洗圆月，月行应入文昌宫。

其三
铁作珠耙三百斤，蚌螺开甲肉如银。
云头一霎风雷起，依旧连筐献海人。

其四
郎如天上月团圞，妾比明珠欲抱难。
珠孕有时空自惜，月盟何幸不长寒。

其五
江浦茫茫月影孤，一舟才过一舟呼。
舟舟过去何舟得，得得珠来泪已枯。

选自《冯敏昌集》，（清）冯敏昌撰，
广西师范大学出版社 2015 年版

粤风续九·刘三妹

清·王士禛

粤西风淫佚[1]，其地有民歌、瑶歌、俍歌、壮歌、蛋人歌、俍人扇歌、布刀歌、壮人舞桃叶等歌，种种不一，大抵皆男女相谑[2]之词。相传唐神龙[3]中，有刘三妹者，居贵县[4]之水南村，善歌。与邕州[5]白鹤秀才，登西山高台，为三日歌。秀才歌《芝房》之曲，三妹答以《紫凤》之歌。秀才复歌《桐生南岳》，三妹以《蝶飞秋草》和之。秀才忽作变调曰《朗陵花》，词甚哀切。三妹歌《南山白石》，益悲激，若不任其声者[6]，观者皆歔欷[7]。复和歌[8]，竟七日夜，两人皆化为石，在七星岩上，下有七星塘。至今风月清夜，犹仿佛闻歌声焉。同年[9]睢阳吴井渠（淇），为浔州推官[10]，采录其歌，为《粤风续九》。虽侏离[11]之音，时与乐府[12]、《子夜》、《读曲》相近，因录数篇。歌曰："妹相思，不作风流待几时，只见风吹花落地，不见风吹花上枝。"（《相思曲》）"思想妹，蝴蝶思想也为花，蝴蝶思花不思草，兄思情妹不思家。"（《蝴蝶思花》）"娘在一岸也无远，弟在一岸也无遥，两岸人烟相对出，独隔青龙水一条。"（《隔水曲》）"妹娇娥，怜兄一个莫怜多，己娘莫学鲤鱼子，那河又过别条河。"（《妹同庚》）"妹相思，妹有真心哥也知，蜘蛛结网三江口，水推不尽是真丝。"（《妹相思》）"入山忽见藤缠树，出山又见树缠藤，树死藤生缠到死，树生藤死死亦缠。"（《藤缠树歌》）

选自《池北偶谈》卷十六"谈艺六"，（清）王士禛撰，勒斯仁点校，
中华书局 1997 年版

注　释

1. 淫佚：原指放荡而无节制，此处引申为自由奔放。
2. 相谑：互相调笑。《诗经·郑风·溱洧》："维士与女，伊其相谑，赠之以芍药。"
3. 神龙：唐中宗李显的年号（705—707）。
4. 贵县：县名，在广西贵港市桂平市西南，靠郁江北岸。
5. 邕州：州名，治所在今广西南宁市南，管辖相当于今广西南宁市及邕宁、武鸣、隆安、大新、崇左、上思、扶绥等县地。
6. 若不任其声者：感情悲伤激烈，好像唱不下来似的。
7. 歔欷：叹息，哽咽。
8. 和歌：和谐地跟着唱。
9. 同年：科举时代对同榜录取之人的互称。

10. 推官：中国古代法官之一。唐时始置，为节度使、观察使、团练使、防御使的属官。其职责是协助所属长官推鞫狱讼。宋沿唐制，金、元、明各府设推官，职本府的刑事审判事宜，俗称刑厅。清初因之，不久即废止。本文作者王士禛亦曾出任过扬州推官。

11. 侏离：古代我国西部少数民族的音乐，亦指语音难辨。

12. 乐府：宋郭茂倩编《乐府诗集》，收乐府诗，其"清商曲辞"部分，收吴地民歌《子夜歌》《读曲歌》。

作者简介

王士禛（1634—1711），字子真，一字怡上，号阮亭，又号渔洋山人。雍正时避帝讳，改名士正；乾隆时，又改禛为"禎"。卒谥文简，世称王渔洋。山东新城（今山东桓台）人。清顺治十五年（1658）进士。累官至刑部尚书。后因事被革职。少年时为钱谦益称赏，康熙朝继钱主盟诗坛。与朱彝尊齐名，称"北王南朱"。擅长各体，尤工七绝，早年诗作清丽澄淡，中年转为苍劲。论诗推崇盛唐，不宗李杜而尊王孟，倡神韵说。亦工词，风格婉丽。著有《带经堂全集》等。

作品导读

刘三妹是传说中广西壮族的民间歌手，有"歌仙"之称，是具有鲜明少数民族色彩的人物形象，是中华民族热爱生命的艺术体现。刘三妹传说原流行于西南、华南地区，后传入中原。南宋王象之《舆地纪胜》中即记载："刘三妹，春州人，坐于岩石之上，因名。"明清时期，关于刘三妹的记述很多。时至今日，广西还保留着"三月三"这一传统节日。"三月三"是壮族地区最大的歌圩日，又称"歌仙节"，相传就是为了纪念刘三妹。历代传说中，刘三姐都叫"刘三妹"。1961年电影《刘三姐》获得巨大成功，从此刘三姐"取代"刘三妹，成为家喻户晓的人物。

拓展阅读

歌仙刘三妹传
清·孙芳桂

歌仙名三妹，其父汉刘晨之苗裔，流寓贵州西山水南村。父尚义，生三女。长大妹，次二妹，皆善歌，早适有家，而歌不传。少女三妹，生于唐中宗神龙五年己酉。甫七岁，即好笔墨，聪明敏捷，时呼为"女神童"。年十二，通经史，善为歌。父老奇之，试之顷刻立就。十五，艳姿初成，歌名益盛，千里之内，闻风而来。或一日，或二日，率不能和而去。十六，其父纳邑人林氏聘，来和歌者仍终日填门，虽与酬答不拒，而守礼甚严也。十七，将于归。有邕州白鹤乡少年张伟望者，美丰容，读书解音律。造门来访，言谈举止，皆合节。乡人敬之，筑台西山之侧，令两人登台为三日歌。台阶三重，干以紫檀，幕以彩缎，百宝流苏，围于四角。三妹服鲛室龙鳞之轻绡，色乱飘露，头作两丫鬟丝。发垂至腰，曳双缕之笠带，蹑九凤之鲛履，双眸盼然，掩映九华扇影之间。少年着乌纱，衣绣衣，执节而立于右。是日，风清日丽，山明水绿，粤民及瑶、壮诸种人，围而观之。男女百层，咸望以为仙矣。两人对揖三让，少年乃歌《芝房烨烨》之曲，三妹答以《紫凤》之歌，观之人莫不叹绝。少年复歌《桐生南岳》，三妹以《蝶飞秋草》和之。少年忽作变调，曰《朗陵花》词，甚哀切。三妹则歌《南山白石》，益悲激，若不任其声者。观之人皆为唏嘘。自此迭唱迭和，番更不穷。不沿旧辞，不夙拘时，依瑶、壮诸人声音为歌词，各如其意之所欲出，虽彼之专家，弗逮也。于是观众者益多，人人忘归矣。三妹因请于众曰："此台尚低，人声喧杂，山有台，愿登之为众人歌七日。"遂易前服，作淡妆。少年皓衣玄裳，登山偶坐而歌。山高词不复辨，声更清邈，如听钧天之响。至七日，望之俨然，弗闻歌声，众命二童子上省，还报曰："两人化石矣！"共登山验之，遂以为两人仙去，相与罗拜。时元宗开元十三年乙丑正月中旬也。至今粤人会歌盛于上元，盖其遗云。

选自《粤风续九》，（清）吴淇著，《四库全书存目丛书补编》第79册，
齐鲁书社2000年版

刘三妹

清·屈大均

新兴女子有刘三妹者，相传为始造歌之人。生唐中宗年间，年十二，淹通经史，善为歌。千里内闻歌名而来者，或一日，或二三日，卒不能酬和而去。三妹解音律，游戏得道，尝往来两粤溪峒间。诸蛮种类最繁，所过之处，咸解其言语。遇某种人，即依某种声音作歌，与之倡和，某种人奉之为式。尝与白鹤乡一少年登山而歌，粤民及瑶、僮诸种人围而观之，男女数十百层，咸以为仙。七日夜歌声不绝，俱化为石。土人因祀之于阳春锦石岩，岩高三十丈许，林木丛蔚，老樟千章蔽其半，岩口有石磴，苔花锈蚀若鸟迹书。一石状如曲几，可容卧一人，黑润有光，三妹之遗迹也。月夕辄闻笙鹤之音。岁丰熟，则仿佛有人登岩顶而歌。三妹今称歌仙，凡作歌声，毋论齐民与俍、瑶、僮人、山子等类，歌成，必先供一本祝者藏之，求歌者就而录焉，不得携出。渐积遂至数箧。兵后，今荡然矣。

选自《广东新语》卷八"女语"，（清）屈大均撰，
中华书局1985年版

声歌原始

清·陆次云

诸溪洞初不知歌，善歌自刘三妹始也。三妹不知何时人，游戏得道于山谷，侏离之音

所过无不通晓，皆依其声、就其韵而作歌与之，以为偕婚跳月之辞，其人各奉之以为式。苗歌有云："读诗便是刘三妹。"则非为歌之，而且读之，以为识字通文之籍矣。其时有白鹤秀才者亦善歌，与三妹登粤西七星岩绝顶相唱酬，音如鸾凤。听之者数千人皆忘返，留连往复。已而歌声寂然，见二人亭亭相对，则已化石矣。至今月白风清之夜，犹隐隐闻玲珑宛转之音。诸苗、瑶、俍、壮之属，遂祀于祠中勿替。后有作歌者，必先陈祀于刘，始得传唱。其南山之南别有刘三妹洞，闻游人遥呼三妹，妹辄应云。

选自《洞溪纤志志余》，（清）陆次云著，《四库全书存目丛书》史部249册，齐鲁书社1996年版

镇安土风 [1]

清·赵翼

宦辙[2]经年到，邮签[3]万里修。地当中国尽 与安南接壤，官改土司[4]流[5] 明时土府岑姓，本朝始改流。峻坂[6]愁云栈[7] 路从莲花九蜾而入最险厌，孤城仿月钩[8] 城惟东、南、西三面，北则倚山也。近边多堠吏[9]，按部半番酋 所属有四土司。密箐[10]千寻木[11]，寒泉百丈湫[12] 泉自鉴隘山穴中出，性极寒。四时无落叶，一雨或披裘[13]。瘴[14]要浇胸块 中瘴则胸膈饱闷，妖曾纪肉球 相传府衙有肉球、肉脚之异，见《府志》及《说铃》[15]。深宵蚕蛊放[16]，白昼虎伥游[17]。魆客[18]从人雇，狙公作盗偷[19]。蛮方天混沌，谣语鸟钩辀[20]。侬姓还豪族[21]，韦家说故侯[22] 地多侬、韦二姓，侬则智高之后，韦则相传淮阴侯少子，萧相国[23]以托南越王，其子孙散居蛮土，去韩之半以韦为姓者也。见《溪峒纤志》[24]。点唇槟汁染[25]，约臂钏纹镂[26]。跳月[27]墟争趁[28]，嬉春[29]俗善讴[30]。俪皮[31]齐贽[32]易，握算[33]贾胡[34]留 粤东贾此者，多娶妇立家。村妇无弓足[35]，山农总帕头[36]。性愚[37]供使鹿[38]，见小重多牛[39]。篱壁穿多穴 贫民编槿作墙，涂以泥，多穿漏如篱落，栏房[40]隔作楼 栏房上层人所居，下层畜牛马。烧畬[41]灰和土，接水木刳沟。靛采蓝盈匊 民皆采蓝自染，无染匠也，禾收穗满篝 摘穗成把，不刈蒿秸。箬[42]包盐有卤，菹[43]窖菜成油 以诸菜及牛羊骨实瓮中，久则烂成汁，谓之窖菜，酸臭特甚。土人以为美品。犬肉多于豕 墟场卖犬，以千百计，檀[44]薪贱似楢[45] 山木供爨[46]，虽紫檀不贵也。鹧鸪羹[47]味荐[48]，蛤蚧[49]药材收。獾胆从蹄剥 石羊胆以在蹄心者为贵。石羊即獾也，猪豪[50]激矢抽 野猪豪似锥，能射人百步外。山羊因血捕，水獭为皮搜。石斛[51]花论价 出奉议[52]，桄榔[53]面可溲[54] 出下雷[55]。竹根人面活 向武有竹，其根似人面，藤杖女腰柔 大箐中多万年藤，可以作杖。物产真惊见，民情易给求。挂鱼[56]官阁肃，罗雀[57]讼庭幽。闲倚半山阁 署中独秀山半有亭可以眺远，时乘独木舟。虞衡[58]稽桂海[59]，草木[60]订春秋[61]。诗已传邕管[62]，官非谪柳州[63]。勉修循吏[64]绩，抚字[65]辑[66]遐陬[67]。

选自《瓯北集》卷十三，（清）赵翼著，
上海古籍出版社1997年版

注释

1. 镇安：旧地名，宋于镇安洞置宣抚司，元改称路，明初改府，治所天保县。清因之。民国时裁府留天保县。1951年与敬德县合并，称德保县，属广西。

2. 宦辙：仕宦之路。

3. 邮签：古时驿馆夜间报时的器具。

4. 土司：宋、元、明、清时期中央朝廷授予某些边远地区少数民族首领世袭其官以统治其民的制度，也可指土官官职。

5. 流：指明清时在边远少数民族地区任命的官吏，因其任职有期，不同土司，故称。

6. 峻坂：陡坡。

7. 云栈：修筑在高山峻岭上的栈道，时有浮云飘浮，故云。

8. 孤城仿月钩：山城孤峙天边，似一弯月牙。仿，仿佛，好似。

9. 堠吏：指关卡馆驿的小吏。

10. 密箐：茂密的竹林。箐，竹名。

11. 千寻木：高竿的树木。寻，古代的长度单位，八尺为寻。千寻以喻树高薄云天。

12. 湫：水潭。

13. 一雨或披裘：以穿寒衣来形容雨后气候阴冷侵骨，显现出南方大陆性气候的特点。

14. 瘴：南方山林中使人致病的湿热有毒之气。

15.《说铃》：笔记总集。清吴震方编。共前、后、续三集，汇集清初诸家笔记六十二种编次而成，并收入吴震方自著的《岭南杂记》及《读书质疑》。

16. 蚕蛊：即金蚕蛊。民间传说，将多种毒虫，如毒蛇、蜈蚣、蜥蜴、蚯蚓、蛤蟆等一起放在一个瓮缸中，密封起来，让它们自相残杀，一年之后只剩下一只，形态颜色都变了，形状像蚕，皮肤金黄。《本草·金蚕》有"金蚕为蛊"的记载，李时珍曰："金蚕之蛊，为害甚大，故备书二事。"

17. 虎伥：古时迷信，传说被虎咬食之人，其鬼魂为虎所驱役，常作前导，助虎食人，谓之"虎伥"或"鬼伥"。后来成语"为虎作伥"即由此引申。

18. 魈客：即山魈，古代传说中的山林妖怪。《抱朴子·登涉》曰："山精形如小儿，独足向后，夜喜犯人，名曰魈。"

19. 狙公作盗偷：狙公利用所饲养训练的猿猴进行偷窃活动。狙公，养猿猴的老人。

20. 鸟钩辀：形容中原士人听瑶语如鸟鸣，莫其知义。钩辀，鹦鹉啼叫声。

21. 侬姓还豪族：史载，宋广源州"蛮人"侬智高，其先雄于西原，为州首领。侬智高于皇祐年间受交趾命为知州，叛宋，袭安德州，攻邕州，据广南，岭外骚动，建国号曰南天国，自称仁惠皇帝。后宋仁宗派狄青讨平之，智高败死南诏。

22. 故侯：指汉淮阴侯韩信。

23. 萧相国：指汉朝开国元勋第一名的萧何。但救韩信少子改姓韦事，正史无载，当为出于民间传说。

24.《溪峒纤志》：应为《峒溪纤志》。中国西南少数民族风俗杂记，清代陆次云编撰。一共三卷，搜罗各种有关四川、云南、湖南、贵州、两广（广东、广西）、海南岛等地区少数民族资料编就。

25. 槟汁染：当地人有嚼槟榔的习俗。

26. 约臂钏纹镂：在臂上戴雕刻花纹的镯子。约，环束。钏，手镯。镂，镂刻。

27. 跳月：指苗、彝等族人民的一种风俗。于每年初春或暮春时月明之夜，未婚的青年男女聚集野外，尽情歌舞，叫作"跳月"。相爱者，通过各种活动，即可结为夫妻。

28. 墟：我国许多地区的村子定期集市的俗称，一般是三日或数日一市，叫"趁墟"或

"赶集"。此句意谓晚上跳月，青年男女争先恐后，犹如赶集一样热闹。

29. 嬉春：游乐于春光之中。

30. 讴：歌唱。此句谓在阳光明媚的春天游乐并动情地歌唱，喜欢歌唱已形成一种民族文化习惯。清闵叙《粤述》叙广西少数民族风俗，云："少妇春时三五为伴，于山椒水湄歌唱为乐……群歌和之竟日，以衣带相赠答而去。"

31. 俪皮：古代用作订婚聘礼用的成对鹿皮。《仪礼·士昏礼》注："俪，两也。……皮，鹿皮。"

32. 齐赘：战国时齐之赘婿淳于髡，以诙谐著称。此指入赘为婿。句谓只要奉献些微聘礼，很容易成为入赘女婿。

33. 握算：执算筹以计数，意谓善于经商。

34. 贾胡：经商的胡人。《后汉书·马援列传》："伏波类西域贾胡，到一处辄止，以是失利。"此处泛指外地商人。

35. 弓足：指旧时妇女缠裹后发育不正常的脚。弓，用以形容妇女小脚形如弓。

36. 帕头：用布裹头。

37. 愚：朴实。

38. 供使鹿：鹿性温驯，易于驱遣，故云。这个比喻反映了士大夫的偏见。

39. 重多牛：古代粤西民俗很重视牛，不仅因为牛能耕田，作为生产工具而重视，而且常常作为计算财产、物物交换的标准。

40. 栏房：《桂海虞衡志·志蛮》曰："居民苦茅为两重棚，谓之麻栏。以上自处，下蓄牛豕。棚上编竹为栈，但有一牛皮为裀席。牛豕之秽，升闻栈罅，习惯之，亦以其地多虎狼，不尔则人畜俱不安。"

41. 畬：火耕地，指粗放耕种的田地。

42. 箬：一种竹子，叶大而宽，可编竹笠，又用来包粽子。

43. 菹：腌菜。

44. 檀：树名，名贵木材，用作高档家具、民族乐器及雕刻材料等。

45. 楢：木名，木质松软，古人用以取火。这里泛指一般木柴。

46. 爨：炊、烧。

47. 鹧鸪羹：我国南方的一种野味美食。商盘《郁林纪风诗》也有"晚餐异味鹧鸪羹"之句。

48. 荐：进，献。

49. 蛤蚧：亦称"大壁虎"或"仙蟾"，属爬行类壁虎科。长可达三十厘米。栖于山岩、树洞或墙壁间。夜出捕食昆虫、小鸟之类。干燥全体，用为中药。

50. 猪豪：即豪猪。范成大《桂海虞衡志·志兽》曰："山猪，即豪猪，身有棘刺，能振发以射人。二三百为群，以害禾稼，州洞中甚苦之。"

51. 石斛：植物名，又名千年竹。生于山岩或附生树干，细若小草，长三四寸，夏日开花。因叶形如钗，故又称金钗石斛。可供观赏。其花、叶可作中药，故论价收购。

52. 奉议：古地名，宋置，清时属镇安府。

53. 桄榔：木名。常绿树。果实名桄榔子，花序的汁可制糖，茎髓可制淀粉。《文选》录汉左思《蜀都赋》曰："布有橦华，面有桄榔。"注云："桄榔，树名也，木中有屑如面，可食。"

54. 溲：这里指以水和面。句谓用特产桄榔粉和面蒸糕饼点心。

55. 下雷：古地名，宋置，土官许氏世袭。清时属镇安府。民国时改县，后并入雷平县，属广西。

56. 挂鱼：东汉南阳太守羊续为政清廉，将下级所送的一条鱼挂起来不食以杜绝贿赂，有"悬鱼太守"之称。见《后汉书》卷三一《羊续传》："时权豪之家多尚奢丽，（南阳太守）续深疾之，常敝衣薄食，车马羸败。府丞尝献其生鱼，续受之而悬于庭，丞后又进之，续乃出前所悬者以杜其意。"

57. 罗雀：喻门庭静寂、冷落。二句意谓为官清廉，政平刑省，民风淳朴，自然相安无事，府衙门口可以罗雀。

58. 虞衡：官名，见《周礼·天官·太宰》："以九职任万民，三曰虞衡。"注云："虞衡，掌山泽之官，主山泽之民者。"

59. 桂海：泛指广西，《文选》江淹《袁太尉淑从驾诗》"文轸薄桂海"，李善注云："南海有桂，故曰桂海。"宋范成大著《桂海虞衡志》，序称广西"风土物宜，凡方志所未载者，萃为一书……以备土训之图"。

60. 草木：西晋嵇含撰《南方草木状》，广泛记载生长在我国广东、广西等地以及越南的植物。明初叶子奇著《草木子》述天文、地理、人事、物理，兼记时事得失，其义精微，裨补史乘。

61. 春秋：《春秋》为儒家经典，此处泛指历史著述。

62. 邕管：以古称泛指今南宁一带地区，泛指广西。唐永徽后，于岭南道置五管，即广州、交州、桂州、容州、邕州，设经略使以加强边远地区的统治。邕管故治邕州（今广西南宁市）。

63. 官非谪柳州：用唐柳宗元故事。柳宗元于元和十年（815）被谪柳州刺史。诗人谓自己出守镇安，情况与柳宗元外贬柳州刺史不同，是属于正常调任，故诗意平和，纪风土民俗以助吏治。

64. 循吏：清正廉洁、造福百姓的地方官。

65. 抚字：对百姓的安抚体恤。

66. 辑：和睦，使安定。

67. 遐陬：边远地区。

作者简介

赵翼（1727—1814），清代著名史学家、文学家和诗人。江苏阳湖（今江苏省常州市）人。字云崧，一字耘松，号瓯北，又号裘萼，晚号"三半老人"。乾隆二十六年（1761）进士，授翰林院编修，历任广西镇安知府、广东广州知府、贵州贵西兵备道。后辞官家居，主讲安定书院。赵翼长于史学，考据精赅，所著《二十二史札记》《陔余丛考》，为史学考据名著。存诗四千八百多首，以五言古诗最有特色。论诗主"独创"，推陈出新，抒写性情，反对模拟。与袁枚、张问陶并称清代性灵派三大家，又与钱塘袁枚、铅山蒋士铨合称"江右三大家"。著作还有《檐曝杂记》《皇朝武功纪盛》《瓯北诗集》《瓯北诗话》等。

作品导读

"土风"，指一个地方的风俗，也指民歌。用诗歌的形式来反映地方风俗与人民生活，可以上溯至《诗经》十五国风的文学传统。赵翼的这首《镇安土风》，是他对镇安一地风俗所作的诗歌记录。乾隆三十二年（1767）冬，赵翼从京城辗转万里，到广西镇安担任太守，路途虽然艰辛，但镇安的人文地理、社会风貌、民族风俗和他之前的生活经历迥异，令他惊诧、赞叹不已。当地民风民俗激起诗人极大的兴致，他对此进行了细致观察和记录。赵翼既是优秀的诗人，还是一位卓越的史学家，任职期间，赵翼运用史学研究的眼光与方法，写下大量诗文，表达了他对当地文化的亲和与尊重，以及对边隅之地的欢欣悦纳和治理志向。本诗描写生动，文脉清晰，层次参差错落，极具韵致，同时大量运用典故，用语简洁，包蕴了丰富的文化内涵。

拓展阅读

土歌

清·赵翼

春三二月墟场好，蛮女红妆趁墟嬲。
长裙阔袖结束新，不睹弓鞋三寸小。
谁家年少来唱歌，不必与侬是中表。
但看郎面似桃花，郎唱侬酬歌不了。
一声声带柔情流，轻如游丝向空袅。
有时被风忽吹断，曳过前山又袅袅。
可怜歌阕脸波横，与郎相约月华皎。

曲调多言红豆思，风光罕赋青梅摽。

世间真有无碍禅，似入华胥梦缥缈。

始知礼法本后起，怀葛之民固未晓。

君不见双双粉蝶作对飞，也无媒妁订萝茑。

选自《瓯北集》，（清）赵翼著，
上海古籍出版社 1997 年版

邕江竹枝词五首
清·钱楷

乌蛮滩下木客船，伏波庙前赛鼓喧。
公子夜深游水府，郎船欲上待朝暾。[1]

夜雨连番水涨涯，过滩容易布帆斜。
无数南风吹送客，墙阴红杀佛桑花。

横州南去接邕州，邕江丽江一水流。
郎情安得如江水，百折千回总到头。

送郎远过三江口，愁听猿声万迭山。
正是黄茅九月瘴，莫贪山色滞南关。

鲜烹蛤蚧动盈庖，金柿堆盘佐浊醪。
不及邕州风味美，一年日日可持螯。

乌榄仁含饷别情，天涯滋味佐茶枪。
归来莫似余甘子，相见无端熟又生。[2]

梦远江南古石头，小金陵号阿谁留？
不知明月秋江夜，何似秦淮十二楼。

溪峒人家远市嚣，英雄谁逞婿家寮。
巧言买得山鹦鹉，解学蛮娘唱踏摇。

选自《中华竹枝词全编》第六册，潘超、丘良任、孙忠铨等编，
北京出版社 2007 年版

---

[1] 原注：伏波庙塑马公子像。土人云：水涨时午夜时分，隐隐闻传呼声，相传为公子查滩，触之舟辄坏。

[2] 原注：余甘子一日而熟，熟又复生。

平南风俗谣六首
清·袁珏

饮罢屠苏岁烛燃，迎门客至拜新年。
家家欢喜添时样，白饼沙壅上绮筵。

照路挑灯簇簇红，茶娘结队合茶公。
沿村箫鼓迎门闹，则剧今年处处同。

脍鱼曾记阖庐城，异味当筵合素羹。
姜芥盐梅堪杂乱，细批薄削掺鱼生。

槟榔染就一千口，盘里青蒌数可俦。
此物合婚缘底事，祝郎多子愿扶留。

低吹牛角细鸣锣，魂赎归来问若何？
夜半烧符喧笑语，鸡歌听罢暖花歌。

闰年跳鬼作村坊，结彩高棚处处忙。
岁晚暮闲忘不得，人人同往佛前香。

选自《光绪平南县志》，
凤凰出版社 2014 年

北流日记

清·杨恩寿

同治四年（1865）

五月：

初四日，晴。荔枝渐熟，红香可爱，迟三数日，便可饱啖三百颗矣[1]。

十五日，晴。晨起赴关[2]。日中始尝鲜荔枝，尚未全熟，味颇酸涩。据土人[3]云，须夏至后三日，方臻完美。俟饱啖时，补志以诗。

廿六日，晴。日中赴关。夜来颇凉，公事[4]毕矣，剥鲜荔枝，咽玫瑰清香酒，新红浅绿，酕醄[5]欲仙。

闰五月：

朔日[6]，雨。赴关小坐即回。连日荔枝大熟，色香味三者俱佳。画手诗心，两竭其巧，犹难标其形似耳[7]。

十二日，晴。《咏鲜荔枝》诗云：

清昼纹窗啖荔枝，此行不枉费游资。
一帘晓日登盘候，五月薰风入市时。
羞与朱樱论声价，好同红豆系相思。
描摹艳冶奇浓态，画手诗心两未宜。

一枝高出射双眸，粉面娇羞薄晕留。
舌本巧添珠宛转，指尖怕触玉温柔。
朝霞掩映明光合，晓露缠绵别泪流。
领略个中滋味好，艳情清福几生修！

蜜味禅心故故撩，清凉庭院可怜宵。
酒波上脸霞应活，肤色经风雪欲消。
荀令有香添翠袖，美人无姓只红绡。
客中未忍轻抛却，留得明珠系锦绦。

芳泽沾衣迹未沉，余香飘荡耐追寻。
娇憨情性倾流辈，绮丽年华自古今。
琥珀醇浓名士酒，水晶澄澈个人心。
纷纷世俗夸知味，味外谁知味更深。

末联"世俗"二字，改"谗口"较妥。久未作诗，顿觉手笔生硬耳。

廿九日，早起批昨日告期呈词凡十张。已初赴关[8]。
《偶占》云：
尘世何人解断肠，浓情一片护红香。
客中心事凭谁说，闲立斜阳诉海棠。

荔娘风度早知名，几度摩挲别有情。
忍把霞衣轻褪却，为他红得可怜生！

轻风泠露晚凉天，促织声中月似烟。
并入柔肠千万转，一丝一缕总缠绵。

玉阑干外净无尘，茉莉香来扑鼻新。
月色似花花似雪，不知谁是似花人？

短溆长汀荡画船，离披荷叶晚风前。
生憎翡翠盘中露，不得如珠个个圆。

密字遥传抵万金，别来芳讯尽浮沉。
葵心倾吐蕉心卷，同是相思一片心。

瘴雨蛮云惨不开，黑风黄月费疑猜。
南荒不是曾游处，未必深宵有梦来。

记得兰舟解缆迟，一江春水滑如脂。
关心岳麓山前柳，可似青青送别时。

同治五年（1866）

桐月[9]：

二十日，晴。始尝鲜荔枝。与此君别经年[10]矣，重啖之如逢旧雨，始知归期屡滞者，天盖留老夫饱啖是物也。前因未断，秀色可餐，当补作小诗，以记其胜。

五月：

十二日，晴。服荔枝太多，心鬲颇热[11]。土人教以用荔枝壳浸水，服之立解。

十九日，阴。批昨日告期呈词十九张。荔枝红熟，正在鼎盛之时，连日啖之，色香味三者俱备，真似美人晓起，梳裹甫毕，粉匀黛贴时也。时哉！时哉[12]！爱玩之余，倍增珍重。

选自《坦园日记》，（清）杨恩寿著，陈长明标点，
上海古籍出版社1983年版

注　释

1. 啖：吃。饱啖三百颗，典出苏轼诗歌《惠州一绝》："罗浮山下四时春，卢橘杨梅次第新。日啖荔枝三百颗，不辞长作岭南人。"

2. 关：古时北流为"粤桂通衢"，境内有"鬼门关"，历来被视为中原通往廉（今北海合浦）、琼（今海南）、交趾（今越南）等地的必经门户，经贸发达，清代曾在此设关征税。杨恩寿为时任北流县令的六兄麓生聘为幕僚，负责关税事务。

3. 土人：世代居住本地的人。

4. 公事：即上述关税事务。

5. 酕醄：大醉的样子。

6. 朔日：农历每月的第一天。

7. 这句话是说即便用最巧的技法来绘画，或用富有灵气的构思来作诗，竭尽所能，也难以表现出荔枝的美好。

8. 巳：巳为古时计时法，即今上午9点到11点。

9. 桐月：农历三月。其时桐花应时而开，故有此代称。

10. 经年：一整年。

11. 鬲：通"膈"，"心鬲颇热"，即热膈，五鬲之一。《诸病源候论·五鬲气候》："热鬲之为病，藏有热气，五心中热，口中烂生疮，骨烦四支重，唇口干燥，身体头面手足或热，腰背皆疼痛，胸痹引背，食不消，不能多食，羸瘦少气及癖也。"一般认为，荔枝性温，多吃易上火。明代医学家李时珍《本草纲目》载："荔枝气味纯阳，其性畏热。鲜者食多，即龈肿口痛，病齿及火，病人尤忌之。"又载荔枝壳："浸水饮"，可解荔枝热。与下句所说"土法"相合。

12. 时哉时哉：得其时呀！表示对时运好的赞叹。语出《论语·乡党》："山梁雌雉，时哉时哉！"

作者简介

杨恩寿（1835—1891），字鹤俦，号蓬海（又作朋海），别署蓬道人，湖南长沙人。晚清著名戏曲理论家和戏曲作家。同治九年（1870）举人。曾长期在湖南、广西、云南、贵州等地作幕宾。光绪初年授都转运盐使司运使衔，湖北候补知府。著述丰富，汇刻为《坦园丛书》十四种。其中最为人知的是《坦园六种曲》（含传奇六种《理灵坡》《再来人》《桃花源》《麻滩驿》《姽嫿封》《桂枝香》），及戏曲理论《词余丛话》《续词余丛话》各三卷（收入《中国古典戏曲论著集成》）。

作品导读

《坦园日记》包括《郴游日记》《北流日记》《长沙日记》《燕游日记》四种共 8 卷,创作于同治元年(1862)二月至同治十三年(1874)三月期间,记载了作者旅居湖南郴州和广西北流、家居长沙及赴京途中的见闻。其中《北流日记》,为其受时任广西北流知县的六兄麓生之聘约,在北流县署协助办理刑名、钱谷兼管税关时所作,前后历时近两年。

北流,古时为"粤桂通衢",境内有"鬼门关",历来被视为中原通往廉(今北海合浦)、琼(今海南)、交趾(今越南)等地的必经门户,经贸发达,富甲一方。该地陶瓷工艺在宋代时即已达到巅峰,又盛产荔枝,是中国荔枝之乡。据《北流县志》记载:"荔枝腊萼春花,夏至子赤,中有大造荔、黑叶荔、丁香荔、白蜡荔、麒麟荔、冰糖荔、糯米糍荔等。"

杨恩寿在北流居住一年多,两度经历北流荔枝的成熟,尝鲜、饱啖之余,还将其兴奋、赞美之词多次流露于日记,成为古代文化名人有关北流荔枝的珍贵记载。

拓展阅读

北户录·无核荔枝
唐·段公路

南方果之美者有荔枝。梧州火山者,夏初先熟而味小劣。其高潘州者最佳,五六月方熟。有无核类鸡卵大者,其肪莹白,不减水精,性热、液甘,乃奇实也。又有蜡荔枝,作青黄色,亦绝美。《南越志》云:"荔枝,洲有焦核黄蜡者为优。"故《广州记》曰:"荔枝如鸡卵大,壳朱肉白,五六月熟,核若鸡舌香。"陈藏器曰:"荔枝树如冬青,实如鸡子,核黄墨,似熟莲子。实白如肪,甘而多汁,百鸟食之为肥,极宜人。"《广志》云:"焦核、胡偈此最美,次有鳖卵焉,其树自合抱至数围,大者材中梁栋,其坚即佉陀等木,无以加也。岭中荔枝才尽,龙眼子方熟,大如弹丸,皮褐肉白,而味过甜,俗呼为荔枝奴,非虚语耳。"又《西京杂记》曰:"尉佗献高祖鲛鱼、荔枝,高祖报以蒲桃锦四匹。"

选自《北户录》卷三,(唐)段公路著,《丛书集成初编》本,
中华书局 1985 年版

苍梧即事诗

清·苏时学

丰寿红蒸桃颗颗，广平黄落柿离离。
火山仙品今何在？苦向关家忆荔枝。[1]

选自《宝墨楼诗册校注》，（清）苏时学著，阳静校注，
巴蜀书社 2010 年版

---

[1] 原注：丰寿、广平并广信地名。火山荔，昔著图经，今已绝少。唯古风产者最佳，二关兄弟手植也。

铁君惠沙田柚盈舟，咏柚赠铁君，惜其才侠不见用也

清·康有为

嘉木[1]出南方，碧干有润理[2]。

剪珪[3]以为叶，芳泽绿几几[4]。

荆扬[5]充《禹贡》[6]，《山海》[7]为益纪。

其实巨如斗，硕大莫与比。

秋风霜雪繁，黄金[8]累累俪[9]。

木杪[10]翩欲坠，质重不能举。

摘来供寝庙[11]，芬芳溢筵几。

剖分若蜂窠，比柑[12]孕多子。

怀香既芳溢，清绝沁牙齿。

尚有辣气存，颇与紫桂[13]似。

色相[14]具庄严，质实又备美。

百果兹冠冕[15]，一切可奴婢。

惜老苍梧[16]野，未登朱陛[17]篚[18]。

颇闻南海荔[19]，传驿[20]红尘起。

时世贵秾媚[21]，瑰资[22]宜委弃。

选自《康有为诗文选》，康有为著，陈永正编，
广东人民出版社 1983 年版

注 释

1. 嘉木：美好的树木。唐代陆羽的《茶经》云："茶者，南方之嘉木也。"

2. 润理：润泽的纹理。

3. 珪：古代帝王、诸侯在举行典礼时拿的一种玉器，诗中泛指玉片。

4. 几几：绚丽、繁盛的样子。语出《诗·豳风·狼跋》："公孙硕肤，赤舄几几。"

5. 荆扬：荆州和扬州。古代九州中位于南方的两个州。荆州，约今湖北、湖南一带；扬州，约今安徽、浙江一带。

6. 《禹贡》：《尚书》中的一篇，是我国最早的地理著作，详细记载了九州的划分，及山川位置、物质分布等。《禹贡》中有"厥包橘柚锡贡"句，指包裹橘柚进贡天子。按，我国先秦时期典籍中所载的"柚"，其实指"柑"，并非现今所习称的"柚"。

7. 《山海》：指《山海经》，我国古代地理名著，内容为民间传说中的地理知识及远古的神话传说。

8. 黄金：指成熟柚子的颜色。

9. 俪：连，并。

10. 木杪：即树梢。

11. 寝庙：古代宗庙以正殿称庙，后殿称寝，合称寝庙。

12. 比栉：并列、紧靠。形容柚子果肉内部各瓣紧靠在一起。

13. 紫桂：肉桂。其皮紫色，味辛辣，可作药用。

14. 色相：佛家语，指事物的形状外貌。

15. 冠冕：本指贵族的礼帽，比喻首位、第一。

16. 苍梧：郡名，辖境在今广西梧州、苍梧一带。古代传说，舜被禹所放逐，死于苍梧之野。

17. 朱陛：帝王宫殿的台阶，因遍涂朱漆，而称"朱陛"。

18. 筐：古代宫廷或贵族礼仪活动中用以盛放丝帛的器物，也称帛筐。常为圆形，竹制。

19. 南海荔：岭南著名的水果荔枝，果肉晶莹滑腻，风味独特，驰名中外。

20. 传驿：由驿站传送入京，用唐代杜牧《过华清宫绝句》诗中"一骑红尘妃子笑，无人知是荔枝来"的典故。

21. 秾媚：秾，花木繁盛。秾媚，借荔枝指虚有其表的朝廷之士。

22. 瑰姿：瑰，美玉，这里借指柚子，比喻本质高尚、有真才实学的人。

作品导读

1897年，康有为第二次赴桂林时，途经梧州。虽然陶醉在如画的山水之中，但康有为时刻不忘壮志理想。这时，好友梁铁君送来一船之数的当地特产沙田柚，康有为以柚喻人，感时伤世，写作此诗。广西多地盛产沙田柚，皮薄肉厚，甘美芳香，是我国柚子的优良品种。当时因产量较少，兼以产地偏僻，除两粤外，不大为世人所知。本诗以具瑰玉之质的沙田柚不为人知，喻梁铁君有才能而不见用于世，同时也是作者的自喻。

拓展阅读

柚

清·龙启瑞

佳实名包贡，登盘虑不胜。
黄团甘似桔，绿暖大于橙。
老叶霜千片，高花树万层。
圣朝无果献，方物未须登。

选自《龙启瑞诗文集校笺》，（清）龙启瑞著，吕斌编著，
岳麓书社2008年版

参考书目

1　（清）谢启昆修、（清）胡虔纂《（嘉庆）广西通志》，广西人民出版社 2016 年版。
2　广西方志馆辑纂《（民国）广西通志稿》，广西人民出版社 2017 年版。
3）钟文典主编《广西通史》，广西人民出版社 1999 年版。
4　（清）彭定求等编，王仲闻等点校《全唐诗》，中华书局 1960 年版。
5　王重民、孙望、童养年、陈尚君等编《全唐诗补编》，中华书局 1992 年版。
6　（清）董诰等编《全唐文》，上海古籍出版社 1990 年版。
7　傅璇琮等主编《全宋诗》，北京大学出版社 1991 年版。
8　曾枣庄、刘琳主编《全宋文》，上海辞书出版社、安徽教育出版社 2006 年版。
9　唐圭璋编纂、王仲闻参订、孔凡礼补辑《全宋词》，中华书局 1999 年版。
10　叶恭绰编《全清词钞》，中华书局 2019 年版。
11　潘超、丘良任、孙忠铨等编《中华竹枝词全编》，北京出版社 2007 年版。
12　（清）汪森编辑、桂苑书林编辑委员会校注《粤西诗载》，广西人民出版社 1988 年版。
13　（清）汪森编辑，黄盛陆、石恒昌、李瓒绪、王宗孟校点，黄振中审订《粤西文载校点》，广西人民出版社 1990 年版。
14　（清）汪森编辑，黄振中、吴中任、梁超然校注《粤西丛载校注》，广西民族出版社 2007 年版。
15　（清）汪森编辑《粤西通载》，广西师范大学出版社 2012 年版。
16　（清）张鹏展编《峤西诗钞》，清道光二年（1822）刻本。
17　（清）梁章钜编《三管英灵集》，广西师范大学出版社 2015 年版。
18　（清）梁章钜编《三管诗话校注》，广西人民出版社 1996 年版。
19　况周颐辑《粤西词见》，清光绪二十二年（1896）刻本。
20　陈柱编，高湛祥、陈湘校评《粤西十四家诗钞校评》，广西人民出版社 1997 年版。
21　曾庆全选注《历代壮族文人诗选》，广西人民出版社 1985 年版。
22　曾德珪编《粤西词载》，漓江出版社 1993 年版。
23　黄雨选注《历代名人入粤诗选》，广东人民出版社 1980 年版。

24 谭绍鹏编著《古代诗人咏广西》，广西人民出版社 1989 年版。

25 林宝光、黄家蕃选注《珠浦历代诗选注》，广西人民出版社 1989 年版。

26 蒋钦挥主编，陈自力、郭珑、黄南津、谢明仁选注《全州古代诗选》，广西人民出版社 2001 年版。

27 周晓薇、王锋主编《唐宋诗咏北部湾》，广西人民出版社 2010 年版。

28 中国人民政治协商会议广西壮族自治区委员会编《历史名人写广西》，广西师范大学出版社 2013 年版。

29 王德明著《广西古代诗词史》，广西师范大学出版社 2009 年版。

30 钟乃元著《唐宋粤西地域文化与诗歌研究》，民族出版社 2012 年版。

31 "宜州历史名人诗文注评系列丛书"，广西师范大学出版社 2017 年版。

32 "文化广西"丛书，广西师范大学出版社 2021 年版。

33 莫道才编《粤西唐诗之路探源与诗人寻踪》，中华书局 2023 年版。